-ESSAY의 이론과 실제

새로운 수필문학 입문

1. 수필의 발자취 2. 문학형 수필 3. 논술형 수필 4. 예술형 수필

일본 센슈우대학 문학박사

홍 윤 기 편저

서 문 당

□ 저자 약력

1959. 4『현대문학』지에 박두진 선생의 추천으로 시 3회 추천완료. 시 〈석류 사초〉(1958.8)·〈비둘기〉(1959.2)·〈신령지의 노래〉(1959.4)

1959. 1「서울신문」신춘문예에 시 〈해바라기〉 당선. 심사위원. 김광섭·박목월·김용호·서정주 선생의 공동심사.

제26회『월탄문학상』수상, 제9회『한국문학평론가협회 문학상』수상. 제24회『한국문학상』수상.

한국외국어대학교 영어과 졸업

일본 센슈우대학 대학원 국문과 문학박사(韓日詩歌의 音韻비교 연구)

일본 센슈우대학 겸임교원(한국어문학 담당교수)

한국외국어대학교 외국어연수원평가원 교수

단국대학교(일본센슈우대 자매대학) 대학원 초빙교수(현)

단국대학교 일본연구소 연구·자문위원(현)

한국외국어대학교『한국시』·『한국수필』담당교수(현)

경기대학교 한국·동양어문학부 초빙교수(현)

□ 주요 저서

『한국현대시·이해와 감상』한림출판사(1987)

『한국명시』예림당(1989),『시창작법』한림출판사(1992)

『한국현대시 해설』한누리미디어(2003)

『새로운 수필문학 입문』서문당(2004)

제1시집 ≪내가 처음 너에게 던진 것은≫ 거목(1986)

제2시집 ≪수수한 꽃이여≫ 문학세계사(1989)

제3시집 ≪시인의 편지≫ 명문당(1991)

『일본문화사』서문당 (1999)

『일본문화백과』서문당(2000)

『일본천황은 한국인이다』효형출판(2000)

『일본의 역사왜곡』학민사(2001)

『일본속의 한국문화유적을 찾아서』서문당(2003)

차 례

1. 수필론 / 7

2. 문학형 수필 / 21

4. 교양형 수필 / 197

1. 수필론

1. 수필은 산문의 글이다

수필은 누구나 다 쓸 수 있다. 왜냐하면 수필이라는 글은 산문 (prose)이기 때문이다. 자기 스스로 느끼는 것을 글로 쓰면 된다. 그러 므로 누구나 쓰기 쉬운 글이 곧 수필이다.

이를테면 시는 운문(verse)이다. 운문이란 글 속에 운율(rhythm, 리듬)을 담는 일이다. 쉽게 말한다면 노랫말 같은 글을 운문이라고 부 른다. 그러므로 산문의 글이 운문의 글보다 훨씬 쓰기 쉽다.

운문은 운율을 갖는 글이라고 했다. 즉 운율은 운문의 음성적 형식을 가리킨다. 우리나라의 서정시 또는 시조는 물론 운문으로 쓰게 된다. 노 래의 가사인 노랫말은 더 말할 것도 없이 두드러진 운문의 표현이다.

특히 시조와 같이 글잣수에 의한 운율 표현이 운문의 대표적인 문학 형식이다. 서양의 서정시처럼 모음의 음량이거나 강세에 의해 결정되는 억양 또는 강약의 배열에 의한 것 등도 운율을 나타내고 있다.

운문이 아닌 산문은 글을 구성하는 데 있어서 그 표현이 자유로운 문 체(style)로 이루어지고 있다. 또한 산문의 글을 쓰면서 운문의 글을 곁드리게 되는 경우도 있다. 산문의 글 속에 운율이 곁드린 표현을 해서 안된다는 법은 결코 없다.

요즘에 와서는 산문의 글도 때로 운율을 거느리기도 하는 추세다. 이를테면 종결어미를 생략하기도 하고, 문장의 허리를 뚝 끊어서 여운의 효과를 노리는 글의 표현도 하고 있다.

영국 비평가였던 T.E 흄(Thomas Ernest Hulme, 1883~1917) 이 "산문에는 어떤 틀에 박힌 낱말의 위치와 배열이 있다"고 하는 문장 형식의 규격화를 주장한 일이 있다. 그러나 그와 같은 틀에 박힌 문장 형식에 대한 일종의 저항이 운문 표현이 아닌가 한다. 여하간에 산문은 어디까지나 운율같은 것의 제한을 두지 않고 자유롭게 글을 쓴 보통의 문장(sentence)이 그 기본이다.

그러면 문장이란 또한 무엇을 가리키는가. 그것은 어떤 느낌 또는 사상을 글자로서 기록한 글이다. 그 기록에는 낱말들이 쓰이게 된다. 즉 단어들로서 결합시키는 글이 문장이다. 수필에 있어서도 아름다운 문장력이 요망된다. 그러나 더욱 중요한 것은 진실된 내용을 담은 문장이어야 하겠다. 그러한 글이 독자에게 호응도가 클 것이다.

여기서 잠시 '국어학자'들이 내세우는 '수필'에 대한 그들의 정의를 곁들어 살펴보도록 하자.

우리나라의 한 국어사전에서는 수필에 대해 다음과 같이 내세우고 있다.

"어떤 양식에도 해당되지 아니하는 산문 문학의 한부문. 인생과 자연에 대한 수상, 수감, 단상, 논고, 잡기 등이 포함되며 생각나는대로 붓가는대로 형식이 없이 보통 한 두 페이지 또는 30페이지 가량 되게 도 씀. 개성적 관조적 또는 인간성이 내포되게 윗트, 유우머, 예지, 기지로서도 표현함"(이희승 편 『국어대사전』 민중서관, 1961).

수필을 가리켜 "붓가는 대로 생각나는 대로 쓴 문장이다"라고 간략하게 일본 국어학자들도 주장했다(『일본어대사전』 코우단샤, 1992).

또 다른 우리나라 국어사전에서는 다음처럼 수필을 규정하고 있기도 하다.

"형식에 묶이지 않고 듣고 본 것, 체험한 것·느낀 것 따위를 생각나는 대로 쓰는 산문형식의 짤막한 글, 또는 그러한 글투의 작품. 사건 체계를 갖지 않으며, 개성적·관조적이며 인간성이 내포되게, 위트·유우머·예지로써 표현함"(신기철·신용철 편저『새 우리말 큰사전』삼성출판사, 1975).

일본의 한 국어사전에서는 다음과 같이 규정한다.

"견문한 것이며 마음에 떠오르는 것 등을 자유로운 형식으로 쓴 문장"(林義雄 외편『가쿠겐 국어사전』1967).

일찍이 서기 1925년에 출판된 일본 최초의 현대적 국어사전『광사림』(廣辭林, 편저자 金澤庄三郎)에서는 다음과 같이 주장하고 있다.

"붓 사이사이로 이것저것 기록하는 글, 만필, 수록."

이 사전의 편저자 카나자와 쇼우사브로우(1872~1967) 박사는 역시 이 사전에서 "만필은 느긋하게 써내는 것"이라고 내세우기도 했다.

또한 일본의 한 저명한 출판사에서는 수필에 대해 다음처럼 지적하고 있기도 하다.

「에세이(エッセー)란, ① 수필·수상. 자신의 감상·의견 등을 느끼는 그대로 엮어 낸 산문이다. ② 논문·평론. 특별한 주제에 관한 시론이다.」(『신어사전』가쿠겐사, 1987)

2. 수필의 발자취

수필이라는 글쓰기 형식은 언제부터 누구에 의해서 어떻게 시작된 것인가. 그 발자취부터 간략하게 살펴보자.

영어에서는 수필을 일반적으로 에세이(essay)라고 부른다. 영어로 말하는 에세이는 본래 프랑스어의 에세에(essais)에서 나타난 말이다.

□ 프랑스에서 생긴 말 '에세에'

16세기 프랑스의 사상가며 윤리가(moralist)였던 몽테뉴(M.E. Montaigne, 1533~1592)가 처음으로 에세에라는 말을 썼다. 몽테뉴는 그의 저서의 표제를 에세에(Les Essais, 1580~88)라고 붙였다. 이른바 『수상록』이다. 유럽 최초로 수필집을 일컫는 책제목이다.

몽테뉴는 이 에세에라는 『수상록』에 의하여 이른바 모럴리스트 문학의 비조로 등장했다. 두말할 것도 없이 유럽 최초의 새로운 형식의 부문인 에세이 문학이라는 장르(프, genre)를 개척하기에 이르렀다. 그의 『수상록』의 콘텐츠(contents)는 자기 스스로의 내면세계를 파헤치며 자연과 인간을 긍정적으로 바라보며 존중했던 데에 있다.

영국에서는 철학자이며 정치가였던 베이콘(Francis Bacon, 1591~1626)이 『수상록』(Essays or Counsels Civil and Morai)이라는 수필집을 엮어 냈다. 여기 비로소 몽테뉴에 뒤이은 에세이(essay)라는 수필 문학이 영국 땅에서 계승된다.

베이콘은 언제나 이론보다는 경험을 기본으로 삼는 경험주의(empiricism)의 입장에서 참다운 지식은 사실에 대한 관찰과 실험에 의한 귀납에 따라서만 얻어진다고 역설했다. 편견이며 습관·언어·독단으로부터 생겨나는 환상(idola)을 버리고, 하나 하나의 구체적인 사실로부터 공통점을 촉구하여 일반적인 법칙을 이끌어 내는 방법인 귀납(inductions)에 의한 자연 법칙을 포착하므로써 비로소 지적인 힘을 얻는다는 근대과학의 방법론을 제시했다.

특히 영국에서 주목되는 수필문학은 뒷날인 19세기 초에 차알즈 램

(Lamb Charles, 1775~1834)에 의한 수필집의 등장이다. 램은 1823년에 수필집인 『엘리아 수필집』(Essays of Elia)을 엮어낸 수필가이자 시인이었다. "나는 바보를 사랑한다"고 한 램의 수필은 해학(humor)과 애감(pathos)이며 기지(wit)에 넘치는 가운데 인생의 애환을 절묘하게 써냈다.

그의 문체는 우아하며 옛 정취가 넘친다고 평가 되었다. 그는 정신병으로 고달픈 누이를 돌보았고 독신으로 60세의 일생을 보내며 소시민의 여유와 삶의 철학이 담긴 글을 쓴 영국의 대표적 수필가다.

물론 고대로 거슬러가더라도 수필 형식의 글들은 얼마든지 살필 수 있다.

이를테면 서양에서의 수필의 기원을 따질 때 프랑스의 몽테뉴 이후 파스칼(Blaise Pascal, 1623~1663) 같은 사람의 경우도 주목할 만하다. 프랑스의 수학자며 물리학자였던 파스칼이 쓴 『팡세』(Pensées)도 단상적인 수필로서 높이 평가할 만 하다.

『팡세』는 파스칼이 세상을 떠난 지 7년만인 1670년에 출판된 수필집으로 우리는 『명상록』으로 부르고 있다. 『팡세』는 그가 만년에 쓴 단편적인 기록들을 편집하여 세상에 내놓아 유명해졌다. 『팡세』의 내용은 인간성의 모순에 관한 근본적인 사색이며, 그리스도교에 대한 그 나름대로의 통찰을 담고 있다. 이 책을 편집할 때 각 내용마다 제목 대신에 번호를 붙이고 있다.

□ 고대 그리스와 로마의 수필

고대로 거슬러 올라가 그리스 철학자 플라톤(platōn, BC 427~347)의 『향연』(Symposion) 등도 수필에 속한다 해도 결코 어색하지 않다고 본다. 『향연』은 플라톤이 그의 스승인 소크라테스(Sōkratēs,

BC 469~399)를 주인공으로 삼아 스승과의 대화를 편집한 것이다.

고대 그리스 철학가였던 소크라테스는 아테네 땅에서 그의 독특한 대화술로서 사람들의 무지함을 자각시켜 도덕의식을 개혁시키는 데 힘썼던 선각자다. 그러나 그의 인기를 시샘한 아니토스(Anytos, BC 5~4C)의 공작으로, 그가 신을 부정하고 청년들에게 악영향을 끼친다는 죄목을 씌웠고, 멜레토스(Meletos, BC 5~4C)가 앞장 서서 소크라테스를 아테네 법정에 까지 세우게 하였다.

소크라테스는 자신의 무지를 스스로 절실하게 깨달았기 때문에 그 의문을 풀기 위해 여러 사람과 만나 대담했으며 특히 그의 애제자 플라톤과의 대화는 가장 비중이 컸다. 그러나 소크라테스의 비판적인 언론은 정권을 거머쥔 실권자들의 미움을 크게 사므로써 그는 법정에서 사형선고를 받아 독배를 마셨다.

플라톤이 스승 소크라테스가 독배를 마시고 사형된 수년 뒤에 써낸 것이 유명한 『소크라테스의 변명』(Apologiā Sōkrates)이다. 소크라테스가 청년들에게 악영향을 끼쳤으며 국가의 신을 부정하고 귀신을 제시했다는 죄목으로 억울하게 사형된 발자취를 1인칭 형식으로 썼다. 플라톤의 『향연』 등 다른 저서는 대화편의 대담인데 반해 이 책은 1인칭으로 썼다.

역시 고대의 수필 테두리에서 평가할 수 있는 것으로서 로마 시대의 저술 등도 들 수 있다. 이를테면 로마의 정치가며 철학가였던 키케로(Cicero, BC 106~43)의 『변론집』, 『의무에 관하여』, 『서간집』 등이 그것이다.

키케로는 한때 로마의 집정관으로 선출되었으나 로마의 장군 안토니우스(Antonius, BC 82~30)와 반목하여 암살 당했다. 그러나 그의 글들은 명석하며 논리적 문체여서 고전적인 라틴어 산문으로서 그 전범이 되고 있다.

로마의 철학가며 궁정의 조신이었던 세네카(Seneca, BC 4경~AD 65)의 『행복론』(Dē Otio)이며 『도덕 서간집』(Epistulae Morales) 등도 수필의 범주에 속한다. 폭군 황제 네로(Nero, 37~68)의 스승이며 집정관이었던 세네카는 네로로부터 자살을 강요당했다. 웅변가이기도 했던 세네카의 글들이야말로 수사적이며 기교적 문체가 빼어났다. 그러나 그의 사상 체계는 일관성이 없다는 큰 흠도 있다.

로마 황제였던 마르쿠스 아우렐리우스(Marcus Aurelius, 121~180)의 『자성록』(Ta eis heauton)도 수필의 범주에 들만하다. 슬기로운 황제였던 그는 스토아 철학자로서 이 저술을 남기고 있다. 스토아(stoa)라는 것은 고대 그리스철학의 한 학파의 명칭이다.

스토아라는 말은 아테네의 벽면에 그림이 있는 유명한 '채색된 집'(stoa poikilē) 강당에서 철학 강의를 한데서 비롯된다. 이곳에서 BC 4세기 말에 키프로스의 철학자 제논(Zēnōn, BC 4~5C)이 강의했으며, 그는 변증법의 조상으로 일컬어지고 있다.

변증법이란 어떤 정립(卽自)이 자기에게 내재하는 모순에 의하여 그 부정(對自)을 반정립시켜 이것을 매개로 양자가 함께 보다 차원 높은 입장의 총합(卽自 동시에 對自)에로 지양되는 운동을 말한다. 정·반·합으로서도 도식화된다.

3. 한국 수필의 발자취

우리나라에서 수필문학의 형식이 등장한 것은 조선왕조 17세기 소설가 김만중(金萬重, 1637~1692)에 의해서 였다. 그가 쓴 『서포만필』(西浦漫筆)은 서평 등 일종의 논술형 수필집이기도 하다. 그는 노모를 위로하기 위해 한글 소설인 「구운몽」을 지었다. 그는 『서포만필』에서,

한글 소설을 쓸 것을 주장했으며, 신라 시대 이후 조선왕조에 이르는 시를 평하기도 했다. 2권 2책으로 된 『서포만필』은 제자백가 중에서 의문시되는 부분들을 번역하며 해설하는 데 중점을 두고 있다. 제자백가란 중국 춘추(BC 770년~BC 403년)·전국(BC 403~BC 221) 시대의 여러 학자와 여러 학파를 총칭한다. 이를테면 유교를 따르는 유가며 도교의 도가, 음양가 등등 구류(九流)에다 소설가며 군사의 병가 등이 합쳐진다.

우리나라에서 '수필'이라는 용어를 가장 먼저 쓴 것은 박지원(朴趾源, 1737~1805)이다. 문장가며 실학의 대가였던 박지원은 기행문 형식의 글인 『열하일기』(熱河日記) 26권을 써냈다. 이 『열하일기』속에 '일신수필'(馹新隨筆)이라는 것이 들어 있다. 『열하일기』는 웅혼한 문장력이 주목되는 글이다.

실학자 유형원(柳馨遠, 1622~1673)의 『반계수록』(磻溪隨錄)은 일종의 농촌 수필의 성격을 띠고 있다. 유형원은 자신의 농촌 생활의 체험을 토대로 이 수필집을 엮었다. 그는 진사시 과거에 급제했으나, 뜻한 바 있어 관직을 마다하고 농촌으로 내려가 50 평생을 독서며 저술에 몸 바쳤다.

『반계수록』은 그의 농촌 생활을 통한 이상국가 건설의 이념을 담는 그의 사상이 담긴 문집이기도 하다. 그는 『반계수록』을 비롯하여, 『반계수록보유』며 『기행일록』 등등 여러 책을 써냈다.

유형원은 우리나라 조선왕조 때 실학을 창시한 비조다. 그는 당시 청나라에서 들어 온 고증학과 동시에 유럽의 과학적 사고방식에 영향을 입었다. 그러기에 왜의 임진왜란(1592~1597)과 청나라의 병자호란(1637~1638)을 겪은 민족적인 자각에서 그 당시 난리의 빌미가 된 퇴폐한 사회며 문란한 정치·경제 등에 비판의 시각을 고추 세워, 실증적인 사실에 입각한 민족적 자각과 진리를 탐구하는 건실한 생활 토대

구축의 새로운 이념을 촉구했던 것이다.

유형원이 앞장 선 이 실학 사상의 실천에는 그를 잇대어 이익(李瀷, 1682~1764)과 『산림경제』며 『목민심서』로 천하에 이름을 떨치게 된 정약용(丁若鏞, 1762~1836) 등이 실학의 터전을 공고하게 다져 나가게 된다. 이들 실학파 학자들은 길(도로)이며 지방제도, 재정경제, 학제, 병제, 과거제도 등 사회문화 전반에 걸친 혁신의 학문적 이론 체계의 토대를 마련하는 데 힘 썼다. 이들의 뒤를 이어 실사구시(實事求是)의 실학의 토대가 점진적으로 국가 사회 발전에 작용하게 된다.

실사구시란 사실을 토대로 하여 진리를 탐구하는 일이다. 그동안 지행합일론(知行合一論)이며 지량지설(知良知說) 등 공론만을 일삼던 명나라 왕양명(王陽明, 1472~1520)의 유학인 양명학에 대한 반동으로서 문헌학적인 고증의 정확을 존중하는 과학적 사고방식이다. 안정복(安鼎福, 1712~1791), 이긍익(李肯翊, 1736~1806), 한치윤(韓致奫, 1765~미상) 등등 수많은 학자를 들 수 있다.

물론 조선왕조시대 이전인 고려 고종 때의 학자 이인로(李仁老, 1152~1220)의 『파한집』(破閑集) 같은 문집도 수필의 장르에 넣을 수 있다. 이것은 3권으로 엮어진 일종의 설화문학집이다. 그런가 하면 역시 고려 고종 때의 학자 최자(崔滋, 1186~1260)의 『보한집』(補閑集)도 수필 분야에 드는 3권 1책의 저서다. 최자는 이인로의 『파한집』을 본 떠, 시구(詩句)며 취미・부도(浮屠, 이름난 승려의 유골 돌단지)・기녀(妓女) 등에 대한 여러 가지 이야기들을 엮고 있다.

□ 개화기 유길준의 『서유견문』

이 땅에 서구 사상이 점차 들어서던 개화기에 수필을 쓴 중요한 인물은 유길준(俞吉濬, 1856~1914)의 『서유견문』(西遊見聞, 1895)을 먼저 들 수 있다. 이것은 그가 일찍이 1880년에 도일하여 일본의 최초의 대학인 케이오오(慶應)의숙에 들어갔다가, 뒷날인 1884년 미국 보스턴대학에 유학하고 유럽 각국을 돌아보고 나서 귀국한 뒤에 써낸 책이다. 그는 구미 각국의 정치·경제·사회·문화 등에 관해 그가 보고 느낀대로 기행 수필의 형식으로 그의 견해를 썼다. 글은 한글과 한자를 혼용해서, 그야말로 '언문일치'의 선구적인 기행문으로 평가된다.

언문일치란 문장을 우리가 소리내어 직접 말하듯이 구어체의 글로서 표현하는 것을 말한다. 이것은 조선시대 말기까지 한자 전용의 문장을 개혁하는 국한문 혼용의 표현 방법이다.

고종 31년(1894)인 갑오년에 서양의 법식을 받아드리자는 이른바 '갑오경장'(새로운 208건의 정책을 개화파의 김홍집 등이 내각에서 의결했다)에 의한 문장 개혁운동이 언문일치운동이었다. 그 당시 『독립신문』 등 신문 잡지의 언론이 앞장섰다(뒤에 나오는 『독립신문』의 창간 사설 참조 요망).

유길준에 뒤이은 수필은 육당 최남선(崔南善, 1890~1957)의 『백두산근참기』(白頭山覲參記, 1927)와 『심춘순례』(尋春巡禮, 1926)를 들 수 있다. 『백두산근참기』는 최남선이 1926년에 백두산을 등반하고 돌아와 『조선일보』에 연재한 뒤에 출판했다. 이 수필에는 우리의 민족 영산 백두산의 신화며 그 존엄성을 찬양하면서 민족정기를 선양하고 있다.

이광수(李光洙, 1892~미상)는 금강산을 다녀와 우리의 명산 금강산의 아름다운 자연을 예찬하는 『금강산유기』(金剛山遊記, 1924)라는 기행문을 쓰고 있다. 이것은 기행문적 수필집이라고 볼 수 있다. 시인 이상(李箱·본명 金海卿, 1912~1939)의 수필로서 너무도 잘 알려진 「권태」가 있다.

8·15 광복 이후 많은 문인과 학자며 의사 등 각계 인사가 좋은 수필

들을 발표했다. 이양하(李敭河, 1904~1963)의 『이양하수필집』
(1947), 김진섭(金晉燮, 1903~미상)의 『인생예찬』(1947), 『생활인
의 철학』(1957), 계용묵(桂鎔默, 1904~1961)의 『상아탑』(1955),
이희승(李熙昇, 1896~1989)의 『벙어리 냉가슴』(1956) 등등 그 밖
의 여러 수필집이 한국 수필문학 발전에 기여했다.

4. 수필의 3가지 유형

수필의 종류는 매우 다양하며 또한 그 유형도 형형색색이랄 수 있다.
쉽게 설명하자면 수필은 운문인 '시'가 아니며, 또한 산문인 '소설'(픽션)
도 아니다. 시와 소설과 전혀 별개의 독립된 산문 문학이 곧 수필이다.

나는 수필의 종류를 크게 세가지 형으로 분류해 오고 있다.
(1) 문학형 수필, (2) 논술형 수필, (3) 교양형 수필이 그것이다.
문학형 수필이란 수필 문학의 기본을 이루고 있는 유형을 일컫는다.
그 내용을 토파보면 다음과 같다.
1. 문학 수필문 2. 기행문 3. 일기문 4. 서간문 5. 전기문
수필은 인간의 생각(사고력)을 최대한으로 표현할 수 있는 광범하고
도 보편적인 문학 장르다. 그러므로 수필이야말로 글쓰기의 가장 중요
한 인프라(infrastructure, 기초구조)라는 사실을 인식하고 좋은 수필
쓰기에 진력할 일이다. 이를테면 누가 "수필을 잘 쓴다"고 하면 그의 글
솜씨는 높이 평가될 만 하다.
다만 누구나 다 쓸 수 있는 것이 수필인 동시에 또한 아무나 다 좋은
수필을 쓸 수 있는 것도 아니다. 참으로 뛰어난 문장력이 요망되는 것이
수필문학이다.

좋은 수필을 쓰기 위해서는 청소년 시절부터 글짓기를 생활화해야만 한다. 「국어사전」을 찾아가며, 「옥편」을 통해 한자어의 내용을 철저히 파악하면서 낱말 하나 하나의 참 뜻을 터득해야 한다.

5. 수필의 형식

앞에서 국어학자들이 내세우는 수필의 정의를 살펴 보았다. 그들의 주장은 일맥 상통하고 있으면서도 저 나름대로의 독특한 견해도 각기 밝히고 있다. 왜냐하면 수필이라는 형식의 문장의 표현은 내용면에서도 다양성을 띄고 있기 때문이라고 본다.

여기서 수필의 다양한 명칭도 살펴보자.

수필은 필자에 따라서 '수상'이며 '수감' 또는 '단상', 경우에 따라서 '소론' 혹은 '만필' '촌평' 등등 수필 장르의 또다른 명칭을 달아서 쓰는 경우도 흔히 볼 수 있다. 그와 같은 구분을 총괄해서 일반적으로 수필이라고 보면 좋을 것 같다.

일반적으로 수필의 분량은 1500자 내외를 쓴다. 200자 원고용지 7~8매 정도다. 워드로 칠때 A4용지로는 2매 쯤 된다. 그러나 그 내용에 따라서 원고용지로 30매가 넘는 '긴 수필'도 볼 수 있다. 특히 '소논문' 또는 '논술문'의 경우는 글의 분량이 길어지기 마련이다.

□ 우리나라 낱말의 한자 어형

우리나라 낱말은 그 대부분의 원형이 한자어(漢字語)에서 발생되고 있다. 따라서 한자어 공부는 좋은 수필을 쓰는 바탕이 된다. '한국'(韓國)하면 이것은 우리나라를 가리키는 한자어의 국호다. 한글로 '한국'이라고 쓰더라도 그 본 뜻은 한자어에 담겨 있다.

예전에 한 저명한 '한글학자'가 '이화여자중학교'(梨花女子中學校)를 한글 표기식으로 '배꽃계집애 배움의 집'으로 표현한 일은 유명한 얘기다. 나는 내가 가르치는 외대 학생들에게 '한국외국어대학교'(韓國外國語大學校)를 한글로 어떻게 표현하면 좋겠냐고 강단에서 물어 본 일이 있다. 아무도 우리 한글로 표현하는 방법을 제언하지 못했다. 이때 나는 이렇게 말했다.

"우리나라 남의 나라말 배우는 큰 집이라고 한다면 어떻겠습니까?" 하니 강의실 안에서는 한바탕 웃음이 터졌다.

거듭 밝히거니와 수필을 잘 쓰기 위해서는 '한자어' 공부를 곁들여야 한다. 우리나라 말의 거의 대부분의 낱말은 한자어에서 발생하고 있기 때문이다.

이를테면 '서울'도 신라의 왕도 '서벌(徐伐)' 또는 백제 왕도 '소부리(所夫里)' 등에서 복합적으로 발생했다는 사실을 잊어서는 안 된다.

하루에 한자 한 글자씩 공부한다면 1년에 365글자를 배우게 될 것이다. 아니 하루에 3자씩만 습득해 나간다면 1년에 1천자 정도의 한자를 누구나 쉽게 익히게 된다. 한자는 결코 어려운 글자가 아니다. 획이 많다고 하더라도 우리 겨레가 수천년 동안 우리의 말을 통해서 배워 온 것이 한자이기 때문에, 배우겠다는 의지만 있다면 쉽게 익힐 수 있다.

□ 좋은 글쓰기 요령

글쓰는 문장력 향상에는 우선 남의 좋은 글을 많이 읽는 것이 중요하다. 또한 글쓰기 실력 향상에 크게 구실하는 것은 읽을 책에 대한 '독후감'을 쓰는 일이다.

책을 읽고난 감상문은 자기 자신의 지식 축적도 된다. 책을 읽고 나서 독후감을 쓰는 일을 습관화 시켜야 한다. 그러면 어떤 글을 쓰던지 붓만 들면 알찬 내용을 대뜸 떠올릴 수 있다. 습관은 제2의 천성이라지만, 그 습관을 몸에 익히는 일이 곧 능력있는 자아를 형성하게 된다.

좋은 글을 쓴다는 것은 첫째 '맞춤법'과 '띄어쓰기' 등을 바르게 쓰는 일이다. 일단 글을 다 쓰고 난 뒤에는 '퇴고'(추고)를 한다. 글의 내용을 검토하면서 글을 다시 고쳐 쓰는 일이다. 글을 다듬는 작업을 게을리 해서는 안된다. 뛰어난 명문장가들도 첫 번 째 글을 두 번, 세 번 다시 다듬는다. 한번에 뛰어난 글이 성립되기는 힘들다. 아니 불가능하다.

한글사전이며 영어사전, 한자 옥편 찾기에도 힘쓴다. 그 낱말의 뜻이며 바른 표기는 중요하다. 사전에 담긴 설명이며 해설을 차근히 살펴본다. 귀찮다고 사전 찾기를 기피하는 이는 결코 좋은 글을 쓰기 힘들다. 사전 뒤지기도 일종의 훌륭한 글쓰기 공부다.

문장은 되도록 짧고 짭짤하게 쓰자. 싱겁게 긴 문장은 지루하다. 함량미달이다. 짤막하게 똑똑 끊되, 함축된 글을 쓰자. 알맹이가 실한 글이 곧 독자의 읽는 맛을 북돋아 준다. 글은 동적이어야 역시 맛이 난다. 더구나 역동적인 글은 독자에게 신선미를 안겨 준다. 움직이는 글이 살아 있는 글이다. 설득력이 강한 글이다.

특히 논술문이며 자술문을 잘 쓰기 위해서는 '한자' 실력도 스스로 향상시켜야 한다. 논술문 등은 말하기식의 풀어 쓰는 구어체의 글이 아니다. 그야말로 지성적이며 학문적인 문장을 엮는 문어체로 써야 한다. '문어(文語)'란 곧 문자 언어며 그 대표적인 것이 한자어식의 낱말이다. 넓게는 구어(口語)도 문어에 포함시키지만, 소리며 뜻과 글자의 3가지 요소로서 이루어진 문자언어다. 구어는 음성 언어이기도 한다.

우리나라의 대기업에서도 신입사원 채용에 '한자시험'을 치르기 시작했다. 전경련이며 경총·대한상의·무역협회·기업중앙회 등 경제 5단체가 산하에 있는 각 회원사에 대해 한자시험을 권장하고 있다. 입사시험 뿐 아니라 유능한 직장인으로서도 한자 실력을 쌓아 좋은 글솜씨를 뽐내 보자.

2. 문학형 수필

1. 문학 수필문

　문학 수필문이란 가장 전형적인 수필의 글이다. 수필이라는 글을 통해서 언어 예술의 향기가 그윽한 내용을 담는 일이다.

　자연의 아름다움을 추구하기도 하고, 인생의 오묘한 의미도 깊게 캐본다. 때로는 삶의 여러 가지 유형을 통해 새로운 방법론을 제시한다. 인간이 세상을 살아가는 과정에서 기쁨도 있고 슬픔이며 괴로움과 또한 즐거움도 번갈아 엮어지게 된다.

　문학 수필문이야말로 우리나라 말의 아름다움이며 야무지고 다부진 여러 가지 형용들을 써 보는 데서 글의 감칠맛이며 깊은 맛을 일궈내게 된다. 낱말 하나 하나, 그 어휘 한 대목마다 꼼꼼이 잘 다듬어서 쓰는 아름다운 문장의 글이어야 한다.

　수필의 내용 또한 짜임새 있어야 하겠고, 지금까지 누구도 다루지 않았던 소재며 제재(題材, 예술작품·학술 연구 같은 것의 주제가 되는 재료)로 써야만 한다. 참으로 새로운 내용(contents)의 신선한 글이 문학 수필문이다. 문학의 향기가 넘치는 참신한 수필 한편을 쓴다면 당신은 장차 한국수필문학사를 장식하게 될 것이다.

　따지고 본다면 문학 수필문은 단순히 붓가는 대로 생각나는 대로 쓰는 글은 아니라고 본다. 심오한 생각 속에 새로운 철리를 터득한 내용이

문학 수필의 글이다.

때로는 삶의 방법을 찾아 오래도록 고뇌하며 걸어오는 긴 발자취가 잘 다듬어진 글로 표현되어야 한다.

겉만 번드레한 글이 아닌, 갈고 닦은 참으로 짜임새 있는 문장이 독자로 하여금 그 글을 거듭 다시 읽게 만들어야 할 것이 아닌가. 살아 있는 글이 곧 문학 수필이라 부르고 싶다.

대지에 무르익는 가을날의 오곡백과 탐스러운 계절이 담기고, 하늘로 솟구치듯 산맥이 줄기차게 뛰달리는 웅혼한 글이야말로 문학 수필의 한 전형이다.

그런 역동적인 살아서 움직이는 글이야말로 독자의 가슴을 뛰게 하며 설레이는 마음 속에 그 수필글을 마음속 깊이 간직하게 만들어 준다. 이제 당신은 그런 수필을 쓰게 될 것이다.

굳은 의지 속에 빼어난 한편의 문학 수필을 쓰기 위해 마음을 가다듬고 붓대를 힘껏 쥐어 보자. 평생의 단 한편만 써도 된다. 한국 수필문학사를 빛낼 꼭 한편의 수필을 써보자.

그런 뜻에서 우리나라 문학 수필로서 훌륭하다는 평가를 받아 오는 작품들을 함께 읽도록 한다.

□ 문학 수필문

낙엽을 태우면서

이효석(李孝石, 1907~1940)
소설가

가을이 깊어지면 나는 거의 매일같이 뜰의 낙엽을 긁어 모으지 않으면 안 된다. 날마다 하는 일이건만, 낙엽은 어느덧 날으고 떨어져서 또 다시 쌓이는 것이다. 낙엽이란 참으로 이 세상 사람의 수효보다도 많은가 보다. 삼십여평에 차지 못하는 뜰이건만, 날마다의 시중이 조련치 않다. 벚나무 능금나무… 제일 귀찮은 것이 벽의 담쟁이다.

담쟁이란 여름 한철 벽을 온통 둘러싸고 지붕과 연돌의 붉은 빛만 남기고 집안을 통째로 초록의 세상으로 변해 줄 때가 아름다운 것이지, 잎을 다 떨어뜨리고 앙상하게 드러난 벽에 메마른 줄기를 그물같이 둘러칠 때쯤에는 벌써 다시 지릅떠 볼 값조차 없는 것이다. 귀치 않은 것이 그 낙엽이다. 가령 벚나무 잎같이 신선하게 단풍이 드는 것도 아니요, 처음부터 칙칙한 색으로 물들어 재치없는 그 넓은 잎이 지름길 위에 떨어져 비라도 맞고 나면 지저분하게 흙 속에 묻혀지는 까닭에 아무래도 날아 떨어지는 족족 그 뒷시중을 해야 된다.

벚나무 아래에 긁어 모은 낙엽의 산더미를 모으고 불을 붙이면 속의 것부터 푸슥푸슥 타기 시작해서 가는 연기가 피어 오르고 바람이나 없는 날이면 그 연기가 얄게 드리워서 어느덧 뜰안에 가득히 담겨진다. 낙엽 타는 냄새같이 좋은 것이 있을까. 갓 볶아낸 커피의 냄새가 난다. 잘 익은 개암 냄새가 난다. 갈퀴를 손에 들고는 어느때까지든지 연기 속에 우뚝 서서 타서 흩어지는 낙엽의 산더미를 바라보며 향기로운 냄새를 맡고 있노라면 별안간 맹렬한 생활의 의욕을 느끼게 된다.

연기는 몸에 배서 어느 결엔지 옷자락과 손등에서도 냄새가 나게 된다. 나는 그 냄새를 한없이 사랑하면서 즐거운 생활감에 잠겨서는 새삼스럽게 생활의 제목을 진귀한 것으로 머리 속에 떠올린다. 음영(陰影)과 윤택과 색채가 빈곤해지고 초록이 전혀 그 자취를 감추어버린 꿈을 잃은 헌출한 뜰 복판에 서서 꿈의 껍질인 낙엽을 태우면서 오로지 생활의 상념에 잠기는 것이다. 가난한 벌거숭이의 뜰은 벌써 꿈을 메우기에는 적당하지 않은 탓일까. 화려한 초록의 기억은 참으로 멀리 까마득하게 사라져 버렸다. 벌써 추억에 잠기고 감상에 젖어서는 안된다.

가을이다. 가을은 생활의 시절이다. 나는 화단의 뒷바라지를 깊게 파고 다 타버린 낙엽의 재를—죽어버린 꿈의 시체를—땅속 깊이 파묻고 엄연한 생활의 자세로 돌아서지 않으면 안 된다. 이야기 속의 소년 같이 용감해지지 않으면 안된다. 전에 없이 손수 목욕물을 긷고 혼자 불을 지피게 되는 것도 물론 이런 감경에서부터이다. 호스로 목욕통에 물을 대는 것도 즐겁거니와, 고생스럽게 눈물을 흘리면서 조그만 아궁이로 나무를 태우는 것도 기쁘다. 어둑 컴컴한 부엌에 웅크리고 앉아서 새빨갛게 피어 오르는 불꽃을 어린아이의 감동을 가지고 바라본다. 어둠을 배경으로 하고 새빨갛게 타오르는 불은 그 무슨 신성하고 신령스런 물건 같다.

얼굴을 붉게 태우면서 긴장된 자세로 웅크리고 있는 내 꼴은 흡사 그 귀중한 선물을 프로메테우스에게서 막 받았을 때의 그 태고적 원시의 그것과 같을는지 모른다. 새삼스럽게 마음 속으로 불의 덕을 찬미하면서 신화 속 영웅에게 감사의 마음을 바친다. 좀 있으면 목욕실에는 자욱하게 김이 오른다. 안개 깊은 바다의 복판에 잠겼다는 듯이 동화의 감정으로 마음을 장식하면서 목욕물 속에 전신을 깊숙이 잠글 때 바로 천국에 있는 듯한 느낌이 난다. 지상 천국은 별다른 곳이 아니다. 늘 들어가는 집안의 목욕실이 바로 그것인 것이다. 사람은 물에서 나서 결국 물 속에서 천국을 구하는 것이 아닐까.

물과 불과—이 두 가지 속에 생활은 요약된다. 시절의 의욕이 가장 강렬하게 나타나는 것은 두 가지에 있어서다. 어느 시절이나 다 같은 것이기는 하나, 가을부터의 절기가 가장 생활적인 까닭은 무엇보다도 이 두 가지 원소의 즐거운 인상 위에 서기 때문이다. 난로는 새빨갛게 타야 하고, 화로의 숯불은 이글이글 피어야 하고, 주전자의 물은 펄펄 끓어야 된다.

백화점 아래층에서 커피의 낱알을 찧어가지고는 그대로 가방 속에 넣어가지고 전차 속에서 진한 향기를 맡으면서 집으로 돌아온다. 그러는 그 내 모양을 어린애답다고 생각하면서 그 생각을 또 즐기면서 이것이 생활이다고 느끼는 것이다.

싸늘한 넓은 방에서 차를 마시면서 그제까지 생각하는 것이 생활의 생각이다. 벌써 쓸모 적어진 침대에는 더운 물통을 여러 개 넣을 궁리를 하고 방구석에는 올겨울에도 또 크리스마스 트리를 세우고 색전등도 장식할 것을 생각하고, 눈이 오면 스키를 시작해 볼까 하고 계획도 해 보곤 한다. 이런 공연한 생각을 할 때만은 근심과 걱정도 어디론지 사라져 버린다. 책과 씨름하고 원고지 앞에서 궁싯거리던 그 같은 서재에서 개운한 마음으로 이런 생각에 잠기는 것은 참으로 유쾌한 일이다.

책상 앞에 붙은 채 별일 없으면서도 쉴 새 없이 궁싯거리고 생각하고 괴로워하고 하면서, 생활의 일이라면 촌음을 아끼고 가령 뜰을 정리하는 것도 소비적이니 비생산적이니 하고 경시하던 것이, 도리어 그런 생활적 사사(些事)에 창조적 생산적인 뜻을 발견하게 된 것은 대체 무슨 까닭일까. 시절의 탓일까. 깊어가는 가을이, 벌거숭이의 뜰이 한층 산 보람을 느끼게 하는 탓일까.

어린이 예찬

방정환(方定煥, 1899~1931)
아동문학가

어린이가 잠을 잔다. 내 무릎 앞에 편안히 누워서 낮잠을 달게 자고 있다. 볕 좋은 첫여름 조용한 오후이다.

고요하다는 고요한 것을 모두 모아서 그중 고요한 것만을 골라 가진 것이 어린이의 자는 얼굴이다.

평화라는 평화 중에 그중 훌륭한 평화만을 골라 가진 것이 어린이의 자는 얼굴이다. 아니 그래도 나는 이 고요한 자는 얼굴을 잘 말하지 못하였다.

이 세상의 고요하다는 고요한 것은 모두 이 얼굴에서 우러나는 것 같고 이 세상의 평화라는 평화는 모두 이 얼굴에서 우러나는 듯 싶게 어린이의 잠자는 얼굴은 고요하고 평화롭다.

고운 나비의 나래, 비단결 같은 꽃잎, 아니 아니 이 세상에 곱고 보드랍다는 아무것으로도 형용할 수 없이 보드랍고 고운 이 자는 얼굴을 들여다보라.

그 서늘한 두 눈을 가볍게 감고 이렇게 귀를 기울여야 들릴 만큼 가늘게 코를 골면서 편안히 잠자는 이 좋은 얼굴을 들여다보라. 우리가 종래에 생각해 오던 하느님의 얼굴을 여기서 발견하게 된다. 어느 구석에 먼지만큼이나 더러운 티가 있느냐.

어느 곳에서 우리가 싫어할 한 가지 반가지나 있느냐. 죄 많은 세상에 나서 죄를 모르고 부처보다도 야소보다도 하늘 뜻 그대로의 산 하느님이 아니고 무엇이랴.

아무 꾀도 갖지 않는다. 아무 획책도 모른다. 배고프면 먹을 것을 찾고 먹어서 부르면 웃고 즐긴다. 싫으면 찡그리고 아프면 울고 거기에 무슨 꾸밈이 있느냐.

시퍼런 칼을 들고 핍박하여도 맞아서 아프기까지는 방글방글 웃으며 대하는 이다.

이 넓은 세상에 오직 아이가 있을 뿐이다.

오오 어린이는 지금 내 무릎 위에서 잠을 잔다. 더할 수 없는 참됨과 더할 수 없는 착함과 더할 수 없는 아름다움을 갖추고 그 위에 또 위대한 창조의 힘까지 갖추어 가진 어린 하느님이 편안하게도 고요한 잠을 잔다.

옆에서 보는 사람의 마음속까지 생각이 다른 번루한 것에 미칠 틈을 주지 않고 고결하게 순화시켜 준다. 사랑스럽고도 부드러운 위엄을 가지고 곱게 곱게 순화시켜 준다.

나는 지금 성당에 들어간 이상의 경건한 마음으로 모든 것을 잊어버리고 사랑스러운 하느님—위엄뿐만의 무서운 하느님이 아니고—의 자는 얼굴에 예배하고 있다.

창

김진섭(金晋燮, 1903~미상)
수필가 · 독문학 교수

　창을 해방의 도(道)에 있어서 잠시 생각하여 본다. 이것은 즉 내 생활의 권태에 못 이겨 창측(窓側)에 기운없이 몸을 기대었을 분, 한 갈래 두 갈래 머리로부터 흐르려던 사상의 가난한 한 묶음이다.

　철학자 게오르크 짐멜은 일개 화병의 손잡이로부터 놀랄만큼 매력 있는 하나의 세계관을 도출하였다. 이것은 적어도 하나의 유명한 사실임을 잃지 않는다. 이 예에 따라 나는 여기 한 개의 창을 관찰의 대상으로 삼으려고 한다. 그러나 이것이 과연 하나의 버젓한 세계관이 될지, 또는 하나의 명색 「수포철학(水泡哲學)」에 귀하고 말지는 보증의 한이 아니다. 그 어떠한 것에 이 「창측의 사상」이 속하게 되든—물론 이것은 그 나쁘지 않은 기도에도 불구하고 아직은 오히려 하나의 미숙한 소묘에 그칠 따름이다—창은 우리에게 공명을 가져오는 자이다. 창이란 흔히 우리의 태양임을 의미한다.

　사람은 눈이 그 창이고, 집은 그 창이 눈이다. 오직 사람과 가옥에 멈출 뿐이랴. 자세히 점검하면 모든 물체는 그 어떠한 것으로 의하여서든지, 반드시 그 통로를 가지고 있음을 두말할 것도 없다. 우리는 그 사람의 눈에 매력을 느낌과 같이 집집의 창과 창에 한없는 고혹(蠱惑)을 느낀다. 우리를 이와같이 견인하여 놓으려 하지 않는 창측에 우리가 앉아 한가히 보는 것은, 그러므로 하나의 헛된 연극에 비교될 성질의 것은 아니다.

　우리가 여기서 볼 수 있는 것은 너무나 많은 것— 즉, 그것은 자연과 인생의 무진장한 풍일(豐溢)이다. 혹은, 경우에 의하여서는 세계

자체일 수도 있는 것 같다. 창 밑에 창이 있을 뿐 아니라, 창 옆에 창이 있고, 창 위에도 창은 있어— 눈은 눈을 통하여, 창은 창에 의하여 이제 온 세상이 하나의 완전한 투명체임을 볼 때가 일찍이 제군에게는 없었던가?

우리는 언제든지 될 수록이면 창 옆에 머물러 있으려 한다. 사람의 보려 하는 욕망은 너무나 크다. 이리하여, 사람으로부터 보려 하는 욕망을 거절하는 것같이 큰 형벌은 없다. 그러므로 그를 통하여 세태를 엿볼 수 있는 유일한 기회를 주는 창을 사람으로부터 빼앗는 감옥은 참으로 잘도 토구(討究)된 결과로서의 암흑한 건물이라 할 수 있다.

그러나 우리는 우리가 창을 통하여 보려는 것이 과연 무엇일까를 알지 못한다. 그럼에도 불구하고, 우리는 그것 보기를 무서워 하면서까지 그것을 보려는 호기심에 드디어 복종하고야 만다. 그러므로, 우리는 창을 한없이 그리워 하면서 동시에 이 창에 나타날 터일 것에 대한 가벼운 공포를 갖는 것이다. 창은 어떠한 악마를 우리에게 소개할지 사실 알 수 없는 까닭이다.

나라와 나라 사이에, 고을과 고을 사이에 도로·산천을 뚫고, 우리와 우리에 속한 것을 운반하기 위하여 주야로 달음질치는 기차, 혹은 알기도 하고 혹은 모르기도 한 번화한 거리와 거리에 질구(疾驅)하는 전차·자동차— 그것은 단지 목적지에 감으로써만 의미가 있는 것일까? 아니다. 적어도 나에겐 그것이 이 세계의 생활에 직접으로 통하고 있는 하나의 변화무쌍한 창으로서 더욱 의미가 있는 듯 싶다. 그러므로 우리는 항상 기차를 탈 때엔 조망이 좋은 창을 선택하려는 것이다. 그리함에 의하여 우리는 흔히 하나의 풍토학, 하나의 사회학에 참여하는 기회를 잃지 않으려는 것이다.

여행자가 잘 이용하는 유람자동차라는 것이 요새는 서울의 거리에도 서서히 조종되고 있는 것을 가끔 길 위에서 보지만, 그것을 볼 때, 나는 이것이 흥미에 찬 외래자의 큰 눈동자로서 밖에는 느껴지지 않는다—. 모르는 땅의 교통과 풍속이 이러한 달아나는 차창에 의하여 얼어질 수 없다면, 여행자의 극명한 노력은 지둔(遲鈍)한 다리와 발에 언제까지든지 지불되어야 할 것이다.

여기 가령 비행기가 떴다 하자. 여기 가령 어디서 불이 났다 하자. 그러면, 그때의 우리는 가장 가까운 창에 부산하게 몰린다. 그때 우리가 신사 체면에 서로 머리를 부딪침이 좀 창피하다 하더라도 관할바이랴! 밀고 헤쳐서까지 우리는 조망이 편한 창측의 관찰자가 되려 하는 것이다.

점잖스럽게 창과는 먼 곳에 앉아 세간의 구구한 동태에 무관심을 표방하고 있는 인사가 결코 없지 않으나, 알고 보면 그인들 별 수가 없는 것이다. 비행기의 프로펠러 소리에 그의 조화는 완전히 파괴되어 있는 것이다.

우리로 하여금 항상 창측의 좌석에 있게 하는 감정을 사람은 하나의 헛된 호기심이라고 단정하여 버릴는지도 모른다. 그러나 사람의 보려 하는 참을 수 없는 충동은 이를 헛된 호기심으로만 지적하기에는 너무도 심각한 것 같다.

참으로 사람이란 자기 혼자만으로는 도저히 살 수가 없는 것이고, 그보다는 다른 사람의 생활에 의하여, 또는 다른 사람의 생활을 봄에 의하여 오직 살 수가 있는 엄숙한 사실에 우리가 한 번 상도하여 보면, 얼마나 많이 이 창측의 좌석이 이 위급한 욕망에 영양을 제공하고 있는가를 용이하게 알 수가 있다.

이리하여, 우리가 가령 달아나는 전차에 몸을 싣는다는 것은, 우리가 어떠한 목적지를 지향하고 있는 구실 밑에 달아나는 가로에 있어 구제하기 어려운 욕망의 충족을 꾀함을 의미하는 것이다. 많은 사람의 무리, 은성(殷盛)한 상점의 쇼윈도우 ─우리가 흔히 거리의 동화에 가슴의 환영을 여러 가지로 추리하는 기회를 여기서 가짐이 무엇이 나쁘랴.─ 도시의 가로는 그만큼 충분·풍부하다. 달아나는 창은 무엇보다도 그것을 더 잘 보여준다.

아카시아를 위한 고유제(告由祭)

이재인(李在仁, 1945〜)
소설가 · 국문학 교수

이른바 40년만의 낙향(落鄕). 산비탈을 깎아 내고 그곳에 집을 짓게 되었다. 그런데 집이 앉을 자리에는 오십 년이 훨씬 넘는 수령(樹齡)의 아카시아나무 한 그루가 늠름하게 버티고 서 있었다. 이 나무를 가능한 한 살려 보려고 나는 나름대로 지혜를 짜보았지만 별 뾰죽한 방법이 없었다.

내가 나무 때문에 안달을 하자 공사를 맡은 K사장이 말했다.

"이건 나무가 아닙니다. 낙엽도 지저분하고 쓸모도 없어요. 혹시 소나무나 잣나무라면 몰라도. 그것들도 한쪽 끝에 서 있다면 모르지만 집터에 버티고 있다면 잘라내야 하는데, 이 자식은 죽어도 마땅합니다."

K사장은 날이 시퍼런 자귀로 한아름이나 되는 나무를 무슨 원수 대하듯 탁탁 두어 번 내리찍었다. 옅은 갈색의 나무껍질이 사방으로 튀며 나무의 속살에는 채찍 자국마냥 갈라진 상처가 생겨났다.

'아무리 나무라지만 이건 너무 심하지 않은가.'

나는 속으로 안타까웠다.

아카시아나무는 내가 열여섯 날 나던 해 사방공사에 부역 나갔다가 돌아오는 길에 들고 왔던 묘목이었다. 홍수에 씻겨 너덜대는 선산 산밑에 심었던 나무들 가운데 운 좋게 살아 남은 놈이었다. 그런데 이번 공사로 인하여 바야흐로 목숨이 촌각을 다투게 되었다.

아카시아가 우리 나라에 들어온 것은 1910년경으로 땔감이 부족하자 번식력이 강한 이 나무를 일본인들이 심기 시작했다고 한다. 그러다가 박정희 대통령이 녹화사업에 힘쓰면서 빠른 성장력과 강한 생명력을 가진 아카시아나무와 오리나무를 함께 심도록 했다. 특히 척박한 곳에서도 쉽게 뿌리를 내려 번성하는 아카시아는 산사태를 방지하는 사방공사 용으로 많이 쓰였다. 그래서 우리나라 곳곳에 아카시아가 숲을 이루어 토종나무처럼 흔히 볼 수 있는 나무가 되었다.

아카시아는 초여름이 되면 우유빛 꽃망울을 올망졸망 달고 온산에 향긋한 향기를 선사한다. 아카시아꿀은 또 얼마나 달콤하고 맛이 있는가. 어릴 적 아카시아꽃을 따 그 속의 향기로운 꿀을 빨아 먹으며 배고픔을 잊었던 때도 있었다.

그런데 사람들은 일제 때 심었다는 이유로 아카시아 나무를 배격하고 잡목이라고 베어낸다. 특히 무덤가에서 자라는 아카시아는 그 뿌리가 무덤 속으로 파고 들까봐 사람들이 골치를 앓기도 한다. 워낙 번식력이 강하고 생명력이 강해 아무리 베어내도 다시 가지를 치며 자라는 것이 아카시아나무이기 때문이다. K사장도 아카시아에 대해 이러한 생각에 젖어 있었던 듯하다.

어쨌든 내가 심은 아카시아나무는 베어질 운명에 처하고 말았다. 이 나무는 마을의 길흉사를 묵묵히 지켜보고 또한 논밭의 소출을 하나하나 눈여겨 보아왔을 터였다. 그런가 하면 이 마을을 벗어나 성공한 사람들의 소식을 모두 다 기억하고 있는 증인이기도 했다.

나는 독실한 기독교 신자인 아내 모르게 막걸리 몇 병과 북어포 한 장을 사다 놓았다. 사이비 신자가 되어 나무 앞에 제단을 마련하기로 한 것이다. 야밤에 나는 아카시아나무 앞에 제물들을 차려놓고 무릎을 꿇었다.

사람에게 말을 건네듯 집을 짓게 되어 어쩔 수 없이 베어내게 되었으니 용서하라고 나지막히 중얼거렸다. 소슬한 가을바람에 아카시아 이파리들이 바르르 떨리며 쉬쉬 소리를 내는 것이 마치 제 마지막을 알고 흐느껴 우는 것처럼 들렸다.

일찍이 우리 옛 선조들께서는 큰 나무에는 혼령이 있다고 믿었다.

그래서 나무를 베어내게 되면 고유제를 지내거나 진혼제를 치렀다. 고유제란 길사나 흉사가 있을 때 이러저러 해서 이러한 일을 하게 되었다고 신에게 고하는 일종의 제사이다. 흔히 말하는 고사인 것이다. 나무는 자연이다. 자연은 인간과 함께 존재하는 것이라고 믿었던 선조들의 혜안을 나는 받들고 싶었다.

나무 한 그루, 풀 한 포기, 돌 한 덩이가 내 이웃이고 나와 함께 하는 정물(情物)이란 것이 선조들의 생각이었다. 오늘날 자연보호니 환경친화 사상이니 하는 것들도 바로 여기에 다름아닐 것이다. 비록 소나무, 잣나무가 아니더라도 아카시아도 소중한 나무이다. 그래서 더불어 숲 아니겠는가. 비록 그것이 집터에 버티고 있었지만 내 고향을 지키고 있던 정든 이웃이 아니겠는가.

이튿날 아카시아나무는 육중한 전기 톱질에 팔다리를 버둥거리다 차가운 땅바닥에 나뒹굴었다. 몇 토막난 나무 둥치의 재질이 단단해 보였다. 아카시아나무는 목재로도 제격이라고 했다.

그것을 보니 내게 좋은 생각이 떠올랐다. 저 나무 토막들로 장승 몇 개를 깎아 마을 입구에 세우는 게 어떨까 하는 것이었다. 그렇게 되면 마을을 지키는 수호신이 되어, 우리의 이웃이 되어 아카시아나무는 새로운 삶을 살아갈 수 있을 것이다.

지난밤 사이비 신자가 되어 아무도 모르게 고유제를 지냈던 나에게 아카시아가 이렇게 보답해 오는 것만 같아 혼자 흐뭇한 웃음을 지었다.

한국인의 놋그릇

홍윤기(洪潤基, 1933~)
시인·일본사학 교수

해마다 겨울철에 접어 들면 문득문득 생각나는 것이 유기(鍮器)인 놋그릇이다. 번쩍번쩍 빛나는 잘 닦은 주발에서 김이 무럭무럭 나는 밥을 수저로 떠먹고 싶고, 놋대접에 담긴 떡국도 뜨끈하게 맛보고 싶어진다. 음식 그 자체에 대한 식욕이 동해서라기보다는 한국 전래의 놋그릇에 대한 내 나름대로의 애착에서이다.

입동(立冬)이 지나면서 김장을 담그고 나면 아낙네들은 숨돌릴 틈이 없다. 이번에는 하고 많은 놋그릇을 닦아야 하기 때문이다. 대가족이 한 울타리에 모여 살았으니 한마당에 놋그릇이 수북하게 쌓인다. 시어머니를 비롯해서 며느리들, 딸들, 집안의 모든 여식솔(女食率)들이 대청 앞 큰 마당에 빙 둘러 앉아 놋그릇을 닦게 마련이다. 기왓장을 곱게 빻아 그 가루를 지푸라기에다 찍어 가마니 위에 얹은 놋그릇을 싹싹 닦는다.

다락이나 부엌방 또는 광속에 넣어 두었던 놋그릇들은 여름과 가을을 나는 동안에 어느덧 시커멓게 때가 타고 초록으로 녹물이 번져 있다. 그러나 아낙네들의 잰 손놀림 속에서 시아버님의 주발대접이 어느새 번뜩이기 시작한다. 곁들여서 잉부(孕婦)처럼 배가 통통한 바리도 빛난다. 바리란 주둥이가 좁고 배가 잔뜩 부른 것으로 여자가 쓰는 놋밥그릇이다. 더구나 바리 뚜껑의 꼭지가 교태롭게 햇빛을 물고 빛난다. 아가리가 오목한 작은 탕기(湯器)인 옴파리도 장마통에 광 속에서 녹슨 때를 말끔히 벗고 반짝거린다.

손가락이 매끄럽고 보드라운 젊은 시누이와 올케도 오늘은 오순도

순 크기가 작은 놋그릇들을 닦으며 입가에 담뿍 미소를 담는다. 시어머니나 나이든 부인네들은 으레 큰 놋그릇들을 닦는다. 손마디가 무딘 탓도 있거니와 어른으로서의 권위는 역시 큰 그릇을 다루는 데 있고 또한 그것을 즐기는 게 사뭇 자연스럽다.

유기 중에도 큰 그릇이라면 양푼을 비롯해서 밥소래, 신선로(神仙爐), 조반기(朝飯器), 합(盒), 쟁반 등속이다. 양푼이란 음식을 담거나 데우는 데 쓰이는 운두가 높고 둘레가 큰 놋그릇이다. 양푼은 반병두리 비슷하게 생겼으나 반병두리보다는 훨씬 더 크다. 반병두리는 양푼과 달리 꼭지가 달린 뚜껑이 있다. 밥소래는 밥도 퍼 담지만 주로 국수나 떡을 담는 큰 놋쇠 그릇이다. 신선로는 큰 상 위에 얹어 놓고 한복판에다 숯불을 피워 담아 열구자(悅口子)를 끓이는 겨울철의 가장 이상적인 즉석 조리용 놋그릇이다. 조반기는 반병두리보다는 큰, 역시 꼭지 달린 뚜껑을 가진 유기이고, 합은 우지라고도 부른다. 운두는 과히 높지 않으나 뚜껑이 있는 둥글고 비교적으로 큰 놋쇠 그릇을 합이라고 부른다.

말하자면 놋그릇 닦기 작업은 겨울철의 가장 중요한 부엌 세간을 맞아 들이는 큰 행사다. 한국인의 겨울철을 빛내 주는 가장집물(家藏什物)의 대표적 존재인 유기물을 잘 모시기 위해 한나절이 넘도록 아낙네들은 산더미 같은 놋그릇을 닦고 또 닦는다. 비록 닦는 일은 힘에 겨웠지만 번쩍번쩍 빛나는 그 그릇마다 따뜻한 겨울이 포근하게 담긴다. 아낙네들의 정성으로 훈김 또한 식탁 위에 고루 번진다. 그러기에 밥상에 둘러앉은 식구들은 잔뜩 입맛을 돋군다. 창 밖에서는 겨울이 거세게 찬 바람을 몰고 들이 닥쳐와도 놋그릇에 담긴 뜨끈한 온기가 육신을 훈훈히 데워 주고 설설 끓는 온돌 바닥이 더욱 체온을 따끈히 해준다.

고려 청자기며 조선 백자기만이 우리의 자랑스러운 그릇은 아니다. 안성(安城)을 전래의 명산지로 삼는 유기 또한 우리 한국인의 자랑스러운 철기(鐵器)다. 그러나 구리[銅]와 아연(亞鉛)의 합금으로 알려진 놋쇠로 만드는 유기가 우리의 식탁에서 자취를 감춘 지는 이미 오래된 것 같다.

일제가 총탄 따위 무기를 만들기 위해 한국인의 부엌이며 광 속을 뒤져서 강제로 거두어 갔을 때도 오늘처럼 유기가 씻은 듯이 우리네 식탁을 떠나지는 않았다. 일제에게 많이 빼앗기고도 식구들이 쓸 만큼의 놋그릇은 제기(祭器)와 함께 잘 숨겨져 그럭저럭 웬만큼의 놋그릇은 갖추고 살아왔다.

어찌 겨울철에 사기 그릇이나 스테인레스 그릇 따위를 쓴다는 말인가. 그러나 오늘날에는 양상이 완전히 뒤바뀌었다. 누가 빼앗아 갔기 때문에 자취도 없는 게 아니다.

그런데 여기 한 가지 꼭 밝혀둘 게 있다. 현재 일본 나라(奈良)땅의 왜왕실 보물창고인 '정창원(正倉院)'에는 고대 신라의 놋그릇이며 놋수저 등 수많은 유기제품이 보존되어 있다. 이 신라 유기들은 서기 8세기 경에 신라에서 왜왕실로 보내준 것들이란다. 그러므로 한국인의 유기문화는 역사가 너무도 길다.

오늘의 생활 양식이 끝내 놋그릇을 추방했으니 못내 안타깝기만 하달까. 이른바 스테인레스 스타일이라고 하는 녹슬지 않는 강철이라는 뜻을 가진 〈크로움강(鋼)〉의 식기가 등장하면서부터 어느 사이엔가 유기는 슬금슬금 우리의 소반 위에서 퇴거(退去)하게 되었다. 이 바쁜 시대에 천연덕스럽게 앉아서 놋그릇의 녹이나 닦고 때를 벗겨 낼 겨를이 어디 있느냐는 것 같다.

그리고 보면 세태를 각박하다고 나무라야 할 것인가. 냉장고를 비롯해서 김치냉장고며 오븐·가스레인지 등등 우리네 부엌은 전자제품으로 채워졌으니 말이다.

오늘의 겨울철에 이렇듯 놋그릇이 우리로부터 유리(遊離)됨과 동시에 유기 산업도 사양화 되었다. 그것을 서글퍼하는 분들도 많을 것이다. 「안성마춤」이라는 저 유명한 속담까지 만들어 낸 놋그릇의 본향인 안성에서는 이제 몇 곳만이 가업을 지키며 간신히 명맥을 잇고 있다니 그나마 불행 중에 다행스러운 일인 것 같다.

요즘의 젊은 세대들은 놋그릇에 대해 제대로 알 리가 없다. 모름지기 유기를 사용해 온 세대는 아무래도 오늘의 구세대이기 때문이다. 어쩌면 젊은 사람들은 "녹슨 놋그릇 같은 소리 따위는 지껄이지도 말라"고 핀잔을 줄는지 모른다.

그러나 유기는 우리가 고래로 오랜 세월을 두고 아끼며 닦으며 써 왔던 옛 그릇이다. 그 그릇을 제대로 보존하고, 또한 가능하다면 골고루 새로 장만해서 부지런히 닦으며 겨울을 따뜻하게 그 그릇에다 담고 살고픈 것이 나의 간절한 뜻이다. 또한 유기는 우리 손으로 만들어서 써 온 우리 민족 전래의 그릇일 뿐만이 아니라 그 그릇의 형태도 외국과 다른 우리에게만 있는 독특한 모습들이다. 설렁탕은 뚝배기에 담아 먹어야 제 격이고, 된장찌개는 작은 뚝배기에 끓여야 제 맛이 나듯, 또한 우리 한국의 겨울 음식들은 놋그릇에 담아야만 제 멋이 나고 제 맛이 되살아날 것이다. 따지고 보면 놋그릇만이 아니요, 놋쇠로 된 한국인의 가장집물은 수두룩하다.

겨울철의 놋화로며 놋대야는 옛 겨울에의 동경심마저 자아내 준다. 우리는 오늘의 사기 세면기 대신에 그 놋대야에 담은 따끈한 물로 세수를 했고 그 놋화롯가에 앉아 삼발이에 얹은 된장 뚝배기가 끓는 한국의 미각을 맛보며 살아 왔다.

어린 것들은 얼레를 틀며 연을 날리다 손이 곱아 집 안으로 뛰어들어 할아버지의 사랑방 놋화롯가에다 손을 모았다. 손도 곱았거니와 화롯재 속에 할아버지가 묻어 두신 밤이 유난히도 맛이 나지 않았던가. 밤 맛에다 할아버지를 졸라서 옛날 얘기를 듣는 것은 금상첨화격이 아닐 수 없었다. 또한 놋촛대에서 황촉이 타오르는 화촉동방(華燭洞房) 한 귀에서는 놋대야와 놋요강이 촛불 빛에 번득거린다. 시집 오는 신부가 으레 혼행(婚行)길에 가져와야만 했던 소중한 물건들이다.

바지런한 며느리가 아침마다 정성껏 닦아드리는 시아버님의 놋재떨이는 노인이 장죽을 때리실 때 쳇소리가 상쾌하게 집 안에 울려 퍼졌다. 물론 장죽 양끝의 담배골통과 물부리 역시 놋쇠 제품이다. 노옹 (老翁)은 며느리나 집안 사람을 찾으실 때면 목청을 돋우시는 대신 놋 재떨이에다 규칙적으로 장죽 골통을 두드리신다. 그 쇳소리에 발이 잰 며늘 아기가 "예⋯⋯." 하고 대답하고 달려간다.

그리고 동구 밖에서는 아침 나절인데 징소리와 꽹과리 소리가 차츰 크게 울려 퍼진다. 그것 역시 놋쇠가 내주는 한국인의 음악 소리다. 아마도 오늘은 마을에 남사당패(男寺黨牌)들이 우르르 몰려드는가 보다. 그들의 구성진 소리와 청승맞은 춤과 또 흥겨운 놀이도 이어질 것이다. 그리고 그들은 숨을 헉헉 몰아 쉬면서 큰 동이에 담아내온 막걸리를 번뜩거리는 양푼으로 퍼서 단숨에 꿀꺽꿀꺽 들이키고는 덩실덩실 춤을 잇는다. 놋쇠로 만든 징과 꽹꽈리를 두드리며 내 땅의 정취에 흠뻑 젖을 것이다.

달팽이의 생리

곽순애(郭淳愛, 1949~)
수필가·약사

오늘 아침은 초여름 변덕스러운 날씨 탓인지 삼청공원 새벽 산책길이 간밤에 뿌린 소나기로 질펀하다. 공원의 나뭇잎에는 아직 물기가 촉촉이 남아 있어 생기를 더해 주고 며칠을 두고 이상 기온으로 무덥던 날씨마저 스산한 아침으로 변하게 하였다.

푸른 하늘은 몽롱한 매연 속에 자리를 내어준 지 이미 오래지만, 새벽 공기는 찌들었던 도시의 군더더기를 말끔히 씻어 내린 탓인지 사뭇 상큼하기만 하다.

공원 여기저기에 아직 지각한 꽃들은 함초롬히 봉오리를 안고 있거나 활짝 웃음으로 피어나려고 몸부림치고 있는데, 녹음의 짙은 내음이 물씬 온 몸을 휩싼다.

"초여름 산들바람 고운 머리 스칠 때 검은 머리 금비녀에 다홍치마 어여뻐라."

영화 '백치 아다다' 노래를 흥얼거리며 숲 속으로 난 작은 길을 거닐어 본다.

가슴을 펴고 심호흡을 하니 오늘 따라 유난히 상쾌하다. 아직도 살아 있는 자연에 대한 증명이라도 하려는 지 달팽이 두 마리가 회색빛 밋밋한 단풍나무 기둥을 타고 쉬엄쉬엄 오르고 있는 모습이 눈에 잡힌다.

어릴 적에는 멀리서 보기만 해도 징그러워 얼굴을 돌리던 달팽이가 나무를 타고 기어오르는 모습을 보며 작은 서양의 속담 한 토막을 떠올려 본다. 세속에 부딪쳐 살아온 연륜 때문이랄까.

"제비는 비록 탑에 올라가지 못할지라도 달팽이는 끝내 기어올라가고야 만다"고 하지 않았던가. 저토록 느릿느릿 기어 오르는 달팽이가, 하늘을 마음놓고 나는 제비도 오르지 못하는 그 높은 탑을 어찌 오르겠는가. 설정한 목표를 향해 미련할 정도로 꾸준히 오르고 있는 달팽이의 인내와 성취 의지에 대하여 우리의 생활 주변을 뒤돌아보게 된다.

뜻하지 않은 이른 아침, 나에게 사색의 기회를 준 앙증스런 두 마리의 작은 달팽이, 보호색으로 위장되어 쉬임없이 나무 밑둥을 기어오르는 달팽이의 여유가 오늘 아침에 유난히 크게 눈앞에 클로즈업 되는 것은 왜일까.

그들은 서로 시기하는 눈치가 전혀 보이지 않는다. 경쟁 같은 것은 더욱이 하려는 기세조차도 없다. 그저 올라가다 쉬고 긴 목을 내밀어 봄으로써 뿔을 세워 두리번거리는 여유를 보일 뿐이다. 순리를 쫓아 본능이라는 힘 하나만으로 버티며, 하고 싶은 몸짓을 마음껏 펼칠 수 있는 작은 미물의 화평함과 자유로움이 부럽기만 하다.

쫓기듯 성급하게 살아가는 오늘의 인간상과 특히 대입이라는 치열한 경쟁 속에 살아가는 우리 자녀들의 처지가 안타깝기만 하다. 한정되어 있는 상급 학교의 책상 숫자만큼의 정원과 좁은 땅덩어리와 학교를 졸업하고도 열리지 않는 좁은 취업의 문. 그에 맞춰서 어찌할 수 없이 남보다 앞선 능력을 갖추어야 하는 청소년들을 향하여 달팽이처럼 꾸준히 목표를 향하여 쉬엄쉬엄 매달려 보라고 권유하지 못하는 심정이 안타깝기만 하다.

모처럼의 맑은 공기 속의 공원 산책이 우울의 파편이 되어 무겁게 침전하고 만다. 자연 속에 묻혀 지저귀는 멧새의 청아한 소리가 이미 화평의 노래소리로 들리지 않는 것은 비단 지금의 청소년뿐만 아니라 기성 세대들도 마찬가지가 아닐까.

나도 이렇게 한가히 달팽이를 향하여 감상에 젖어 있을 때만은 아니다. 어서 집으로 돌아가서 딸아이의 학교에 갈 준비물을 챙겨 주어야 한다. 그런 후 옷을 갖춰 입고 나의 천직이요, 일터인 약국으로 발걸음을 옮겨야 한다. 쉴 사이 없이 약을 구하려는 환자와 마주쳐야 한다. 세상이 급히 돌아간다고는 하지만, 성급하기는 병을 고치려는 사람들도 마찬가지다. 물리적인 처방으로 얻어지는 약 몇 알로서 어떤 병이거나 즉각적인 약효를 기대하는 마음가짐은 한결같다. 조금도 기다리려는 너그러운 마음과 여유가 보이지 않아 늘 안타깝고 속상할 때가 많다.

간밤에 내린 비로 한층 해맑아진 한적한 공원에서 본능적으로 나무를 기어오르는 한가로운 달팽이의 몸짓을 어찌 복잡하게 얽혀 사는 사람들의 일상과 비교할 수 있겠는가. 다만 쉬임 없는 노력으로 한계단씩 올라도 높은 이상을 성취할 수 있는 삶의 터전이 마련된다면 얼마나 신나는 세상이 되겠는가. 어차피 인간의 무한한 욕구도 완벽하게 성취하지 못한 채 끝나 버리고 만다는 진리를 알고 있기에 마음가짐에다 더욱 소중한 비중을 심어야겠다. 비록 작은 공간이지만 자연 속에서 마음의 허전함을 달래며 가능하면 달팽이의 생리처럼 여유자적 즐거운 마음으로 살아가리라 다짐해 본다.

2. 기행문

　기행문이란 자기가 다녀온 어떤 관광·명승지나 또는 지역 사회에 관한 글이다. 일종의 보고문이기도 하다. 그러나 어떤 틀에 박힌 내용들을 나열하는 글이 아니다. 문학적으로 잘 다듬어져야 한다.

　대개 기행문은 경치가 아름다운 산이며 강, 바다와 섬 등 자연미를 그 대상으로 글을 쓰기 마련이다. 또한 외국 여행의 발자취도 흔히 쓰는 기행문의 내용이 된다. 그 밖에도 어떤 고장 등 지역사회를 다녀 온 기록도 기행문에 속한다.

　기행문이란 글자 그대로 자신이 다녀온 곳을 글로 쓰는 일이다. 첫째, 기행문을 쓰는 데는 뚜렷한 목적이 있어야 한다. 이것은 다녀온 곳을 독자인 제3자에게 알리자는 것이다. 여행 중에 보고 들은 내용을 비롯하여 여러 가지 감상을 쓰기 마련이다. 이때 자기 자신의 독자적인 관찰력을 통해서 문학적으로 표현할 일이다.

　어떤 글이거나 다 마찬가지겠으나 기행문은 차분하게 쓰는 것이 원칙이다. 그 곳이 너무 아름답다 하여 공연히 들뜨거나 흥분해서 감정에 치우친 글을 써서는 안된다.

　처음부터 끝까지 내용을 조리있게 담아야 한다. 똑같은 내용을 되풀이하여 써도 안된다. 독자는 반복되는 이야기를 원치 않는다. 지루하다고 느끼기 전에 벌써 책을 덮어 버린다. 자연스럽게 그러면서도 특색있는 모습들을 뚜렷하게 묘사할 일이다. 독자는 글을 읽으면서 다음에는 어떤 새로운 내용이 전개될 것인가를 기대한다. 다른 사람이 쓴 일이 없는 전혀 참신한 이야기만을 요구한다. 따지고 보면 독자들은 욕심장이라기 보다는 매우 까다로운 존재다. 독자가 제것이 아닌 남의 글을 읽어 준다는 것은 우서 고마운 일이다. 그런 고마운 독자들을 위해 무언가 새롭고 흥미진진한 글을 묘사해 줄 일이다.

기행문은 이미 남들이 쓴 소재거나 제재를 다루기 쉽다. 왜냐하면 기행문은 대개 명승지나 외국 관광을 다녀와서 쓰기 때문에 여러 사람의 글들이 발표되어 있기 쉽다. 그러므로 남이 쓴 곳에 대한 기행문은 되도록 피하는 것이 좋다. 어떤 사람이 이미 쓴 것을 중복하여 쓴다면 글의 가치는 찾아볼 수 없지 않은가. 기행문을 쓰기 위해서는 남이 쓴 기행문들도 두루 찾아내어 미리 읽어 보아야 한다. 그런 다음에 남들이 다루지 않은 내용을 가지고 특색있게 쓸 일이다.

우리가 카메라로 사진을 찍을 때 렌즈의 방각을 달리한다면 새로운 그림을 담게 된다. 그와 마찬가지로 기행문의 내용도 그 대상에 대한 시각을 다양한 각도에서 묘사한다. 또한 새로운 특징을 찾아내서 엮는다면 지금까지와는 다른 참신한 글을 쓸 수 있다. 외국 여행의 기행문의 경우는 반드시 유명한 고장의 경치 소개 보다는 그 고장 사람들의 여러 가지 색다른 풍속이며 생활 모습을 담는 것도 좋겠다. 그 지역 나름대로의 흥미로운 인간의 행동 방식 등등, 쓸 것은 많이 있다고 본다.

그 나라의 독특한 음악이며 무용, 연극, 민속공연 같은 예술행위, 여러 가지 풍토 문화, 각종 산업이며 이채로운 직업, 가정 생활에 이르기까지 독자에게 지금까지 알려지지 않은 그 나라의 온갖 양식과 문화를 제공하는 데에 기행문의 정보적인 가치도 이루게 된다.

기행문은 대개 그 길이가 긴 글이다. 따라서 자칫하면 독자에게 지루한 읽을거리가 되가 쉽다. 문장은 되도록 간결하고 함축성 있게 쓸 일이다. 글의 처음 시작인 도입부에서는 무언가 독자에게 관심을 끌게할만한 메시지를 넌지시 제시하는 것도 바람직하다.

□ **기행문**

산정무한(山情無限)

정비석(鄭飛石, 1911~1991)
소설가

산길 걷기에 알맞도록 간편히만 차리고 떠난다는 옷치장이, 정작 푸른 하늘 아래에 떨치고 나서니 멋은 제대로 들었다. 스타킹과 니카팬츠와 점퍼로 몸을 거뿐히 단속한 후, 등산모 젖혀 쓰고 바랑을 걸머지고 고개를 드니, 장차 우리의 발밑에 밟혀야 할 만2천 봉(峰)이 천리로 트인 창공에 뚜렷이 솟아 보이는 듯하다.

그립던 금강으로, 그리운 금강산으로! 떨치고 나선 산장(山裝)에서는 어느새 산의 향기가 서리서리 풍긴다. 산뜻한 마음으로 활개쳐 가며 산으로 떠나는 지완(之完)과 나는 이미 진고개에 방황하던 창백한 인텔리가 아니라, 역발산(力拔山) 기개세(氣蓋世)의 기개를 가진 갈 데 없는 야인 문서방(文書房)이요, 정생원(鄭生員)이었다.

차 안에서 무슨 흘게 빠진 체모란 말이냐? 우리 조상들의 본을 떠서 우리도 할 소리 못 할 소리 남 꺼릴 것 없이 성량껏 떠들었으면 그만이 아닌가?

스스로 야인의 긍지에 도취되어서, 뒤로 흘러가는 창밖의 경개를 우리는 호화로운 심정으로 영접하였다. 고리타분한 생활을 항간에 남겨 두고, 잠시나마 자연인으로 돌아간다는 것이 이처럼 쾌사였던가? 인간생활이 후덥지근하고 답답하기 한없음을 인제서 깨달은 듯하였다. 잠시나마 악착스러운 생활을 벗어나 순수한 자연의 품안에 들어 본다는 것은, 항상 오만한 인간생활의 순화를 위하여 얼마나 긴요한 일일까?

허심탄회 인화지와 같은 마음으로 앞으로 전개될 자연들을 우리는 해면처럼 흡수했으면 그만이었다.

철원(鐵原)서 금강 전철로 차를 바꿔 탄 것이 저무는 일곱 시쯤 — 먼 시골에는 황혼이 어리고, 대지는 각일각 회색으로 용해되어 가는데, 개성을 추상(抽象)당한 산령(山嶺)들이 묵직한 윤곽만으로 서녘 하늘에 웅크렸다.

고요하기 태고 같은 이 풍경 속에서 순시도 멎음 없이 변화를 조종하는 기막힌 조화는 대체 누가 부리는 요술이던가? 창명(愴冥)히 저무는 경개에 심취하여 창가에 기대인 채 마음의 평화를 즐기다가, 우리는 어느덧 저 모르게 가슴 깊이 지녔던 비밀들을 서로 이야기하고 있었다. 보배로 여기던 비밀을 아낌없이 털어놓도록 그만큼 우리를 에워싼 분위기는 순수했던 것이다.

유리창 밖으로 비치는 지완의 얼굴을 하염없이 바라보며, 그의 청춘사(靑春史)에서도 가장 깨끗하고 아름다웠을 사랑담(談)을 허심히 들어 넘기며, 나는 몇 번이고 담배를 바꿔 피웠다. 침착한 여인네가 장롱에 옷가지 챙겨 넣듯 차근차근 조리있게 얽어나가는 지완의 능숙한 화술은, 맑은 그의 음성과 어울려서 귓가에 도란도란 향기로왔다.

사랑이 그처럼 담담할 수 있을까? 세상에 사랑처럼 쓰라린 것, 매운 것은 없다는데, 지완의 것은 아침 이슬같이 담결(淡潔) 했다니, 그도 그의 성격의 소치일까? 창밖에 금풍(金風)이 소슬(蕭瑟)해서, 그 사람이 유난히 고매하게 느껴졌다.

내금강 역에 닿으니, 밤 열 시! 어느 사찰을 연상시키는 순 한국식 거사가 달빛 속에 우리를 반기는 듯 맞는다.

내금강 역사다.

어느 외국인의 산장을 그대로 떠다 놓은 듯이 멋진 양관(洋館) 외금강역과 아울러 이 한국식 내금강역은 산을 찾아오는 사람에게 무한 정겨운 호대조(好對照)의 두 건물이다. 내와 외를 여실히 상징한 것이 더 좋았다.

십삼 야월(夜月)의 달빛 차갑게 넘실거리는 역 광장에 나서니, 심산의 밤이라 과시 바람은 세찬데, 별안간 계간(溪澗)을 흐르는 물소리가 정신을 빼앗을 듯 소란해서 추위는 한층 뼈에 스민다. 장안사(長安寺)로 향하여 몇 걸음 걸어가며 고개를 드니, 산과 산들이 병풍처럼 사방에 우쭐 둘러선다. 기쓰고 찾아온 바로 저 산이 아니었고 가고 금세 어루만져 보고 싶은 충동을 느끼며, 힘껏 호흡을 들이마시니, 어느덧 간장도 청수(淸水)에 씻기운 듯 맑아 온다. 청계를 끼고 물소리를 즐기며 걸어가기 10분쯤, 문득 발부리에 나타나는 단청된 다리는 이름부터 격에 어울려 함부로 건너기조차 외람된 문선교(問仙矯)!

어느 때 어떤 은사(隱士)가 예까지 찾아와서, 선경이 어디냐고 목동에게 차문(借問)한 고사(故事)라도 있었던가? 있을 법한 일이면서 깜짝 소문에조차 듣지 못한 것은, 역시 선경과 속계가 스스로 유별한 탓이었던가?

借問酒家何處在
牧童遙指否花村

은 속계의 노래로, 속계에서는 이만하면 풍류객이렸다. 동양류의 선경이란 풍류객들이 사는 고장을 이름이니, 선경과 속계는 백지 한 겹 밖에 아닌 듯이 믿어지니, 이미 세진을 떨치고 나선 몸이라 서슴치 않고 문선교를 건너기로 하였다.

이튿날 아침 고단한 마련해선 일찌거니 눈이 떠진 것은 몸에 지닌 기쁨이 하도 컸던 탓이었을까? 안타깝게도 간밤에 볼 수 없었던 영봉들을 대면하려고 새댁같이 수줍은 생각으로 밖에 나섰으나, 계곡은 여태 짙은 안개 속에서, 준봉은 상기 깊은 구름 속에서 용이하게 자태를 엿보일 성싶지 않았고, 다만 가까운 데의 전나무, 잣나무들 만이 대장부의 기세로 활개를 쭉쭉 뻗고, 하늘을 찌를 듯이 솟아 있는 것이 눈에 띌 뿐이다.

모든 근심없이 자란 나무들이었다. 청운의 뜻을 품고 하늘을 향하여 문실문실 자란 나무들이었다. 꼬질꼬질 뒤틀어지고 외틀어지고 야산 나무밖에 보지 못한 눈에는 귀공자와 같이 기품이 있어 보이는 나무들이었다.

조반 후 단장 짚고 험난한 전정(前程)을 웃음경삼아 탐승의 길에 올랐을 때에는 어느덧 구름과 안개가 개어져 원근 산악이 열병식하듯 점잖이들 버티고 서 있는데, 첫눈에 동자를 시울리게 하는 만산의 색소는 홍(紅)! 이른바 단풍이란 저것인가 보다 하였다.

만학(萬壑) 천봉(千峰)이 한바탕 흔들리게 웃는 듯, 산색은 붉을 대로 붉었다. 자세히 보니 홍(紅)만도 아니었다. 청(靑)이 있고, 녹(綠)이 있고, 황(黃)이 있고, 등(燈)이 있고, 이를테면 산 전체가 무지개와 같이 복잡한 색소로 구성되었으면서, 얼핏 보기에 주홍(朱紅)만으로 보이는 것은 스펙터클의 조화던가?

복잡한 것은 색만이 아니었다. 산의 용모는 더욱 다기(多岐)하다. 혹은 깎은 듯이 준초(峻峭)하고, 혹은 그린 듯이 온후하고, 혹은 막잡아 빚은 듯이 험상궂고, 혹은 틀에 박은 듯이 단정하고… 용모 풍취가 형형색색인 품이 이미 범속이 아니다.

산의 품평회를 연다면 여기서 더 호화로울 수 있을까? 문자 그대로 무궁무진하다. 장안사(長安寺) 맞은편 산에 울울창창 우거진 것은 모두 잣나무 뿐인데, 도시 이등변 삼각형으로 가지를 늘이고 섰는 품이, 한 그루의 나무가 흡사히 고여 놓은 차례탑(茶禮塔) 같다. 부처님은 예불상(禮佛床)만으로는 미흡해서, 이렇게 자연의 진수성찬을 베풀어 놓으신 것일까? 얼핏 듣기에 부처님이 무엇을 탐낸다는 것이 천만부당한 말 같지마는 탐내는 그것이 물욕 저편의 존재인 자연이고 보면, 자연을 탐낸다는 것이 이미 불심이 아니고 무엇이랴!

장안사 앞으로 흐르는 계류를 끼고 돌며 몇 굽이의 협곡을 거슬러 올라가니, 산과 물이 어울리는 지점에 조그마한 찻집이 있다.

다리도 쉴 겸, 스탬프북을 한 권 사서 옆에 구비된 기념인장을 찍으니, 그림과 함께 지면에 나타나는 세 글자가 명경대(明鏡臺)! 부앙(俯

仰)하여 천지에 참괴(慚愧)없는 공명한 심정을 명경지수(明鏡止水)라고 이르나니, 명경대란 흐르는 물조차 머무르게 하는 곳이란 말인가! 아니면, 지니고 온 악심(惡心)을 여기서만은 정하게 하지 아니치 못하는 곳이 바로 명경대란 말인가? 아무려나 아름다운 이름이라고 생각하며 찻집을 나와 수십 보를 바위로 올라가니, 깊고 푸른 황천담(黃泉譚)에 죄의 영자(影子)가 반영되었다고 길잡이는 말한다.

명경(明鏡)! 세상에 거울처럼 두려운 물품이 다신들 있을 수 있을까? 인간 비극은 거울이 발명되면서 비롯했고, 인류 문화의 근원은 거울에서 출발했다고 하면 나의 지나친 억설일까? 백 번 놀라도 유부족(惟不足)일 거울의 요술을 아무런 두려움도 없이 일상으로 대하게 되었다는 것은 또 얼마나 가경(可驚)할 일인가!

신라조 최후의 왕자인 마의태자는, 시방 내가 서 있는 바로 이 바위 위에 꿇어 엎드려 명경대를 우러러보며 오랜 세월을 두고 나무아미타불을 염송했다니, 태자도 당신의 업죄를 명경에 영조(映照)해 보시려는 뜻이었을까? 운상기품(雲上氣稟)에 무슨 죄가 있으랴마는 등극하실 몸에 마의를 감지 않으면 안 되었다는 것이, 이미 불법이 말하는 전생의 연(緣)일는지 모른다.

두고 떠나기 아쉬운 마음에 몇 번씩 뒤를 돌아다보며 계곡을 돌아나가니, 앞으로 염마(閻魔)처럼 막아서는 웅자가 석가봉(釋迦峯), 뒤로 맹호같이 덮누르는 신용(神容)이 천진봉(天眞峯)! 전후 좌우를 살펴봐야 협착(狹窄)한 골짜기는 그저 그뿐인 듯, 진퇴 유곡의 절박감을 느끼며 그대로 걸어 나가니 간신히 트이는 또 하나의 협곡!

몸에 감길 듯이 정겨운 황천강(黃泉江) 물줄기를 끼고 돌면, 길은 막히는 듯 나타나고 나타나는 듯 막히고, 이 산에 흩어진 전설과 저 봉에 얽힌 유래담을 길잡이에게 들어가며, 쉬엄쉬엄 걸어 나가는 동안에 몸은 어느덧 심해 같이 유수(幽邃)한 수림 속을 거닐고 있음을 깨닫게 되었다.

천하에 수목이 이렇게도 지천으로 많던가! 박달나무, 엄나무, 자작

나무, 고로쇠나무… 나무의 종목은 하늘의 별보다도 많다고 한 어느 시의 귀절을 연상하며 고개를 드니, 보이는 것이라고는 그저 단풍 뿐, 단풍의 산이요 단풍의 바다다.

산 전체가 요원한 화원이요, 벽공에 외연히 솟은 봉봉(峯峯)은 그대로가 활짝 피어오른 한 떨기의 꽃송이다. 산은 때 아닌 때에 다시 한 번 봄을 맞아 백화요란한 것일까? 아니면 불의의 실화에 이 봉 저 봉이 송두리째 붉게 타고 있는 것일까? 진주홍(眞朱紅)을 함빡 빨아들인 해면같이 우러러볼수록 찬란하다.

산은 언제 어디나 이렇게 많은 색소를 간직해 두었다가, 일시에 지천으로 내뿜은 것일까?

단풍이 이렇게까지 고운 줄은 몰랐다. 지완 형은 몇 번이고 탄복하면서 흡사히 동양화의 화폭 속을 거니는 감흥을 그대로 맛본다는 것이다. 정말 우리도 한 떨기 단풍에 지나지 않아 보인다. 다리는 줄기요, 팔은 가지인 채 피부는 단풍으로 물들어 버린 것같다. 옷을 훨훨 벗어 꽉 쥐어짜면, 물에 행궈 낸 빨래처럼 진주홍 물이 주르르 흘러 내릴 것만 같다.

그림같은 연화담(蓮花潭_ 수렴폭(水簾瀑)을 완상하며, 몇십 굽이의 석계(石階)와 목잔(木棧)과 철삭(鐵索)을 답파하고 나니, 문득 눈앞에 막아서는 무려 3백단의 가파른 사닥다리—한 층계 한 층계 한사코 기어오르는 마지막 발걸음에서, 시야는 일망무제로 탁 트인다. 여기가 해발 5천 척의 망군대(望軍臺)—아아, 천하는 이렇게도 광활하고 웅장하고 숭엄하던가?

이름도 정다운 백마봉(白馬峯)은 바로 지호지간에 서있고, 내일 오르기로 예정된 비로봉(毘盧峯)은 단걸음에 건너뛸 정도로 가깝다. 그 밖에도 유상무상의 허다한 봉(峯)들이, 전시에 할거하는 영웅들처럼 여기에서도 불끈 저기에서도 불끈, 시선을 낮춰 아래로 굽어보니, 발밑은 천인단애(千仞斷崖) 무한제(無限際)로 뚝떨어진 황천계곡에 단풍이 선혈처럼 붉다.

우러러보는 단풍이 신부 머리의 칠보단장 같다면, 굽어보는 단풍은 치렁치렁 늘어진 규수의 붉은 스란치마폭 같다고나 할까? 수줍어 수줍어 생글 돌아서는 낯 붉힌 아가씨가 어느 구석에서 금세 튀어나올 것도 같구나!

저물 무렵에 마하연(摩訶衍)의 여사를 찾았다. 산중에 사람이 귀해서였던가 어서 오십사고 상냥한 안주인의 환대도 은근하거니와, 문고리 잡고 말없이 맞아 주는 여관집 아가씨의 정성은 무르익은 머루알같이 고왔다.

여장을 풀고 마하연사(摩訶衍寺)를 찾아갔다. 여기서는 선원(禪院) 이어서 불경(佛經) 공부하는 승려 뿐이라고 한다. 크지도 않은 절이건만 승려 수는 실로 30명은 됨 직하다. 이런 심산에 웬 중이 그렇게도 많을까?

無限靑山行欲盡
白雲深處多老僧

옛글 그대로다.

노독을 풀 겸 식후에 바둑이나 두려고 남포등 아래에 앉으니, 온고 지정이 불현듯 새로워졌다.

'남포등은 참말 오래간만인데.'

하며 불을 바라보는 지완 형의 말씨가 하도 따뜻해서, 나도 장난삼아 심지를 돋우었다 줄였다 하며 까맣게 잊었던 옛 기억을 되살렸다. 그리운 얼굴들이 흐르는 물에 낙화 송이같이 떠돌았다.

밤 깊어 뜰에 나서니, 날씨는 흐려 달은 구름 속에 잠겼고 음풍(陰風)이 몸에 신산하다. 어디서 쏴쏴 소란히 들려오는 소리가 있기에 바람소린가 했으나, 가만히 들어보면 바람소리만도 아니요, 물소리가인가 했더니 물소리만도 아니요, 나뭇잎 갈리는 소린가 했더니 나뭇잎 갈리는 소리만은 더구나 아니다. 아마 필시 바람소리와 물소리와 나뭇잎 갈리는 소리가 함께 어울린 교향악인 듯 싶거니와 어쩌면 곤히 잠든 산의 호흡인지도 모를 일이다.

뜰을 어정어정 거닐다 보니, 여관집 아가씨가 등잔 아래에 오롯이 앉아서 책을 읽고 있다. 무슨 책일까? 밤 깊은 줄조차 모르고 골똘히 읽는 품이 춘향이 태형 맞으며 백으로 아뢰는 대목일 것도 같고, 누명 쓴 장화(薔花)가 자결을 각오하고 원한을 하늘에 고축하는 대목일 것도 같고… 시베리아로 정배가는 카츄사의 뒤를 네프 백작이 쫓아가는 대목일 것도 같고…

궁금한 판에 제멋대로 상상해 보는 동안에 산속의 밤은 처량히 깊어 갔다.

자꾸 깊은 산속으로만 들어가기에, 어느 세월에 이 골(谷)을 다시 헤어나 볼까 두렵다. 이대로 친지와 처자를 버리고 중이 되는 수밖에 없나 보다고 생각하며 고개를 돌이키니, 몸은 어느새 구름을 타고 두리둥실 솟았는지, 군소봉(群小峯)이 발밑에 절하여 아뢰는 비로봉 중허리에 나는 서 있었다. 여기서부터 날씨는 급격히 변화되어, 이 골짝 저 골짝에 안개가 자욱하고 음산한 구름장이 산허리에 감기더니, 은제(銀梯) 금제(金梯)에 다다랐을 때 기어코 비가 내렸다. 젖빛 같은 연무(煙霧)가 짙어서 지척을 분별할 수 없다. 우장없이 떠난 몸이기에 그냥 비를 맞으며 올라가노라니까 돌연 일진광풍이 어디서 불어왔는가, 획 소리를 내며 운무(雲霧)를 몰아가자, 은하수같이 정다은 은제(銀梯)와 주홍주단(朱紅綢緞) 폭같이 늘어 놓은 붉은 진달래 단풍이 몰려가는 연무 사이로 나타나 보인다. 은제와 단풍은 마치 이랑이랑으로 엇바꾸어 가며 짜놓은 비단결같이 봉에서 골짜기로 퍼덕이며 흘러내리는 듯하다. 진달래는 꽃보다 단풍이 배승(倍勝)함을 이제야 깨달았다.

오를수록 우세(雨勢)는 맹렬했으나, 광풍이 안개를 헤칠 때마다 농무(濃霧) 속에서 홀현홀몰(忽顯忽沒)하는 영봉을 영송하는 것도 가히 장관이었다.

산마루가 가까울수록 비는 폭주(暴注)로 내리붓는다. 만2천봉을 단박에 창해로 변해 버리는 것일까? 우리는 갈 데 없이 물에 빠진 쥐 모양을 해 가지고 비로봉 절정에 있는 찻집으로 찾아드니, 유리창 너머로 내다보고 섰던 동자가 문을 열어 우리를 영접하였고, 벌겋게 타오른 장독 같은 난로를 에워싸고 둘러앉았던 선착객들이 자리를 사양해 준다. 인정이 다사롭기 온실 같은데, 밖에서는 몰아치는 빗발이 어느덧 우박으로 변해서, 창을 때리고 문을 뒤흔들고 금시로 천지가 뒤집히는 듯하다. 용호가 싸우는 것일까? 산신령이 대로(大怒)하신 것일까? 경천동지도 유만부동이지 이렇게 만상을 뒤집을 법이 어디 있으랴고, 간장을 죄는 몇 분이 지나자, 날씨는 삽시간에 잠든 양같이 온순해진다. 변환도 이만하면 극치에 달한 듯 싶다.

비로봉(毘盧峯) 최고점이라는 암상(岩床)에 올라 사방을 조망했으나, 보이는 것은 그저 뭉게이는 운해뿐—운해는 태평양 보다도 깊으리라 싶다. 내·외·해(內外海) 삼금강(三金剛)을 일망지하에 굽어 살필 수 있다는 일지점에서 허무한 운해밖에 볼 수 없는 것이 가석(可惜)하나, 돌이켜 생각건대 해발 6천척에 다시 신장 5척을 가하고 오연히 저립(佇立)해서 만학천봉을 발밑에 꿇어 엎드리게 하였으면 그만이지 더 바랄 것이 무엇이랴. 마음은 천군만마에 군림하는 쾌승장군(快勝將軍)보다도 교만해 진다

비로봉 동쪽은 아낙네의 살결보다도 흰 자작나무의 수해였다. 설 자리를 삼가 구중심처(九重深處)가 아니면 살지 않는 자작나무는 무슨 수중(樹中) 공주이던가? 길이 저물어 지친 다리를 끌며 찾아든 곳이 애화 맺혀 있는 용마석(龍馬石)—. 마의태자의 무덤이 황혼에 고독했다. 능이라기에는 너무 초라한 무덤— 철책도 상석도 없고, 풍림(風霖)에 시달려 비문조차 읽을 수 없는 화강암 비석이 오히려 처량하다.

무덤가 비에 젖은 두어 평 잔디밭 테두리에는 잡초가 우거지고, 창명(滄冥)히 저무는 서녘 하늘에 화석된 태자의 애기(愛騎) 용마(龍馬)의 고영(孤影)이 슬프다. 무심히 떠도는 구름도 여기서는 잠시 머무는 듯, 소복한 백화(白樺)는 한결같이 슬프게 서 있고 눈물 머금은 초저녁 달이 중천에 서럽다.

태자의 몸으로 마의를 걸치고 스스로 이 협산에 들어온 것은 쳐년 사직(社稷)을 망쳐 버린 비통을 한 몸에 짊어지려는 고행이었으리라. 울며 소맷귀 부여잡는 공주(公主)의 섬섬옥수를 뿌리치고, 돌아서 입산할 때에 대장부의 흉리(胸裡)가 어떠했을까? 흥망이 재천이라, 천운을 슬퍼한들 무엇하랴마는 사람에게는 스스로 신의가 있으니, 태자가 고행으로 창맹(蒼氓)에 베푸신 도타운 자혜가 천년 후에 따습다.

천년 사직이 남가 일몽이었고 태자 가신 지 또 다시 천년이 지났으니 유구한 영겁으로 보면 천년도 수유(須臾)던가?

고작 70생애에 희로애락을 싣고 각축(角逐)하다가, 한 웅큼 부토(腐土)로 돌아가는 것이 인생이라 생각하니, 의지없는 나그네의 마음은 암연(暗然)히 수수(愁愁)롭다.

파 장

법정(法頂, 1954 出家)
스님

시골에서 장이 서는 날은 흐뭇한 잔칫날이다. 날이 갈수록 각박해만 가는 세정임에도 장터에는 아직 인정이 남아 있다. 도시의 시장에는 차디찬 질서는 있을지 모르지만 인간미가 없다. 시골 장터에 가면 예전부터 전해 오는 우리네의 포근한 정서와 인정이 넘치고 있다. 백의민족의 자취를 오늘 우리들은 찾을 길이 없지만, 시골의 장터에서는 우리가 아직도 백의민족임을 확인하게 된다.

언젠가 당국에서 시골의 장이 소비적이고 비능률적이라는 이유에서 철폐한다는 소식을 듣고 나는 심히 아쉽고 안타까워 했었다. 유통이 더딘 궁벽한 산간벽지나 시골에서는 닷새에 한번씩 서는 장이 생활필수품을 사고 파는 유일한 기회일 뿐 아니라, 사람을 만나고 소식을 전하거나 알아오는, 그리고 우체국과 면사무소 같은데 들러 볼 일을 보게 되는 날이기도 하다. 어디 그뿐인가. 수십리 밖에 있는 일가친척을 그날에 만나볼 수 있고 성글었던 사이끼리 주막에 마주 앉아 회포를 푸는가 하면, 미적미적 미루던 혼사도 매듭을 짓게 되는 그런 날이기도 하다.

소비적이고 비능률적인 거야 도시의 백화점이나 지하상가가 더하면 더했지 시골 장보다 덜하지는 않을 것이다. 도시화와 산업화로 인해 비인간적으로만 굳어가는 요즘의 풍토에서 시골의 장이 없어진다는 소리를 들었을 때, 유일하게 남은 인간적인 풍토마저 차단되는가 싶었기 때문에 그토록 서운하고 안타까워 했던 것이다.

차디찬 질서보다는 질서 이전의 그 훈훈한 인정이 그리워, 나는 기회있을 때마다 시골 장날을 즐겨 찾는다. 장구경은 아무래도 파장이 제격일 것이다. 아침 초장은 먼곳에서 모여드느라고 활짝 펼쳐지기 전이라 좀 싱겁다. 마치 본경기에 들어가기 전에 조무래기들이 치르는 오픈 게임 같아서. 그리고 한창 때의 장은 너무 소란스럽고 붐벼서 구경할 만한 여백이 없다.

파장은 듬성듬성 자리가 나서 이곳저곳 기웃거릴 만하다. 장꾼들이 한낮에 비해 뜸해졌고, 더러는 주막에서 혀꼬부라진 소리가 오고 간다. 약빠른 장돌뱅이들은 장이 기우는 걸 보고 그저 헐값에 떨이를 한다고 고래고래 고함을 친다. 그 소리를 듣고 순진한 시골사람들은 무슨 횡재라도 잡을 듯이 모여든다. 한쪽에서는 눈알이 번쩍거리는 사내 몇이서 돈놓고 돈먹으라고 넌지시 미끼를 보이면서 야바위를 시작한다.

재작년이던가, 이른 봄에 남도 쪽으로 행각을 할 때였다. 하동(河東) 쌍계사(雙溪寺)에서 화엄사(華嚴寺)로 가기 위해 화개(花開)에서 버스를 탔다. 섬진강을 끼고 40리쯤 거슬러 올라가면 화엄사 입구에 닿는다. 절쪽으로 길을 잡으려다가 구례읍에서 흰옷 입은 사람들이 여기저기 무리지어 오는 걸 보고, 아하 오늘이 구례읍 장날이구나 싶어 장구경을 가기로 발길을 돌렸다. 그야말로 가던 날이 장날이었다.

보아하니 장은 이미 기울어가고 있었다. 장꾼들이 한물 빠져나간 뒤인 듯 여기저기 지푸라기며 신문지쪽이 어지럽게 흩어져 있었다. 펼쳐 놓은 전마다 시들해 보일 정도로 생기를 잃고 있었다.

그렇지만 나는 오랜만에 보는 장이라 흥겹기만 했다. 그 위에다 15,6년 전 이 장터를 찾아 다니던 기억이 되살아났다. 쌍계사 탑전(塔殿)에서 지내던 시절, 한달에 한번씩 이 장터에서 장을 보아다 먹었던 것이다. 그 시절 산골에는 버스도 다니지 않던 때라 장날이면 트럭이 절 동구에서 장터까지 다녔었다. 어둑어둑한 새벽, 덮개도 앉을 자리도 없는 트럭 위에 올라 차가운 강바람에 얼굴을 할퀴면서 장터에 내리면 그때를 맞추어 여기저기 움막에서 물씬물씬 김이 서려 올랐다.

빈속이라 팥죽을 두어 그릇 비우고 나면 얼었던 몸이 풀리고 노곤한 졸음이 왔다. 돌아가는 길에는 다시 그 트럭 위에 붐비는 짐짝과 함께 실려 가곤 했었다.

생기를 잃고 기울어가는 파장 한쪽에서 와자지껄 사람들의 고함소리가 들려왔다. 웬일인가 하여 그쪽으로 가보았더니 구경거리가 벌어지고 있었다. 건강하게 생긴, 예의 돈놓고 돈먹으라는 야바위꾼과 장꾼 사이에서 시비가 붙고 있었다. 처음에는 어수룩하게 생긴 시골장꾼이 불량하게 생긴 세 사람의 야바위꾼한테 몰리었다. 들리는 곡절인즉, 야바위꾼이 속임수를 쓰다가 발각되어 장꾼이 잃은 돈을 내놓으라는 데서 시비가 발단된 모양이었다.

세 사람의 야바위꾼들은 핏발선 눈알을 굴리면서 언제 속임수를 쓰더냐고 때릴 듯이 대들었다. 곁에서 판단하기에도 그들이 속임수를 썼음이 분명한데 그쪽에서 도리어 큰 소리를 치며 대드는 바람에 어수룩한 장꾼은 비슬비슬 물러서려는 참이었다. 그러자 여기저기서 장꾼들이 모여들어 저 날강도놈들을 이번에는 그대로 놓아두어서는 안 된다고 고함들을 쳤다. 지난 장에도, 저지난 장에도 저 패거리들이 속임수로 아무개 아무개의 돈을 몽땅 털어갔다고 야단야단이었다. 처음에는 서슬이 퍼렇게 기고만장 불량을 떨던 야바위꾼도 여기저기서 모여드는 장꾼들을 보고 드디어 기가 꺾이고 말았다.

이때였다. 둘러섰던 장꾼들이 우르르 몰려들면서 야바위꾼들을 치고 밟았다. 한참동안 얽혔던 덩이가 풀리는가 했더니 어느새 야바위꾼들은 저만치 달아나고 있었다. 그때의 그 광경이 나는 지금도 눈에 선하다. 어수룩한 시골 사람들한테서 어떻게 그같은 용기와 투지력이 나왔을까? 생각하면 인내에도 한도가 있다는 말이 떠오른다. 백주에 번번이 속임수를 써서 사람의 눈을 속이고도 오히려 큰소리치던 그 몰염치한 날강도들은 그저 어수룩하고 선량하기만 한 시골 사람들을 무력한 겁쟁이로만 생각했을 것이다. 그리고 자기네의 행패에 두려워 떠는 그 공포심을 이용하여 멋대로 속임수를 부렸던 것이다.

그러나 어수룩하고 무력한 듯한 겁쟁이들도 인내의 극에 달하면 자신의 생존을 위해서라도 필사적인 항거를 하게 된다는 사실을, 그리고 흩어져 보잘것 없던 개개인이 하나로 집결될 때는 그 어떤 불의와 횡포도 능히 물리칠 수 있다는 생명의 묘리(妙理)를 나는 그날의 파장에게서 거듭거듭 확인할 수 있었다.

　잔치는 끝났더라

　마지막 앉아서 국밥들을 마시고
　빠알간 불 사르고
　재를 남기고
　포장을 걷으면 저무는 하늘
　일어서서 주인에게 인사를 하자

　결국은 조금씩 취해 가지고
　우리 모두 다 돌아가는 사람들

　모가지여
　모가지여
　모가지여
　모가지여

　멀리 서 있는 바닷물에선
　난타하여 떨어지는 나의 종소리.

　파장을 보고 화엄사로 들어가면서, '잔치는 끝났더라 잔치는 끝났더라, 마지막 앉아서국밥들을 마시더라.' 하고, 미당(未堂)의 시 〈행진곡〉을 몇 번이고 되풀이하여 외었었다.

하와이 원주민의 슬픈 발자취

조인자(趙仁子, 1942~)
시인

이 세상의 낙원이라는 12월의 하와이는 우리나라 초여름 날씨였다. 아주 덥지도 않고 기분 좋게 따스했다. 와이키키 해변의 나무들은 푸르렀고 바람이 불 때마다 풍겨오는 싱그러운 해초냄새와 꽃향기가 가슴을 설레게 했다. 이 아름다운 풍경 앞에서는 누구나 한번쯤 낭만적인 사랑의 감정에 젖지 않을 수 없으리라. 사철 따스한 나라, 사철 꽃이 피고 열매가 맺히는 나라, 12월에도 따스한 열대의 바닷물 속에서 해수욕을 할 수 있는 나라, 바닷물이 투명하여 바닷물 속에서 물고기들과 함께 놀 수 있는 나라, 얼마나 축복 받은 천혜의 땅인가.

나는 하와이를 여행하면서 하와이에 대하여 모르던 것들을 많이 알게 되었고 폴리네시안이라고 불리우는 이 땅의 원주민에 대하여 관심을 갖게 되었다. 구리빛 피부를 가진 원주민들을 호놀룰루 시내에서는 거의 볼 수가 없었다. 백인들보다도 더 많이 내가 본 것은 일본인들이었다. 오하우 섬일주 관광을 하면서 저기가 원주민들이 사는 곳이라고 가이드가 가르친 곳은 호노룰루 시내에서도 상당히 떨어진 외곽에 자리잡은 원주민 집단 취락지역이었다. 원주민 부락은 겉으로 보기에는 참으로 죽은 듯이 조용했다. 이들은 미국 정부에서 정해준 주택단지에서 정부가 주는 돈으로 살아가고 있다고 했다.

영화에서 보던 용맹한 원주민의 후예들은 다 어디로 갔는가? 백인들이 퍼뜨린 전염병으로 몰살 당하다시피한 원주민의 인구는 한 때는 삼십만이 넘었었지만 지금은 일만 삼천 여명 밖에 남아 있지 않다고 한다. 자신들의 땅을 빼앗기고 소수민족이 되어 소외된 채 살아가고 있는 원주민들, 그들의 문화는 관광상품이 되어 하와이 관광객들에게 폴리네시안 전통 민속 쇼를 보여주는 것으로 그 명맥을 유지하고 있었다. 그들은 남태평양 여러 섬의 독특한 의상과 춤을 보여 주었다. 상대편 전사들에게 무섭게 보이게 하기 위하여 문신을 했다는 그들, 이제 그들의 몸과 얼굴에 한 검은 문신은 자기 부족을 위하여 용감하게 싸웠던 전사의 문신이 아니었다. 관광 수입을 올리기 위한 치장이었다.

파인애플 껍질에 파인애플과 함께 담아준 아이스크림은 맛이 있었지만, 높은 코코넛 나무에 맨발로 올라가 코코넛 열매를 따는 그들의 솜씨는 기가 막혔으나, 나는 그들의 불행한 현재의 처지가 생각나서 그들의 쇼를 즐거운 마음으로 바라볼 수가 없었다.

1778년 영국의 쿡 함장이 하와이 제도를 발견한 이래 백인들의 경제적, 정치적 침략은 계속 되었고 하와이왕인 카메하메아 3세가 어리석게도 토지를 사고 팔수 있는 법을 만들자, 하와이 토지의 대부분이 백인들에게 넘어 갔다. 원주민들은 땅을 잃고 백인들의 소작농으로 전락하고야 말았다. 땅을 타민족에게 판다는 것은 자신들의 나라를 팔고, 목숨을 파는 일이었다. 어떤 외세의 압력에도, 어떤 경우라도 한 민족의 생존의 터전인 땅을 외국인에게 판다는 것은 절대로 안된다는 것을 하와이 역사는 분명하게 우리들에게 말해주고 있다.

하와이 제도는 수많은 추장이 지역마다 나누어 다스리고 있었는데 카메하메하 추장이 여러 섬들을 정복하여 1810년에 통일 하와이왕국을 만들었다. 지금 호놀룰루 시내에는 카메하메하 대왕의 동상이 서 있고, 다른 왕이 살던 이오라니 궁전도 남아 있다. 카메하메하 1세, 2세, 3세, 4세, 칼라카와 왕으로 이어지는 하와이 왕조는 칼라카와 왕의 여동생인 릴리오칼라니가 여왕이 되어 군주제를 강화하려고 하였으나 하와이제도에서 농업으로 부를 축적한 백인들은 자신들의 경제적 부를 계속 지켜나가기 위하여 자국민인 백인들을 보호해야 한다는 구실로 임시정부 수립을 발표하였고, 미국 군인들을 시켜 무력으로 왕궁을 포위하고 1894년 7월 4일 하와이 공화국을 수립하였다. 이에 하와이 왕조는 무력으로 다시 주권을 찾으려고 하였으나 실패하였고 하와이 여왕의 뜻과는 관계없이 1898년 7월 7일 미국에 합병되었다. 그후 하와이는 1959년 8월 21일 미국의 50번째 주가 되었다. 릴리오 칼라니 여왕은 남편 집에 구금되어 살다가 1917년 세상을 떠났다. 하와이 왕조는 화려한 역사의 전성기를 꽃피우지도 못한채 릴리오칼라니 여왕을 끝으로 막을 내렸다.

시내를 돌아보다가 한 무리의 나무판을 들고 서 있는 사람들을 만났다. 왜 그러느냐고 가이드에게 물으니 데모를 하는 거란다. '하와이 합병은 불법'이며 '하와이는 우리 땅'이라고 쓴 문자판을 들고 서 있는 원주민들의 데모란다. 소리를 내면 소란죄로 잡혀가니까 소리도 내지 못하고 너무 억울해서 시간이 있을 때마다 하는 데모란다.

지금 세상은 너무도 많이 바뀌었고 호놀룰루 시내의 거의 모든 주택들과 빌딩들, 거대한 농장들은 백인과 일본인, 아니면 다른 나라 사람들의 것인데 지금 저런 무력한 데모가 무슨 소용이란 말인가. 현재 한국에서 수입해서 먹고 있는 델몬트 파인애플 통조림도 알고 보니 하와이 농장에서 재배되는 것이었다. 백년 전 우리나라 사람들이 하와이로 건너가 노동자로 일하던 붉은 황토의 사탕수수 농장이 지금은 미국사람 소유의 거대한 파인애플 농장이 되어 있었다.

와이키키 해변의 상점들은 거의 다 일본인들이 경영하고 있다. 일본인들은 당당하게 일본어를 쓰고 하와이에서 살아가고 있다. 호놀룰루 공항의 TV에도 일본어 자막이 나오고 있었다. 우리나라 사람들도 하와이에 이민 온지 백년이 되었다는데 저들처럼 당당하게 하와이 땅에서 살고 있는지 궁금했다. 너무 짧은 관광 일정에 맞추다 보니 하와이 교포를 따로 만나서 이야기를 나누어 보지 못한게 아쉽다.

지금으로부터 백여년 전 조선 왕조 고종 때에 하와이 사탕수수 농장에서 일할 노동자를 보내 달라고 하자 우리나라에서는 9,700여명의 사람들을 보냈고 그 후로도 더 사람들을 보내달라고 했으나 하와이에

가서 고생한다는 이야기를 들은 고종은 더 이상 사람들을 보내지 않았
다고 한다. 그러나 일본은 계속 사람들을 보내 그 당시 27만 여명이
건너갔다고 한다. 어째서 일본 사람들이 하와이에서 그들의 말을 쓰고
당당하게 살아갈 수 있는지 그 원인을 알 것 같았다. 인구 숫자로 따
져보더라도 우리나라 사람의 수와는 비교도 되지 않는다는 것을 알았
다. 그후로도 일본은 해외로 뻗어나가는 이민 정책을 써서 계속 해외
로 사람들을 내보냈던 것이다. 우리나라가 쇄국 정책으로 우물안 개구
리 노릇을 할 때 저들은 서양의 발전된 문물을 배워오고 교역을 시작
하여 경제적인 기틀을 잡아나갔다.

12월에 하와이 진주만을 기습 공격(1941년 12월 8일)했던 일본인
들이 지금 그 땅에서 잘 살고 있다는 사실에 나는 놀라움을 금할 수
없었다. 더구나 일본 사람들은 오하우 섬에서 3년마다 한 번씩 12월
이면 오하우섬 일주 마라톤 대회를 연다고 한다. 이 마라톤 대회는 어
째서 12월에 열리는 것일까 궁금하다. 여기에 참가하기 위해서 일본
본토에서도 일만 오천 여명의 사람들이 비행기를 타고 온다고 하니 가
히 그 기세등등한 힘을 과시하는 그들의 처신을 주목하지 않을 수 없
다. 마치 자기네 섬처럼 행동하는 그들, 상점에 가도 그들은 한국인인
지, 중국인인지, 또 다른 나라 사람인지 확인하지도 않고 일본말로 인
사하고 일본말로 상품 설명을 한다. 나는 일본인이 아니니 영어로 말
해 달라고 요청해서 겨우 영어로 말을 통했다. 시내 버스를 탔을 때도
젊은 일본 여자들이 다른 사람은 눈에 보이지도 않는다는 듯 어쩌나
소란하게 떠드는지 시끄러워 미간이 찌푸려지기도 했다.

지금 하와이 원주민들은 백인과 일본인들이며 또 다른 외국 관광객
들을 어떤 마음으로 바라보며 살아가고 있을까? 조상 대대로 살아온
그들의 땅에 다른 종족들이 와서 저토록 큰 소리를 치며 살고 있으니
그들의 속마음은 과연 어떠할까? 일본 사람들의 교만한 행동에 나도
속이 상하는데 원주민들은 얼마나 비통한 마음일까.

나는 하와이를 여행하면서 비로소 처음으로 하와이 원주민의 아픔

에 대하여 생각하게 되었다. 저들의 사무친 비애와 고통에 대하여, 그 고통을 벗어나는 길에 대하여 이모저모 생각하게 되었다.

민속 쇼를 보러 갔을 때 조개로 만든 목걸이를 걸어 주고 사진을 찍어 주던 눈동자가 맑던 그들, 그들의 아픔은 무엇으로 치유 받을 수 있을까?

하와이 제일의 원주민 가수라는 키알리이 레이첼의 노래를 들으면서 나는 참으로 깊은 감동을 받기도 했다. 사람들에게 호소하는 듯한 그의 노래에는 뼛속 깊이 파고드는 원주민의 비애가 그대로 나타나 있었다. 그의 노래는 세상을 향한 절규였으며, 신에게 드리는 절절한 기원이며, 주술사의 살풀이 주문 같은 것이었다. 그는 말한다. "우리가 함께 포옹할 때 우리의 꿈은 절대로 죽지 않는다. 세상의 아름다움을 바라보라"고.

이 세상에서 강하게 살아 남는 방법은 나라의 주권을 잃지 않고 잘 살아 가는 것이라는 사실을 하와이 여행을 통해서 다시금 깨달았다. 나는 하와이에서 민족과 민족간의 약육 강식의 역사의 현장을 똑똑히 보았다. 약육강식의 싸움에서의 패배와 비통한 발자국을.

힘없고 무지해서 어처구니 없이 나라를 빼앗긴 그들이지만 하와이 원주민들이 앞으로 보다 나은 교육을 받고 축적된 힘으로 백인들이나 일본인들보다도 더 잘 살게 되기를 바란다. 그들이 권리를 되찾고 아름다운 그들의 땅을 향유하며, 사람다운 삶을 누리고 살게 되기를 기도한다.

칸무천황의 생모 화신립(和新笠) 황후 오오에릉(大枝陵)

홍윤기(洪潤基, 1933~)
시인·일본사학 교수

　일본 천황들의 몸 속에는 한국인의 피가 흐르고 있다는 것을 현재의 아키히토천황(明仁, 재위·1989~현재)이 2001년 12월 23일 몸소 공언했다. 그날 아키히토천황은 68회 생활을 앞둔 기자회견에서 이렇게 말했다. "나 자신으로서는 칸무천황(桓武天皇, 재위 781~806, 필자 주)의 생모가 백제 무령왕(武寧王, 재위 501~523, 필자 주)의 자손이라는 것이 『속일본기』(續日本記, 서기 797년 편찬)에 기록되어 있기 때문에, 한국과의 혈연을 느끼고 있습니다."(『朝日新聞』 2001. 12.23)

　그 날 일본 토우쿄우의 황거(皇居·千代田區千代田1-1)에서 거행된 아키히토천황의 기자회견 내용은 『아사히신문』에 상세하게 보도되었다. 그러나 일본의 다른 신문, 이를테면 『요미우리신문』(讀賣新聞)이며 『마이니치신문』(每日新聞) 등은 아키히토천황의 한국 핏줄 언명에 대해 보도를 묵살한 채 입을 꾹 다물어버렸다. 일본의 소위 3대 일간지 중에서 유일하게 『아사히신문』만이, 아키히토천황이 자기 자신을 가리켜서 백제왕실과 한 핏줄로 이어왔다는 발언을 꾸밈없이 고백한 것이었다. 두말 할 것도 없이, 이 기자회견 내용은 일본 NHK-TV 텔레비전 방송으로도 일본 전국에 생중계 방송되어, 텔레비전 시청자들도 천황의 말을 생생하게 들을 수 있었다. 이와 같이 일본 천황의 한국과의 혈연 관계 발표에 당황하거나 혹은 놀랜 일본인도 다소 있었겠으나, 대부분의 일본 지식칭 사람들은 이미 예전부터 그 내용을 잘 알고 있었을 것이다.

『일본 천황은 한국인이다』의 저자로서 답사차 도일

일본왕실에서 만들어낸 『속일본기』라는 40권짜리 관찬 역사책은 다름아닌 칸무천황 시대에 편찬된 것이다. 그 당시 칸무천황의 칙명을 받은 조신 스가노노 마미치(菅野眞道, 741~814)의 주도하에 서기 797년에 완성된 것이다. 스가노노 마미치는 4세기 말에 백제로부터 왜왕실로 건너간 왕인(王仁)박사의 직계 후손이기도 하다.

서기 794년에 일본 교우토(京都)를 최초의 왕도(王都)로 만들었던 칸무천황의 생모는 백제여성 화씨부인(和氏夫人, 和新笠, 생년미상~789)이었다. 뒷날에 그녀의 이름은 남편인 코우닌천황(光仁天皇, 770~781재위)에 의해서 백제식(百濟式)의 복성(複姓) 성씨인 타카노노 니이가사(高野新笠)로 바뀐다.

필자는『일본천황은 한국인이다』(효형출판, 2000)의 저자의 입장에서, 지난 연말, 아키히토천황 스스로 자기 자신의 한국과의 핏줄 연관성을 고백한 직후, 곧 일본으로 건너갔다. 칸무천황의 생모 화씨부인의 묘소를 직접 찾아보기 위해서였다. 그러나 화씨부인의 묘지를 찾아내기 위해서 필자는 한겨울 찬바람 속에 교우토(京都)땅 서부 교외의 하고많은 산들을 이틀동안 이리저리 헤맨 끝에야 겨우 화씨부인의 오오에릉(大枝陵)에 다다랐다. 금년(2002년) 1월 6일 오후였다.

화씨부인에 관한 옛날 문헌에는 묘소의 위치가 이세코우산(伊勢講山) 정상에 있다고 했다. 또 다른 문헌에는 야마시로국 오오에릉(山城國乙訓郡大枝陵)으로만 되어 있었다. 이 야마시로국이란 교우토 땅의 고대 행정구역 지명이다.

현재의 「쿄우토 관광지도」며 「쿄우토 관광안내」 책자에는 그 어느 것에도 백제여인 '타카노노 니이가사'의 '오오에릉'은 표시되어 있지 않다. 그녀가 한국인 출신 황후여서이랴. 왜냐하면 쿄우토 지역의 다른 황후릉들은 관광 책자마다 모두 제대로 표시되어 있기 때문이다. 나지막한 산이라서 그런지 '이세코우산' 산이름이 표시된 지도조차 찾아볼 수 없었다.

화씨부인 묘소 앞에는 「코우닌천황 황후 타카노노 니이가사 오오에 릉」(光仁天皇 皇后 高野新笠 大枝陵)이라는 한자가 음각된 빗돌이 우뚝 서있었다. 흰 돌로 세운 토리이(鳥居) 석문 뒤로 묘소는 울창한 큰 숲에 안겨 있다. 화씨 황후는 쿄우토땅 라쿠사이(洛西) 주택단지들을 굽어보는 이세코우산 정상에 숨 죽인 채 지금까지 장장 1천2백여 년을 조용히 누워있는 셈이다. 황후릉을 찾아내고 보니 이렇게 분명한 묘소이건만, 어째서 나는 이틀씩이나 이 산 저 산을 다리품만 팔며 온 신경을 곤두세워 누벼다녔던 것인가.

하지만 참으로 기이한 것은 그리도 차갑던 소한 추위 날씨가 능 앞에서 만은 싸악 가시며 저무는 서녁 햇살 속에 이상하리만큼 온화해지는 것이었다. 황후릉이 드높은 회나무 등으로 방풍림이 되어 둘러싸인 탓인가. 아니면 먼길을 마다않고 찾아든 나그네가 동족 핏줄이라고 화씨 황후가 반가이 맞아줌에서이랴. 일본이 문화선진국이라 스스로 내세우기 이전에 중요한 것은 관광지도며 안내책자에 속임 없는 한일 관계 역사 유적을 사실대로 밝힐 일이 아닐까.

코우닌천황의 황후 화씨부인 타가노노 니이가사의 실체

칸무천황의 생모 화씨부인은 누구인가. 필자는 오오에릉 앞에 우뚝 선채, 무성한 숲으로 둘러싸여 마치 뻥 뚫린 것 같은 머리 위의 하늘을 멍하니 우러르며 1천2백여년전 황후 시절의 화씨부인을 연상해 보았다. 오늘에 이르기까지 초상화 단 한폭도 전해지는 것은 없으나, 화씨부인은 우아한 고대 한국 현모의 다소곳하면서도 자애로운 모습이었다(容德淑茂)라고 『속일본기』는 전하고 있다.

필자가 두 시간 남짓이나 그 자리를 떠나지 않고 머물고 있던 동안, 단 한 사람도 찾아오는 이 없이 다만 씻은 듯 적막했던 오오에릉 묘소. 아마도 늘 그렇게 화씨 황후는 고적하게 오랜 역사를 홀로 잠들어 온

것은 아닐까. 「쿄우토관광 안내」 책자에 이름조차 오르지 않고 있는
'타카노노 니이가사'이고 보면, 혹시 누가 찾아오지 않을까 하고 능 앞
에서 오래도록 기다려 본 것은 필자의 우둔한 머리탓일 테지. '타카노
노 니이가사'라는 그녀의 이름은 일본 고대사학자나 알 정도인 것이기
에 말이다.

그녀의 친아들 칸무천황이 서기 794년에 지금의 쿄우토(京都)땅인
'헤이안경'(平安京)왕도를 처음으로 개창한 것이고, 그 모후는 오늘날
쿄우토 서녘 교외의 한 산마루에 조용히 잠들어 있다. 지난 해 12월
아키히토천황이 자기 자신의 한국인 핏줄을 인정했을 때 어쩌면 화씨
황후는 무덤에서 눈을 번쩍 뜨지는 않았을까. 이 오오에릉의 관리는
일본왕실의 궁내청(宮內廳)이 맡아한다는 것이 현판에 밝혀져 있었
다.

화씨부인(화신립)은 일본에 살고 있었던 백제 제25대 무령왕(武寧
王, 501~523 재위)의 직계 후손인 화을계(和乙繼, 야마토노 오토쓰
구·8C)라는 백제 왕족의 딸이었다. 그녀의 어머니는 신라신족(新羅
神族)계통의 귀족여인 하지노 마마이(土師眞妹)다. 화을계는 본래 백
제 무령왕 후손이기 때문에 왜왕실에서 '야마토노 아소미'(和朝臣)라
고 우대받던 조신이었다. '야마토'(和)는 본래 무령왕의 성씨였으므로
그 옛날의 백제 왕실과 결코 무관하지 않은 글자다. 화신립 소녀는 제
아비가 왜왕실의 조신이었기 때문에 시라카베왕자(白壁王子, 708~
781)와 결혼했던 것이다. 이 시라카베왕자가 뒷날 등극한 코우닌천황
(光仁天皇, 770~781재위)이다.

코우닌천황이 제49대 일본왕으로 등극한 것은 그의 나이 벌써 환
갑, 진갑 다 지난 62세 때의 일. 천황가가 천황 계승을 둘러싸고 정치
적으로 극히 험악하고 어수선하게 대립했던 시대에 그는 늙은 한 왕자
의 몸으로 왕위에 올랐던 것이다. 그 무렵 그 윗대에서 천황들이 폐제
(廢帝)되거나 또는 거듭 왕으로 복귀하는 중조(重祚)등, 그야말로 살
벌한 정치상황 속에서였다.

더구나 왕위 계승자가 결정되지 않았던 시대의 여러 왕자들 중의 하나였던 늙은 시라카베왕자, 그 당시 입 한번 벙긋 잘못 놀려 폐왕자되는 자도 있었다. 그러기에 노경의 시라카베왕자는 애먼 재난을 피하느라 때로는 고의로 무능한 술주정뱅이 처신을 하며 남 모르게 행방을 숨겼고, 고심참담하게 이리저리 몸을 사려 용케도 수난을 면하여, 끝내 드높은 옥좌에 올랐던 것이다.

시라카베왕자(후일의 코우닌천황)가 왕자 시절에 화신립 낭자와 결혼한 후, 둘 사이에 첫 왕자 야메바왕자(山部王子, 뒷날 칸무천황)가 태어난 것은 서기 737년. 그러기에 아버지 코우닌천황이 등극했던 당시에 야마베왕자도 이미 그 나이 33세의 청년이었다. 이 당시 어머니 화씨부인은 50세 전후였을 것이다. 그녀는 뒷날 아들 칸무천황(야마베왕자)이 등극한 뒤 8년만인 서기 789년에 세상을 떠났던 것이니, 남편과 아들 두 부자 천황대에 과연 얼마나 큰 영화를 누렸을가. 서로 금슬이 좋았던 코우닌천황과 화씨부인 사이에는 단명했던 둘째 왕자 사와라왕자(早良王子, 생년미상~785)와 노토내친왕(能登內親王, 생몰년 미상) 등 모두 3명의 왕자가 태어났다.

화씨부인의 남편 시라카베왕자(코우닌천황)는 770년 10월에 천황 자리에 등극하자, 서넛을 헤아리던 그의 왕비들 중에서 가장 나이든 화씨부인이 아닌, 제일 나이 젊은 이노우에공주(井上公主, 생년미상~775)를 제1황후 자리에 앉혔다. 무슨 이유 때문이었을가.

이 당시 이노우에공주는 제49대 코우닌천황과의 사이에 11살짜리 소년 오사베왕자(他戶王子, 759~775)가 있었다. 제1황후가 된 젊은 이노우에공주는 코우닌천황의 4대 위쪽 선대왕인 제45대 쇼우무천황(聖武天皇, 724~749 재위)의 공주였기 때문에 이들의 혼인 관계는 이른바 근친결혼이었다. 그러나 그 당시 왜왕실에서의 근친결혼은 다반사였다. 천황이나 왕자도 여러 부인을 거느렸던 것은 또한 우리나라 왕실이나 진배 없었다. 코우닌천황이 등극한 이듬 해인 서기 771년 1월에 여러 왕자 형들을 물리치고 이노우에공주의 몸에서 태어난 12살짜리 어린 오사베왕자가 황태자로 책봉되었다.

이때 누구보다도 가슴이 크게 아픈 것은 화씨부인이었을 것이다. 석 달 전에 그녀가 마땅히 제1황후에 오르지 못한 아픔보다는 이미 34세인 큰 아들 야마베왕자(뒷날의 칸무천황)가 나이 어린 이복동생 오사베왕자에게 대통 계승권을 빼앗겼을 때, 어쩌면 화씨부인은 숨어서 눈물을 뿌렸을 것이다. 어차피 제1황후자리는 천황가문 출신의 극성스럽던 젊은 이노우에공주가 도맡으리라고 예상해겠으나, 설마하니 철부지 오사베왕자를 황태자로 책봉했으니, 절망에 찬 백제여인은 그 당시 누구를 원망했을까. 더구나 그 배후에 버티고 앉은 제1황후 이노우에공주는 화씨부인과 야마베왕자를 제거시키려고 몹시 증오하며 질시하던 황실 여인천하의 독부였다.

따지고 보면 그동안 황태자 계승을 둘러싸고 왕실에서 남모르게 극렬한 내분이 일었다. 그 당시 젊은 이노우에황후는 유별나게 코우닌천황의 손위 친누이 나니와공주(難波公主)를 저주했다. 그리하여 끝내 이노우에공주는 남몰래 시누이 나니왕공주를 암살하는 끔찍한 살인사건마저 저질렀다.

실은 야마베왕자(칸무천황)의 고모인 나니와공주는 34세의 친조카 야마베왕자를 황태자로 책봉할 것을 코우닌천황과 조신들에게 강력하게 밀어댔던 것. 그러기에 이노우에황후는 쇼우무천황 세력과 함께 남편 코우닌천황을 닦달하며 제 어린 아들을 끝내 황태자로 책봉시킨 것이었다. 물론 이노우에황후도 백제 여인이다. 그의 부왕 쇼우무천황이 백제 계열의 천황이기 때문이다.

그러나 코우닌천황의 열렬한 옹립자인 조신 후지와라노 모모카와(藤原百川, 732~779) 참의(參議)는 이노우에황후가 시누이 나니와공주를 저주하여 은밀하게 살해시킨 흑막의 사건을 끈질기게 파헤쳐 마침내 그녀의 악랄한 죄상을 만천하에 밝혀냈다. 실은 남편인 코우닌천황마저 저주했던 이노우에 제1황후는 그 죄과로 마침내 서기 722년 3월에 폐위되었고, 다시 5월에는 황태자 오사베왕자도 친어미의 대역

사건에 연좌되어 폐서인이 되었다. 이들 모자는 773년에 멀리 우치군 (宇智郡)으로 유배되었다. 775년의 똑같은 날 동시에 죽었다. 동반자 살설이 전하기도 한다.

772년 5월 황태자를 폐서인한 조정에서는 곧이어 36세의 야마베왕자(칸무천황)를 새로운 황태자로 책봉했으니, 그동안 이노우에황후에게 곤혹스럽게 시달려왔던 화씨부인의 잔뜩 그늘졌던 얼굴에도 이제 안도의 밝은 표정이 떠올랐을 것이리라. 야마베왕자(칸무천황)는 코우닌천황과 백제왕족 화씨부인 사이의 소생이었으나, 후지와라노 모모카와 등 조신들은 일제히 목청을 돋우어 그를 기꺼이 황태자로 밀었던 것이다. 조신 후지와라노 모모카와는 그 출신이 신라계의 신족(神族) 나카토미(中臣)씨 가문의 후손이기도 하다(『新撰姓氏錄』).

코우닌천황도 백제 왕족이다

그렇다면 과연 제2황후 화씨부인만이 백제인인가. 실은 남편인 코우닌천황도 백제왕족이다. 코우닌천황이 백제 왕족이라는 것은, 12세기 중엽의 문헌 『대초자』(1156~58)에 다음처럼 나있다.

「시라카베(코우닌천황・필자 주) 왕자의 어조(御祖)인 조부(祖父)야말로 히라노신(平野神, 백제 聖王・필자 주)의 증손이 되니라」(白壁の御子の御祖の祖父こそ平野の神の曾孫なりけれ).

여기서 시라카베왕자의 조부란 백제 성왕의 증손자인 텐치천황(天智天皇, 661~672 재위)이다. 텐치천황의 아버지는 다름아닌 죠메이천황(舒明天皇, 629~641 재위)이다.

『일본서기』(720년 편찬) 역사책에도 밝혀져 있듯이, 「죠메이천황은 백제궁(百濟宮)을 짓고 살다가 52세때 백제궁에서 붕어하자, 장례를 백제대빈(百濟大殯, 쿠다라노 오오모가리, 백제왕실 3년상)으로 치렀다」는 기사가 밝혀져 있다. 위 문헌의 '하라노신'(平野神)은 일본 왕실의 제신(祭神)이 된 백제의 성왕(聖王, 523~554 재위)이다. 성

왕은 서기 538년에 왜나라에 불상과 불경을 보내어, 일본에 처음으로
불교를 전한 백제왕으로서 지금까지도 쿄우토시의 히라노신사(平野神
社)의 제1제신(第一祭神)으로서 존숭되어 온다. 한일관계사에서 백제
성왕이 왜나라에 불교를 전한 것은『일본서기』등에도 밝혀있는 사실
(史實)이다.

일본의 저명한 고대사학자 사에키 아리키요(佐伯有淸) 교수는, '죠
메이천황은 백제천황(百濟天皇)으로 불리었을 것'(『新撰姓氏錄硏究』
1970)이라고 지적한 바도 있다. 또한 역시 '백제궁'을 짓고 살았던 또
다른 한 천황은 죠메이천황의 조부인 비타쓰천황(敏達天皇, 572~
585 재위)이다. 나라 땅에다 백제대정궁(百濟大井宮)을 짓고 살았던
비타쓰천황이 백제 왕족이라는 고증은 고대 왕실족보인『신찬성씨록』
(서기 815년 편찬)에 그 기사가 밝혀져 있다.

화씨부인의 아들 야마베왕자가 드디어 서기 781년에 즉위하여 칸
무천황(781~806 재위)이 되었다. 그러자 칸무천황은 즉시 어머니
화씨부인을 황태부인(皇太夫人)으로 칭호했고, 친동생 사와라왕자를
자신의 후계자인 황태자로 책봉했다. 칸무천황은 서기 794년에 천도
하여 지금의 쿄우토땅에다 왕궁(平安宮)을 짓고 왕궁 북쪽에는 히라
노신사(平野神社・京都市北區平野宮本町)를 세웠던 것이다.「이 곳의
제1신전(神殿)의 제신(祭神)은 백제 성왕이다((內藤湖南『近畿地方に
於ける神社』1930).

필자는 코우닌천황의 황후 화씨부인의 오오에릉에 이어 아들 칸무
천황의 카시와바라릉(柏原陵)에도 찾아갔었다. 1월 13일에는 화씨부
인의 남편 코우닌천황의 다와라히가시릉(田原東陵)을 찾아 나라(奈
良)의 교외 멀리 하가사(日笠)에도 갔었다.

그 어느 곳이나 왕릉은 고즈넉하였다. 그러나 조정에 백제인 조신들
을 가장 많이 등용시켰다는 역사 기사(『속일본기』)가 알려지는 칸무
천황의 왕릉 카시와라릉에는 이따금씩 참배오는 사람들이 있었다. 그
중의 한 중년의 일본인은 지난 12월 23일에 아키히토천황의 황후 화

씨부인(高野新笠, 타카노노 니이가사)에 대한 말을 직접 TV중계방송
으로 보고 들었다고 필자에게 말했다.

그러기에 필자가 "칸무천황의 생모 백제여성 화씨황후의 능에도 가
보았느냐"고 넌지시 물었더니 고개를 저으며 말했다. "그 분의 능이 어
디에 있는 지 도무지 알 수 없어서 못 갔다"는 것이었다. 필자가 위치
를 설명해주자 꼭 찾아가 참배하겠다는 것이다.

여기 굳이 부기해 두자면, 백제 성왕을 제신(祭神)으로 모시고 있는
히라노신사(平野神社) 역시 쿄우토관광 안내책자나 관광지도에는 전
혀 실려 있지 않다. 그러나 헤이안경(平安京)을 몸소 건설했던 업적도
빛나는 일본 고대문화의 대표적인 칸무천황은 백제인 왕인(王仁)박사
가 서기 405년에 일본 황실에서 처음으로 지은 와카(和歌)를 즐겨 읊
었다.

또한 칸무천황은 실제적으로 본다면 고대 일본의 한국인 씨족사(氏
族史)격인 『신찬성씨록』의 편찬에 몸소 착수하며 그 완성을 칙명으로
지시했던 업적(水野 祐 『日本民族』1963)을 또한 우리는 잊어서는 안
될 것이다.

반한(反韓) 세력의 천황가 압박

일본 아키히토 천황의 기자회견 내용에 있어서 칸무천황의 생모 등,
천황가의 한국 혈연 관계 보도만을 고의로 빼어버린 것이, 『아사히신
문』을 제외한 각 일간지들의 처사였다. 언론의 사명인 공공성(公共性)
을 벗어난 작태를 나무라는 일인들도 많았다.

여기서 새롭게 기억하게 되는 것은 일본의 소위 '적보대'(赤報隊)라
는 존재다. 한일간의 외교 문제와 관련해서, 이들은 1987년 5월 3일
에 아사히신문 한신지국(朝日新聞阪神支局) 습격사건 등, 두 번의 아
사히신문 습격을 자행했는가 하면 1990년 5월 17일 밤에는 나고야시
(名古屋市)의 「아이치한국인회관」 현관에 석유를 뿌리고 발염통(發炎

筒)으로 방화하는 사건도 저질렀다. 이와 같은 일련의 테러사건을 일
본경찰은 '경찰청지정 116호 사건'으로 다루어온다고 『아사히신문』은
다음과 같이 내용을 보도했다.

「아사히신문사 공격으로부터 시작된 경찰청 지정 116호사건에서,
'적보대'를 자처하는 범인측의 범행 성명문은 다음과 같다.

"고(告)함. 우리 대(隊)는 반일(反日)의 한국(韓國)을 중경(中京,
일본 나고야시 지역·필자 주) 방면에서 처벌했다. 한국은 지금까지
일본에게 계속해서 짓궂게 굴어 왔다. (중략) 노태우는 오지마라(그
방화사건 등 당시에 노태우 대통령이 공식 방일을 앞두고 있었다·필
자 주). 온다면 반일적인 재일 한국인을 최후의 한 사람까지 처형하겠
다. 반일 매스콤과 앞잡이로 움직이는 일본인도 처형한다(후략)"」
(2000.1.8)

이 적보대는 재일한국민단과 아사히신문사를 노골적으로 적대시하
고 있는 것이다. 지난 해(2001년) 12월 23일의 아키히토천황의 기자
회견 내용 중에서 한국 연고관계 발언을 아사히신문 이외의 다른 신문
사에서는 일체 보도하지 않았는데, 그렇다면 그 이유는 이들 적보대의
습격을 두려워해서였다는 것일까.

노태우 전 대통령이며 전두환 전 대통령의 방일 당시에 대해서 『아
사히신문』은 다음처럼 보도했다.

「이 당시에 우익 진영은 한국정부에 대해 거세게 반발하였으며, 토
우쿄우의 한국대사관이며 민단중앙본부에 연일 선전차(장갑차처럼 시
커멓게 개조한 대형차·필자 주)로 밀어닥쳤다. 1984년의 전두환 대
통령의 내일 때도, 쇼우와천황(昭和天皇·히로히토)이, "불행한 과거"
에 "유감"의 뜻을 표하고 있다.

자민당 내에서도, "이 이상 땅에 엎드려 절할 필요가 있는가"라는 발

언이 튀어나왔다. 토우쿄우의 우익단체 대표가 말한다. "서울올림픽의 성공으로 한국은 자기 주장을 강하게 했다. 우리 진영은 냉전 붕괴로 반공(反共)의 목소리가 쉬고 그 대신 '반한(反韓)'의 의식이 일거에 드높아졌다."」(2000.1.8).

일본의 우익단체 배경에 폭력단(暴力團)이 도사리고 있다는 것은 공공연한 비밀이다. 이들 폭력단의 자금과 선거전 지원을 받고 있는 국회의원 조차 있다고 한다. 『아사히신문』이 지난 연말 보도한 것을 보면 폭력단은 우체국에서도 우편물 취급상 특별한 우대를 받고 있다는 것이다.

「폭력단의 우편 특별 취급」 제하의 『아사히신문』 기사(2001. 12. 23)는 다음과 같이 시작되고 있을 정도다.

「오오사카 아사하우편국(大阪旭郵便局)이, 폭력단 관계자의 우편물을 통신사무용 봉투에 담아서, 특별 취급하여 수취인을 관할하는 우편국으로 발송하고 있는 것을 22일에 알았다. 통신사무용 봉투에는 '暴'(동그라미 속에 '폭'이라는 한자를 썼다. 필자 주)이라고 글자를 써서 폭력단 관계의 우편물이라는 것을 명시하고 있었다. 우정사업처에서는 "모든 우편물은 공평하게 취급하는 것이 상식인데 죄송하다. 곧 고치도록 하겠다"고 말하고 있다.」

이들 폭력단은 공공행정 업무마저 장악하고 있다는 게 드러난 셈이다. 이들이 곧 국수주의 세력의 배후이며 또한 반한(反韓)세력이라는 놀라움을 금할 수 없다.

실제로 한국 역사 관계 기사를 올바르게 쓰다가 이들로부터 심지어 테러 협박을 받았다는 역사학자도 있다. 그러고 보면 이들은 천황의 온당한 발언에도 강력하게 반발할 뿐 아니라 언론을 폭력으로 위협해오고 있는 옥상옥의 실체가 아닌가 한다.

이와 같은 일본의 극우 군국주의 신봉자들의 난폭한 협박에 온건한 언론사마저 시달리고 있는가하면 역사학자들은 협박당하고 있다.

일본의 저명한 고대사학자 우에다 마사아키(上田正昭)박사는 필자에게 "우익 사람들이 집에까지 찾아와서 나를 협박했다"고 말한 바 있다.

그러기에 백제여성 화씨황후의 묘소조차 관광지도며 관광안내서에 밝히지 않아 오오에릉을 찾아내느라 필자가 이틀씩이나 찾아헤맨 것이 어쩌면 당연한 귀결은 아니었나는 생각마저 든다. 그러나 쿄오토의 오오에릉이야말로 우리의 재일민족사의 뚜렷한 역사의 현장이라는 것을 우리가 잊어서는 안 될 것 같다.

3. 일기문

대개 누구나 초등학교 다닐 때부터 '일기'를 쓰게 된다.

'아침에 일어나 세수하고 밥먹고 학교에 갔다'

내가 어렸을 때 이런 식으로 일기랍시고 썼던 기억이 새로워진다. 비록 초등학생이라지만 일기 쓰는 요령을 도무지 몰랐다.

일기란 그날 하룻동안에 가장 중요한 사항을 쓰면 되는 것이다. 내 마음 속에 가장 크게 남은 일을 간략하게 쓰면 된다. 즉 주제(theme)를 잡아서 쓰는 데 일기의 기본 요령이 있다.

주제를 잡아 그날 그날 일기를 써나간다면 어느 듯 글솜씨도 늘어나게 된다. 자신의 일기장을 거슬러가며 읽어보면 글쓰기의 변화를 스스로 깨닫게 된다. 똑같은 주제는 피하면서 새로운 주제와 내용을 담아나가는 데 일기 쓰기의 재미도 붙고 문장도 향상되기 마련이다. 되풀이되는 내용을 연속하는 것은 '악문'이다. 반복은 독자를 지루하게 만드는 잘못된 글의 표현법이다.

한번 쓴 어구는 또다시 쓰지 말기로 하자. 부득이 똑같은 뜻이 담긴 낱말을 표현할 때는 되도록 다른 단어를 골라 쓴다. 그런 마음씀씀이가 곧 문장력을 스스로 키우는 요령이다.

일기는 매일 쓰는 글이므로 짤막짤막하게 쓴다. 짧은 문장이라 하여도 결코 쓰기 쉽지는 않다. 잇대어 자꾸 써나가는 가운데 단문의 실력도 향상된다. 일기 쓰기를 거쳐 단문 짓기 훈련의 성과가 커진다.

단문이란 짧은 문장이다. 그러나 짧은 글 속에 함축된 내용을 담아야 한다. 그것은 글의 맛을 살리는 표현의 기교다. 그야말로 짭짤한 글을 쓰자. 그런 글을 쓰기 위해서는 붓을 들기 전에 머릿속에서 먼저 쓰고 싶은 알맹이를 미리 이것 저것 정리한다.

오늘날은 이른바 스피드 시대다. 속도 빠른 시대 사람들의 성격에 맞는 것은 역시 짧은 글이다. 센텐스(sentence)가 긴 문장은 독자로부터 지루하다고 기피당하기 쉽다.

글쓰기에서 또 한가지 크게 주의 할 것은 문장 끝의 어미처리다.

'~ 것이다'를 피하도록 하자.

어떤 글을 읽어보면 센텐스의 꽁무니가 번번이 '~ 것이다'로 맺고 있다. 되도록이 번거로운 '~ 것이다'를 벗어나는 게 좋다.

글쓴이에 따라서는 '~ 것이다'가 버릇이 되어 있다. 결코 바람직하지 않다.

문장 끝 처리에 있어서 '과거형'도 되도록이면 자주 쓰지 말자.

'~ 것이었다', '~ 했었다', '~ 그랬다', '~없었다' 등등의 과거형 문말 처리에도 신경을 쓰도록 한다.

전혀 과거형 문말 표현을 쓰지 말자는 것은 아니다. 되도록이면 줄인다. 현재에 존재하는 상황속에서 지나치게 과거에 집착하는 글은 알찬 맛이 줄어든다.

☐ 일기문

신사에서

이광수(李光洙, 1892~ 미상)
소설가

9월 6일(금)
  잠 깨니 새벽 네시.
  이윽고 목탁 소리, 소쇄(먼지 쓸고 물뿌리기)하고 뜰에 나아가니 누
위에 늙은 소리 하나. 다라니를 외오더라.

  쇠 치며 염불하는 저 소리 누구신고,
  얼굴 보나마나 그 마음 내 아노라.
  다 같은 마음이오니 모를 줄이 있으리.

  상좌의 주선으로 잣 한 말 이백 팔십원에 사오다. 단단한 껍질 속에
엷고 보드라운 비단으로 싼 하얀 알맹이! 다람쥐가 그렇게도 좋아하는
것.
  학과를 마치고 수풀 속을 가다. 약수 고개로 하얗게 빨아 다린 서양
목 고의적삼을 입은, 볕에 그을은 늙은 농부와 열 너덧 살 된 아이 녀
석 하나, 그 뒤에 마누라 하나와 젊은 아낙네 하나하고 꼬마둥이 아이
녀석 하나, 모두 다 하얗게 말아 다린 옷을 입고 절쪽으로 넘어온다.
영감, 마누라, 며느리, 손자 녀석들— 나는 이렇게 생각하면서 길을
어기었다. 그들은 절로 들어갔다.
  약수에 오니 밥지은 자리가 있고 바윗돌 밑대 위에는 가랑잎에 하얀

햅쌀밥을 한 숟가락씩 여섯을 떠 놓은 것이 있다. 지금 만났던 일행이 여기서 삼신께 제사를 드리고 절로 넘어간 것이다.

나는 떡갈잎으로 약물을 떠먹고 서쪽으로 소리봉께로 걸었다. 이 좋은 삼림을 상하지 말고 잘 가꾸어 두었다가 우리나라의 힘이 펴거든 삼림 종원을 만들고 싶다고 생각하였다. 국보인 광릉의 삼림이다.

돌아오는 길에 나는 아까 보던 서양목 패가 옹기종기 개울가에서 쉬고 있는 것을 만났다. 그들은 절에 가서 불전에 절까지 하고 돌아오는 것이라고 나는 직감하였다.

그들의 얼굴에는 큰 일을 치렀다 하는 마음놓은 빛이 있었다. 신선님께나 부처님께나 덕은 입었다.

나는 이 순박한 사람들이 오늘이나 내일이나 하고 벼르고 별러서 목욕 재계하고 새옷 갈아 입고 가슴 두근거리며 치성도 들일 겸 광릉 절 구경을 떠나던 광경을 상상하였다. 봄, 여름내 땀에 젖었던 그들은 햅쌀이 난 이날 하루를 실컷 즐길 수 있는 것이다. 아마 해마다 이 하루를 별렀을 것이다.

조상 적부터 전해 내려오는 법이다. 정치도 철학도 초월한 영원한 인생의 경지다. 노동과 사랑과 신앙과 감사의 밀레의 '저녁 종소리'보다도 더욱 풍부한 한폭의 인생도다.

절구에 닦인 햅쌀 자루에 담아 메고,
새옹, 배바가지, 모이보에 싸서 이고,
옷 희게 빨아 풀하여 다려 입고,
손자 앞세우고 며느리 뒤따르고,
오늘 날씨 좋다. 새 짚신 벗어 들고,
조상적 법을 받아 산신 불공 가잣으라,
신령아 있거나 마나 그 뜻 기뻐하노라.

〈山中日記〉

나의 옥중기

김광섭(金珖燮, 1905~1977)
시인

1941년 11월 13일 (토요일)

기상 나팔소리! 오늘이 토요일이다. 오늘은 옥중(獄中)이라 생각하지 말고 즐기자. 한 주일이 가기는 가는구나! 옥중 세월인들 다르랴. 누가 붙잡아 맬 건가!

큰 집 지어서 한 번도 열어 보지 못한… 또, 열게 돼 있지도 않은 컴컴한 창에서부터 두 폭으로 축 처진 검은 커어튼을 양쪽으로 젖혀 놓다. 금계산 꼭대기에, 지지 못할 달이 창연(蒼然)히 비친다. 북창에 처음 보는 달이다. 꿈에 따라 가다가 어디선가 자는데, 누가 문에 쇠를 잠그고 갔구나! 한숨이 나서 더 바라볼 수 없다. 이 토요일 아침, 밖은 어떨까?

낮은 평일처럼 가고, 밤에는 수의를 걸치고 팔짱을 꼈지만, 아랫도리는 허전하다. 콧등과 발가락이 벌써 시리다. 이 겨울을 어떻게 넘나? 같은 살갗인데 왜 얼굴보다 더 시릴까?

이 붉은 옷하고는 언제나 친해질까?

자꾸 창백해지는 듯, 얼굴도 부은 것 같다.

벽도 죄스러운 지 진땀이 흐른다. 운명의 이불이나마 덮고, 온감(溫感)이야 있건 없건 포근이 잠들고 싶다. 성령이 있으면 오늘 밤에야 이 몸에 악몽이 안 오겠지.

팔다리를 뻗다가 하마터면 큰 소릴 지를 뻔했다. 손에 닿는 건 아무 것도 없다.

아, 자자, 거침없이 떨어진 자처럼….
낮은 베개 높이 베고….

〈옥중일기(獄中日記)〉

시사회에 간 날

유진오(兪鎭午, 1906~1987)
법학교수·소설가

두통이 나고 몸이 몹시 고단하였으나 열시 반부터 「대지(大地)」 시
사회(試寫會)에 출석, M좌(座) 문간에서 대학교수를 만났다. 「대지」
를 보면서 자꾸 조선 생각을 하지 않을 수 없었다.

조선 사람의 눈으로 보면 「대지」가 갖고 있는 액소티시즘에서 오는
흥미는 반감되리라 생각하였다. 어머니가 해산을 하고 바로 일어나 바
느질을 하는 것쯤은 조선서는 항다반한 일인데 관객의 몇사람은 너무
나 부자연하다고 야유까지 하고 있었다.

그러나 어쨌든 좋은 사진이다. 『런던 머큐리』의 영화평에는 작년도
의 최대 걸작이라고 하였으나 그렇게까지 격찬할 것은 못되어도 근래
에 드물게 보는 좋은 영화였다.

너무나 통속적 흥미에 타(墮)하였다고 말할 사람이 있을는지도 모
르나 통속적이라 해서 반드시 배척할 것도 아닐 것이다. (하략)

임진왜란 때의 일기

이순신(李舜臣, 1545~1598)
무장·충무공

5월 6일 맑음(1593년)

밤새도록 긴 밤을 비가 퍼부어 개천이 철철 넘쳐, 농민의 간절한 소
망이 곧 이루어졌다.

5월 13일 맑음

산위에서 활쏘기, 서로 편을 갈라서 자웅을 겨루게 했다. 해가 저물
자 배에서 내렸다. 배에 바다의 달빛이 그득한데, 온갖 근심이 가슴 속
에 끓어 홀로 누워 뒹굴다가 닭이 울 무렵에야 겨우 얕은 잠에 들었다.

7월 9일 맑음

밤 바다에는 달이 유난히 밝아 티끌 하나 없다. 바다도 하늘인 양
이따금 서늘한 바람이 불어 온다. 홀로 뱃전에 앉아 있으려니 온갖 근
심이 가슴에 저린다. 벌써 닭은 울었다.

7월 15일 맑음

바다에 찬 기운이 드니 객지의 회포는 더욱 어수선하다. 뜸집 아래
홀로 앉으니, 뒤숭숭한 생각을 억누를 길이 없다. 이미 달은 뱃전에
비쳐 신기 차게 밝았다. 아직 잠은 이루지 못했는데, 이미 첫 닭은 울
었다.

1월 1일 비(1594년)

비가 퍼붓는다. 어머님을 모시고 함께 새해를 맞게 되니, 난리 중에
도 다행한 일이다.

1월 12일 맑음

조반을 마친 뒤 어머님께 하직하니, "어서 달려가 나라의 수치를 씻으
라"는 말씀을 두세번 하시고 조금도 섭섭한 기색을 보이지 않으신다.
선창에 돌아왔으나 심기가 불편하다.

1월 20일 맑음

바람은 드세고 추위는 혹독하다. 배마다 옷 없는 사람들이 쭈그리고
앉아서 웅성거리는 소리는 차마 들을 수 없다. 군량도 제대로 이르지
않으니 더욱 민망하다.

7월 3일 맑음(1595년)

오늘은 돌아가신 아버님 생신날이다. 그립고 서러운 생각에 저절로
눈물이 흐른다.

10월 3일(1596년)

어머님을 함께 모시고 배로 본영(本營)에 돌아오니 기쁘기 이를 데
없다.

9월 16일 맑음(1597년)

이른 아침의 척후 보고는 수도 셀 수 없이 많은 적선(賊船)이 우리
진을 향하여 쳐들어 온다 한다. 곧 영을 내려 외양(外洋)에 나가니,
적선 330여 척이 우리 배를 포위하기 시작한다. 엄청난 수에 낙담한
여러 장수들은 회피할 생각을 하는 듯하여, 이에 내가 선두에 나서서
앞으로 돌진했다.

〈난중일기〉

4. 서간문

서간문은 편지글이다. 어리거나 젊어서부터 남에게 편지를 잘 쓰는 사람들이 있다. 편지 쓰기야말로 훌륭한 문장력 수련이다.

편지를 자주 쓰던 사람이 뒷날 좋은 글을 보여준다. 글을 쓴다는 것은 반드시 시인이나 작가가 되기 위해서가 아니다. 일찍부터 글솜씨를 닦아 두면 장차 그 보람을 누리게 된다.

뒷날 사회의 지도자가 되기 위해서는 글을 잘 써야 한다. 남을 이끄는 인물이 갖춰야 할 요건이 글 잘 짓는 일이다. 글을 제대로 쓰는 사람이 남 앞에서 말도 잘한다.

대중 앞에서 연설을 잘하는 사람치고 글 못쓰는 사람은 드물다. 남들에게 말을 잘하기 위해서는 미리 연설문 같은 것도 자꾸 쓰게 된다. 좋은 말을 하기 위한 전단계가 곧 제대로 된 글쓰기다.

전화나 인터넷 시대라서 편지를 낡은 통신 방법으로 여기면 곤란하다. 우리는 좋은 글을 쓰기 위해 지금 이 책을 읽고 있지 않은가?

글을 쓰는 데는 때와 장소가 따로 없다. 전철을 타고 앉아서도 얼마든지 글을 쓸 수 있다. 자그만 노트에다 쓰면 된다. 나는 늘 기록용 소노트를 포켓에 넣고 다니고 있다.

편지도 소노트에다 쓴다. 그것을 나중에 봉투에 담아서 상대방에게 붙여준다. 반드시 책상머리에 꼿꼿이 앉아서 편지 쓴다는 생각도 전환시키자. 편지 속에 어떤 소중한 글을 담느냐가 요점이다.

흔들리는 전철 안에서 글씨 모양이 마구 엉클어지게도 된다. 그러면 일단 썼던 내용을 책상 앞에 돌아가서 다시 베껴 쓰면 보다 나은 글이 된다. 문장을 다시 한번 다듬게 되므로 더욱 좋지 않을까?

글이 서투르다고 편지 쓰기를 싫어하는 사람이 있다. 글씨체가 나빠서 부끄럽다는 이도 있다. 편지는 통신문이다. 글 잘 쓰는 사람만이 편지를 쓰는 것은 아니다. 설사 글이 좀 서투르더라도 의사 전달만을 하는데 서간문의 목적이 있다. 글씨체 따위도 아무런 걱정이 없다. 내용이 문제다. 글씨체가 나쁜 사람이 글은 달필보다 더 잘 쓰는 경우가 많다. 글씨체는 타고 난다고 했다. 너무 걱정할 것이 못된다. 긴 글이 서투르다면 '엽서'를 쓰자. 엽서를 자주 쓰면서 편지글도 향상시키면 좋다.

편지를 자주 쓰면서 글쓰기의 맛을 익히자. 쓰면 쓸수록 는다는 게 글이다. 바야흐로 21세기는 표현의 시대다. 남과 만나기 싫다해도 인터넷으로 접속하게 된다. 인터넷에도 글을 올리지 않는가.

예전에는 편지쓰기의 격식이 많았다. 서간문의 형식을 중요시했기 때문이다. 이제는 시대가 바뀌었다. 요령껏 간략하게 전달 내용만 쓰면 된다. 그렇다고 예절도 없이 함부로 쓰자는 것은 아니다. 공손한 첫 인사와 더불어 시작하면 좋다.

바쁜 시대라서 전화가 빠르고 편리한 것은 사실이다. 전화는 복잡한 용건인 경우 정확한 전달이 불가능하다. 편지거나 인터넷의 E메일이라야만 한다. 더구나 전화로는 통화 내용에 대한 보장이 없다. 물론 '녹음전화'도 이용할 수는 있다.

서간문의 장점은 어떤 사실이며 정보를 정확하게 전달 할 수 있다. 더구나 날짜와 시간 및 장소, 금전 관계 등 포인트의 정확을 기하게 된다. 그밖에도 여러 가지 사건이며 상황의 과정, 자신의 의견이며 계획 등을 순서에 따라 상대방에게 차분히 전달시킬 수 있다. 편지도 초벌을 쓰고 다시 내용을 고쳐 정서하면 좋다.

편지는 자신과 상대방의 마음을 맺어준다. 사랑의 편지는 더 말할 나위도 없다. 편지는 소중한 기록이 되며 평생의 아름다운 추억이며 우정의 증표가 된다. 온갖 행동을 위한 살아있는 기록이 서간문이다.

□ 좋은 편지 쓰는 요령

편지 쓰기는 결코 부끄러운 일이 아니다. 자기의 생각을 상대방에게 전달하는 일이니 떳떳한 일이다. 어떤 편지가 좋은가 걱정할 것은 없다. 그동안 상대방으로부터 받았을 때 좋다고 느낀 편지를 꺼내서 읽어보자. 자기도 스스로 그런 식으로 쓴다면 어김없이 받는 이에게 호감을 받게 된다.

편지 내용은 첫째 자신이 전하려는 목적에 어울리는 알맹이를 담는다. 이를테면 궁금하다는 문안편지로부터, 졸업축하, 합격, 승진, 생일, 결혼축하 등 여러 가지가 있다. 그와 같은 형편에 맞춰 쉬운 글로 짤막짤막한 단문으로 쓰자. 상대방에게 무엇을 알리는 '통지문'이며 알고 싶은 것을 묻는 글 등등, 부드러운 글투로 쓰면 좋다.

편지란 글을 통한 대화다. 그러므로 친구면 친구, 연인이면 연인, 선배, 웃어른이거나 스승, 상사 등 상대를 구분하여 어울리는 글을 쓰면 된다. 설령 다정한 친구라 하더라도 '너'라는 대명사 대신 '형'이라고 존대해서 쓰는 것도 좋다. 연인이라면 '그대' 정도가 정다운 표현이라고 본다. 그 밖에도 각기 '선배님', '선생님', '과장님', '숙부님' 등등 존칭을 붙이게 된다.

편지도 그 내용에 따라서는 인사 편지로부터 애정·우정의 편지 등 사교적인 편지, 사업 관계 등 실용적인 편지, 경조·문병 관계 등의 축하와 위안·위로의 성격을 띄게 된다. 한번 쓰고 난 뒤에 빠뜨린 내용이 있는지 검토한 다음, 글을 다듬어 다시 정서하면 더욱 좋다.

편지는 오래도록 남는 기록이다. 따라서 오자가 없도록 철자법도 지킨다. 누구에게 보내는 것이던 간에 공손한 글투가 소중하다. 글에는 어김없이 그 사람의 품격이 나타난다. 모든 내용을 가급적이면 긍정적으로 쓰자.

자아의 분신으로서의 편지

편지를 쓰는 일은 인생을 살아 가는 기록이요 보람이다. 이력서를 쓰는 것이 자신의 약사(略史)라고 한다면 편지는 그보다 더 값진 자아의 분신(分身)을 이 세상에 남기는 일이라고 하겠다.

그 사람의 육필(肉筆)에 의해 자신의 인격과 생활상을 여실히 보여 주는 것인 동시에 나아가서 그의 이상과 사상까지도 편지 속에는 생생하게 기록이 된다.

사람이 이 세상에 태어나서 편지 한 장 남기지 않고 말았다면 그의 인간으로서의 발자취는 과연 어디에 가서 찾을 수 있을 것인가. 인간의 집단적 존재는 역사로서 기록이 되지만 개개인의 기록은 곧 단편적으로는 편지에 의해서, 그리고 집합적인 것으로는 자서전에 의해 엮어진다.

이렇게 따져 볼진대 편지라는 것은 단순히 하나의 통신 수단이나 방편으로서만 끝나는 것이 아니요, 바로 인간 그 자체의 분신을 남기는 일이라고 생각한다.

오늘날은 통신 수단이 고도의 과학적 방법에 의해 매우 편리하게 이루어지고 있다. 그러기에 먼 외국에 대고도 전화면 되는데 구태여 무슨 편지를 쓰느냐 하는 식으로 기계에만 의존하게 되는 게 안이한 우리네 생활 태도가 아닌가 싶다. 편리한 통신 수단으로서 전화를 이용하는 것은 지극히 당연한 일이다. 그러나 그렇듯 기계에만 의존할 때 과연 우리는 인간적인 것을, 인간의 체온이 담긴 참다운 발자취를 어디에다 남길 수 있을 것인가.

기계에 의존하는 것을 나무라는 것이 아니다. 더구나 이메일처럼 인터넷을 이용하는 것은 매우 당연한 일이다. 그러나 때로는 우정이 담긴 편지 한통을 정성껏 손으로 써서 친구에게 띄우는 것은 어떨까. 존경하는 스승이나 선배에게 또는 먼 고향에 계신 어른들에게 근엄한 마음가짐을 가지고 공경심 어린 마음을 담은 편지를 띄워 드린다면 그것이 그만큼 큰 기쁨을 안겨 드리는 일이 된다.

종이가 발명되기 전인 고대에서는 대나무 쪽에다 죽간(竹簡)을 썼는가 하면 양피지(羊皮紙)에도 편지를 써서 전했다. 지금은 예전처럼 붓을 들어 먹을 갈아 편지를 쓰지 않아도 된다. 얼마든지 좋은 편찬지가 있고 필기 도구도 많았다. 요컨대 중요한 것은 편지를 쓰겠다는 그 마음가짐이 아닌가 한다.

남의 글씨나 그림 등 서화를 주워 모으려는 사람들이 오히려 자아의 분신인 편지 한 통 띄우려 들거나 또는 가족 친지의 편지를 모으려 하지를 않는다. 사실 따지고 본다면 남의 서화를 수집하는 일도 중요하겠지만 실은 자신에게 온 편지를 모으는 일은 그보다 더욱 더 값진 일이요 보배로운 일이다. 오늘날 외국에서는 옛 편지 한 통이 유명 화가의 그림보다도 더욱 값지게 경매되는 경우를 허다히 볼 수 있다. 특히 사신(私信)인 남을 위해 그린 그림이나 쓴 글씨보다 더욱 가치가 큰 것이다. 그것은 부연할 것도 없이 그 서간 자체가 엄연한 인간의 분신이기 때문이다. 이 세상에다 제 아무리 많은 재산을 남긴들 그것이 그 사람의 체온이 담긴 기록은 될 수 없다. 오히려 몇 통의 편지가 더욱 생생한 그 인간의 생존을 의미해 주게 된다.

"나는 편지를 쓸 줄 모른다."

이렇게 함부로 말하는 사람들이 있다. 글을 아는 사람이 어찌 편지를 쓸 줄 모른다는 말인가. 편지란 스스로 느끼는 일, 전하고 싶은 일, 묻고 싶은 말을 글자로 기록하는 데 불과하다. 만약 그 사람이 편지를 정말 쓸 줄 모른다면 얼마나 그 인간됨이 가련한 노릇이겠는가.

"나는 편지를 보낼 곳이 없다."

혹자는 이렇게도 자연스러운 듯이 함부로 말한다. 이 세상에 태어나 편지 한 통을 띄워 보낼 곳이 없다면 또한 그것은 얼마나 비참한 일이겠는가. 편지를 쓸 줄 모르는 게 아니요 안 쓰는 것일 게고, 보낼 곳이 없는 게 아니라 귀찮고 게을러서 다만 쓰지 않을 뿐이다.

편지는 꼭 잘 써야만 하고 또 글 재주가 있는 사람만이 쓰는 것은 아니다. 편지는 잘 쓰고 못 쓰고가 없다고 본다. 자신이 전하고자 하는 내용을 성실하게 적어서 보내면 된다. 편지는 자신이 느끼는 대로 그야말로 붓 가는 대로 쓰면 좋다. 다만 여기서 문제를 삼고자 한다면 아무렇게나 휘갈겨 써서는 안된다는 점이다.

예전에는 편지를 쓰는 데도 격식을 따진 게 사실이고, 편지를 쓰는 서간예법(書簡禮法)도 지키게 되어 있었다. 그러나 오늘의 편지는 구태여 어떤 고루한 틀에 맞춰서 쓰는 것이 오히려 더 불편하고 어색하도고 본다. 이를테면, 예전 식으로 「신춘지제 기체후 일향만강하옵시며 댁내제절이 균안하시온지…」하는 식으로 쓸 필요가 없다. 어쩌면 이러한 구각에서 벗어나지 못한 경우에 편지를 어렵다느니 쓸 줄 모른다느니 하는 식으로 말하는 성싶다. 그러나 편지는 자신이 전달하려는 뜻을 우리 한글로 얼마든지 쉽고 알차게 쓸 수 있다. 예를 든다면, 「봄이 왔습니다. 그동안 건강하시고 가족 여러분께서도 평안하신지 궁금해서 글월 드립니다……」 이렇게 쓴다면 누가 나무랄 것이며 이런 글귀가 무엇이 어려워 쓰지 못한다는 것이랴.

문득 생각나는 일이 있고 전할 일이 있어서 전화 수화기를 들듯이, 전하고 싶고 알고 싶은 일을 엽서나 또는 편찬지에 금새 쓰는 그런 편지 쓰기의 생활화가 매우 중요하지 않은가 한다. 필자가 보기에 선진 외국에서는 이미 초등교육 과정에서 편지 쓰기를 학교에서 지도하고 실제로 교우간에 또는 가정이나 사제지간에 써서 우체국에 가서 우표를 사서 붙이는 등 현장 학습을 통해 직접 편지를 받아보는 보람을 누리게 하는 등, 편지 쓰기를 생활화 시키고 있다.

이것은 비단 편지쓰기가 그 자체에만 의의가 있는 것이 아니다. 편지를 주고 받음으로써 서로의 정의를 북돋고 신뢰감을 키워 주는 것을 비롯해서 예절을 익히고 또한 모국어의 문장 표현력에 이르기까지 다

목적의 성과를 이루어 주는 것이다. 그러기에 초등학교에서는 일선장병을 위한 위문편지 쓰기로부터 친구들의 서신 교환, 가족간의 서신 교환, 또한 방학 중의 사제지간의 서신 교환 등 학교에서의 편지쓰기 지도가 크게 바람직하다.

편지 쓰기의 일반적인 생활화에는 여러 가지 좋은 방법이 있겠다. 우선 편지를 쓸 필요성을 느낄 때 곧 쓸 수 있는 준비가 갖춰져 있도록 하는 것이 중요하다. 이를테면 엽서를 미리 사다가 놓아 두는 일을 비롯해서 편지 봉투와 우표가 넉넉히 준비되어 있어야 한다. 가급적이면 편지 봉투에는 우표를 미리 붙여 두고 그곳에 함께 우편번호부와 주소록 그리고 편찬지 등 편지를 언제든지 마음 내킬 때 곧 쓸 수 있는 대비를 해 두어야 한다. 편지를 써 놓고도 우표 한 장 사러 가기가 불편해서 그냥 묵히다가 부치지 않고 마는 수도 있다. 말하자면 편지를 대뜸 쓸 수 있는 대비를 위해 우체국에 용무가 있어서 갈 때는 엽서며 우표 등을 미리 사다 비치해 두는 것도 편지쓰기 생활화에 도움이 될 것이다.

편지는 쉽고 부드러운 말로 쓰고 싶은 내용을 사실 그대로 기록하면 1차적인 과정은 마친 셈이다. 역시 편지도 인격의 표현인 만큼 기본적인 예절을 무시할 수는 없다. 즉, 연필 따위로 휘갈겨 써서는 안 될 것이며, 우표는 바른 자리에 바르게 붙이고, 우편번호를 제대로 써야만 하겠다. 물론 주소도 정확히 써서 제대로 전달이 되어야 하겠거니와, 발신인의 주소, 설명도 분명히 써서 수취인이 현주소에 거주하지 않을 때는 제대로 반송이 되도록 배려할 일이다. 덧붙여 말하자면 편지의 서식이나 용지같은 것은 구태여 엄격하게 정할 것은 없다. 깨끗한 종이에다 또박또박한 글씨로 쓰면 되겠고, 봉투만은 규격봉투를 써야 한다. 그리고 편지를 받으면 상대방이 답장을 요구하지 않더라도 간략하게 답신을 하는 것도 예절이라고 하겠다.

요즘도 서점가에 나가 서가를 살펴보면 서간문범(書簡文範)을 비롯해서 편지쓰기를 위한 지도 책자들이 있다. 글쓰기가 서투른 사람을 위해서는 서간문범이 어느 의미에서는 도움이 되겠으나 너무 형식에 치우친 글귀는 오히려 인용하지 않는게 바람직하다. 예전에는 이광수 씨 같은 문인들이 서간문범을 만들어서 출판한 것들이 있기도 하다. 그러나 문범은 어디까지나 문범이요 엄격히 따져서 자기 자신의 글이 되지는 못한다.

글이란 자기 자신의 특유한 것이다. 손에는 지문이 있고 목소리에는 성문(聲紋)이 있듯이 비록 서투르더라도 자기 자신의 목소리가 흐르고, 자기 자신의 체온이 담긴 글이 편지를 받는 이의 마음을 훈훈하고 뜨겁게 해줄 것이다. 그러므로 필자는 문범에 의존하는 것을 말리지는 않지만 동시에 권장하지도 않는다.

서두에서도 말했듯이 편지는 그 사람의 생생한 분신이다. 이 소중한 분신을 어찌 함부로 다룰 수 있겠는가. 젊어서는 패기 넘치는 열정의 글로 연문도 쓸 것이고, 나이 들면서는 고매한 인격이 담긴 글이 될 것이다. 그리고 노년이 되면 형안으로 세상을 내다보는 철리가 통하는 심오한 인생의 내용이 고귀하게 담길 것이다. 매끄러운 글보다 중요한 것은 얼마만큼 진실이 담긴 글이냐 하는 게 궁극적으로 그 편지의 진가를 알려 준다.

편지를 쓰는 국민들이 많으면 많을수록 그만큼 그 국가는 문화국민이 많이 사는 곳이 아닐 수 없다. 그러기에 우리도 예부터 전해지는 수많은 서간문들을 가지고 문화 민족의 긍지를 느끼게 된다. 만약 조상들이 그들의 문화적 분신인 서간문들을 남기지 않았다면 우리가 어찌 남의 나라의 서간문학을 떳떳이 대할 수 있을 것인가.

편편(片片)의 편지 한 통 한 통이 모이고 전해지는 가운데 그것을 연구하는 학자들이 생기고 또한 서간도 하나의 문학의 분야로서 큰 발전을 이루고 있는 게 오늘의 실정이다. 서양 사람들은 특히 서간문학을 중요시하고 있다. 그것은 그 시대의 생활양식으로부터 문장과 언어, 역사, 사상 등 모든 학문의 기초를 이루기 때문이다. 특히 서간은 그 인물이 남긴 실증적인 기록으로서 인물 연구에도 오늘날 크게 공헌

하고 있다. 그러기에 자그마한 종이쪽지에 씌어진 전갈의 글이 담긴
이 작은 조각 하나도 박물관에 소중히 보관되어 전시되고 있다.

　고도 산업화시대라 하여 자칫하면 우리 스스로가 방기하게 될지도
모르는 게 바로 편지다. 그러기에 우리는 첨단적인 과학시대를 살면
살수록 더욱 우리의 체취가 물씬 풍기는 우리의 인간적인 기록이며 단
편이요 우리 자신의 분신인 편지를 쓰는데 게을러서는 안 된다고 강조
하고 싶다.

　우리 국민이 편지 쓰기를 생활화함으로써 또한 국민의 작문력 향상
과 나아가 우리 글의 귀중한 보존과 계발에까지도 크게 기여할 것이라
고 감히 주장한다. 편지를 보다 많이 쓰고 보내고 받고 모으는 가운데
참다운 민족의 문화 유산을 우리는 장구하게 보존해 갈 줄 안다.

□ 서간문

소향(素鄕)에게

박두진(朴斗鎭, 1916~1998)
시인·국문학 교수

　만연(漫然)히 집을 나와 막연하게 다니는 길이 예정이 어그러져, 최초 일정의 세배나 느리어졌습니다. 오늘은 스무나흘, 지금은 오전 영시 반쯤, 추풍령까지 왔다가 이제 집으로 돌아가는 길의 차중입니다. 아래의 그림은 옥천에서 묵을 때, 군서(郡西)라는 촌을 찾아가다가 물이 푸르고 맑기가 금강산 옥류천(玉流泉)과 맞서는 용보암(龍堡岩)이며, 곧 금강의 상류입니다.

　물가의 백사가 하도 깨끗하기에 한나절 동심에서 어린애같이 놀다가 온 곳입니다.

　소박한 자연에 안기어 새로 어린 춘색에 나는 겨울을 벗어난 사슴과 같이 즐겁고 안온합니다.

　글을 끄적거리는 동안 차는 황간(黃澗)에서 벌써 영동(永同)에 왔습니다. 차 안에는 불과 8,9인이 있을 뿐 거의 빈 것 같게 한적합니다. 바깥 풍경도 매우 화창한 것이 차를 내려서 걸어가고 싶습니다.

　소향(素鄕) 형.

　그간 어떠하십니까. 무엇을 형은 사고하며 지내십니까.

　흰구름 둥둥

　구름은 가고…

　이래 다시 제(弟)는 잠자는 시혼, 나의 잠자는 시혼을 일깨워야 하겠습니다. 또는 멀리로 나들이 간 시혼. 복사꽃 피는 마을, 화안하니 복사꽃 피는 마을 찾아 혼자 나들이 간 나의 시혼을 나는 불러야겠습니다.

    이 벌을 지나면 저기
    남향 받이 산 기슭
    그 다소곳한 마을에

    복사꽃, 오오
    화안히 그
    복사꽃은 피리니
    형.
    나는 이제 복사꽃, 복사꽃이 피는 마을을 향하여 가오리까.
    영원히 영원히 화안한 나라를 찾아 가오리까.

    —그러므로, 이 세상 장막이 무너지면 그는 너희를 위하여 다른 한 성(城)을 예비하였나니—(성서 뜻만), 소식 주십시오.
    주 안에 더욱 강건하시기를 비옵니다. —1941년
                    〈저자 주 : 소항은 '복사골(부천)에 살던 박두진 시인의
                    문우 이상로(李相魯) 시인의 아호, 1916~1973〉

나의 천사여, 불멸의 연인이여

베토벤(Ludwig van. Beethoven, 1770~1827)

언제까지나 당신의 사랑이고자
언제까지나 나의 사랑이고자
언제까지나 우리들의 사랑이고자

1

나의 천사여, 나의 전부여, 나 자신인 그대여, 오늘은 다만 몇마디, 더구나 그대의 연필로 이 글을 쓰려오.

내일까지는 나의 집도 정해질 것으로 봅니다만, 이건 무엇보다도 하잘 것 없는 시간의 낭비라오. 필연적이라고도 할 수 있는 지금에 와서 이와 같은 깊은 고뇌는 무엇 때문일까요.

우리들의 사랑은 희생과 단념 그 외에는 아무것도 이루어지지 않는 일이지요. 당신이 내 것만이 아니고 나 또한 당신만의 것이 아니라는 것. 당신이 이 생각을 바꿀 수는 없는지요.

우선 아름다운 자연 속에서 기분을 가라앉힌 뒤에 우리들의 문제를 해결하도록 합시다.

사랑은 전부를 요구합니다. 그것은 당연한 것입니다. 내게 있어서의 당신도, 당신에게 있어서의 나도 매한가지입니다. 당신은 내가 나 자신을 위해서 그리고 당신을 위해서 살지 않으면 안 된다는 것을 잊고 있는 것 같습니다. 우리들이 진심으로 뜻을 함께 하고 있기만 하면, 나도 당신도 그렇게 괴로워하지 않아도 될 것입니다.

내 여행은 고달픈 것이었습니다. 어제 새벽, 겨우 이곳에 닿았습니다. 말을 빌릴 수가 없어서 우편마차로 딴 길을 거쳐 왔습니다. 그 길은 몹시 험했습니다.

종점 바로 앞의 역에서는, 밤의 여행을 하지 않는 것이 좋다는 얘기며 숲속이 무섭다는 얘기도 들었지만 나는 오히려 그런 것에 매력을 느꼈습니다.

하지만 내 생각은 어긋났던 것입니다. 우편마차가 드디어 험한 길바닥 위에서 망가져 버렸습니다. 단지 시골길이란 이유밖에는 없었습니다만, 만약 그 마부가 아니었다면 도중에서 손들어 버렸을 것입니다.

내가 탄 것은 사두(四頭) 마차였습니다. 에스텔하지는 다른 길에서 팔두(八頭) 마차로 같은 곤경에 빠졌답니다. 한편으로는 매우 유쾌하더군요. 무엇인가를 운 좋게 뚫고 나갔을 때는 언제나 그렇게 생각합니다만, 이제 여담은 그만 두고 용건으로 들어갑시다.

언제이건 그 동안에 뵙게 되리라 생각하고 있습니다. 며칠간 내 생애를 매듭지은 생각을 옮겨 전한다는 건 도저히 불가능합니다. 그러나 우리들의 마음과 마음이 밀착되기만 한다면, 이런 일은 아마 겪지 않게 될 것입니다.

내 가슴속에는 당신에게 드리고 싶은 얘기로 가득 차 있습니다. 가끔 나는 언어라는 미지근하고 아무 쓸모없는 초조함 같은 것을 느끼곤 합니다.

기분을 밝게 지니시고, 언제나 나의 진실되고 단 하나만의 보배, 나의 전부가 되어 주셨으면 합니다. 내가 당신에게 그런 것처럼 말입니다. 그 이상의 모든 것은, 신에게 맡깁니다.

7월 6일 아침
당신의 충실한 루드비히

악성(樂聖) 베토벤(Ludwig von Beethoven, 1770~1827)이 스스로 '불멸의 연인(die unsterbliche Geliebte)'이라고 불렀던 그의 참사랑의 연인은 과연 누구였을까. 그것은 오늘에 이르기까지 수수께끼다.

바로 여기에 실린 이 편지를 받은 주인공이 그 '불멸의 연인'이다. 물론 여러 가지 설(說)이 있다.

누가 '불멸의 연인'인지는 모르더라도 이 편지는 매우 귀중한 연문이다. 왜냐하면 이 편지들은 베토벤이 죽은 뒤에, 베토벤이 갖고 있던 주권(株券)을 찾던 동생 요한이 옷장 깊숙이 장치된 비밀 서랍에서 찾아낸 것이기 때문이다.

그때 그 서랍 속에서는 이 연문과 함께 아름다운 테레제 브론스뷔크의 초상화가 나왔다. 그 초상화는 베토벤의 '불멸의 연인'이 테레제라는 설을 지배적으로 해주었다.

테레제는 헝가리의 귀족 집안에서 태어났으며, 그녀의 아버지 브른스뷔크 백작은 47세로 세상을 떠났다. 그녀는 여동생과 함께 홀어머니인 안나 발벌 밑에서 자라났다.

1799년 5월에 그녀는 베토벤에게서 16일간 피아노 지도를 받았다. 그때 그녀의 나이는 24세로 베토벤보다 5세 연하였다. 테레제와 베토벤의 교제는 그후 10년 이상이나 변함없이 계속되었다.

그러나 그들 사이에 어떤 일이 있었는지 자세하지 않다. 베토벤은 1800년, 테레제를 위해서 그의 작품 피아노 소나타를 보내주었다. 그녀는 그 실물 크기의 반신 초상화(유화)를 베토벤에게 보냈다.

이 초상화는 지금 본의 '베토벤박물관'에 보존되어 있으며 뒷면에는 다음과 같이 씌어있다.

'보기 드문 천재, 위대한 예술가, 훌륭한 그대에게.'

T.B(테레제 브른스뷔크)로부터

베토벤은 테레제에게서 초상화를 선물받은 답례로 다음과 같은 편지를 보냈다.

— 서로 좋아하는 사람들은 바라는 것 없이 상대방을 생각하는 것입니다. 당신과 나의 경우도 그와 같습니다. 경애하는 T(테레제)여, 나

는 당신에게서 훌륭한 선물을 받고 아직 인사드리지 못했지만, 거듭해서 거지같이 또 부탁드리지 않을 수 없군요. 만약 당신에게 화가로서의 흥미가 생긴다면 한 번만 더 그대의 것과 똑같은 자그마한 스케치를 해주십시오. 섭섭한 일이나 전의 것은 잃어버렸습니다. 나는 선명히 기억하고 있습니다. 테레제씨, 당신을 존경하는 벗인 나를 이따금 생각해 주시기를.

베토벤

2

세상에서 가장 귀하신 나의 님이여. 당신은 괴로워하고 계십니다. 이 편지는 이른 아침에 부치지 않으면 안된다는 것을 방금 들었습니다. 이곳에서는 월요일과 목요일, 이 이틀만 K행의 우편물이 떠나는 모양입니다.

당신도 괴로워하고 계시겠지요. 내가 가는 곳에 그대는 늘 함께 있습니다. 때로는 나 자신과 이야기하고, 때로는 당신과 얘기를 나누며, 당신과 함께 살 것을 생각해 봅니다.

그대가 없는 인생, 그것은 어떤 인생일까요. 여러 곳에서 사람들의 친절을 받지만, 그러나 나는 바라던 만큼 쓸모 있는 것도 아니고, 사람들에게 자기를 낮추는 것, 그것이 나에겐 참을 수가 없습니다. 또한 나 자신과 우주와의 관계를 생각하며, 자신이 무엇인가, 사람이 훌륭하다는 건 무엇인가 하고 생각해 봅니다. 그러나 거기엔 인간의 신성(神性)이 있습니다.

그건 그렇고, 토요일이 되지 않으면, 당신은 내가 부친 첫편지를 받을 수가 없겠지요. 그 생각을 하면 울고 싶어집니다.

당신이 나를 사랑하는 것보다 내가 당신을 더 사랑하고 있습니다. 결코 나에겐 아무 것도 숨기는 일이 없도록 해주십시오. 편히 쉬세요. 온천에 온 저도 쉬어야겠습니다.

아아, 이렇게 가깝기도 하고, 멀기도 하다니, 우리들의 사랑이야 말로, 정녕 하늘 위의 전당이 아니겠는가. 거기다 천국의 성(城)처럼 견고하기도 하다.

7월 6일 월요일 저녁
루드비히

3

침대에 누운 채 당신에 대한 여러 가지 생각을 더듬고 있습니다. 나의 불멸의 연인이여, 가끔 즐겁다고 생각을 하면서도, 운명이 우리들의 기도를 들어줄는지, 그걸 생각하면 또 우울해집니다.

나는 진정 당신과 함께 있지 않으면, 도저히 살아갈 수가 없습니다. 내가 당신의 품에 안길 때까지, 당신 곁을 내 집으로 생각할 때까지, 내 영혼이 당신을 지켜 영혼의 세계에 보내질 때까지는, 그 길이 아무리 멀고 험해도 나는 찾아 헤메일 것을 다짐했습니다. 싫건 좋건 언젠가는 그 때가 올 것입니다.

당신도 아시다시피, 당신에 대한 나의 뜨거운 마음은 결코 다른 사람에 의해서 변하는 건 아닙니다. 오오, 신이여! 이다지도 사랑하고 있으면서, 어째서 헤어져 있어야 한단 말입니까. 지금 W에 있는 나의 생활은 처참한 것입니다.

당신의 사랑은 나를 더없는 행복으로도 인도하지만, 동시에 보다 더 불행하게도 만들고 있습니다. 내 나이가 되면 생활에 규칙과 안정이 필요합니다. 그걸 우리들의 관계에서 얻을 수 없을까요.

나의 천사여! 지금 들으니까 우편은 이곳에서 날마다 떠나는 모양입니다. 그러면 당신이 이 편지를 조금이라도 일찍 받을 수 있도록 여기서 멈추기로 하겠습니다.

우리들의 현상(現狀)은 냉정한 통찰에 의해서만 함께 지낼 수 있는 공통의 목적이 이루어지게 되는 것입니다. 냉철하게 나를 사랑해 주시오. 오늘도 내일도 당신을 향한 눈물겨운 동경, 내 생명, 나의 모든 것, 안녕.

언제까지나 당신을, 당신을 사랑하는 사람의 뜨거운 진심을 무(無)
로 돌리지 않도록.

언제까지나 당신의 사랑이고자
언제까지나 나의 사랑이고자
언제까지나 우리들의 사랑이고자

7월 7일 쾌청한 아침
L(루드비히)

베토벤이 이 편지에서처럼 '불멸의 연인'이라고 부른 그의 진정한 여
인은 과연 누구였을까.

물론 테레제가 가장 유력한 연인임에 틀림없다. 그렇다면 이상 세통
의 편지는 그가 테레제에게 쓴 편지였을까.

불운한 천재 베토벤은 귀가 멀고 가난에 시달리다가 1827년에 57
세를 일기로 세상을 떠났다. 테레제는 결혼을 하지 않고 독신으로 평
생을 살다가 죽었다.

그렇다면 테레제야말로 베토벤의 '불멸의 연인'으로, 베토벤을 사후
(死後)에도 추모하며, 그의 사랑을 마음에 새기며 살아간 것이었을까.
그렇다면 그 얼마나 고귀한 사랑이라고 할 것인지.

테레제는 만년에 브륜의 귀족 수도원의 명예고문을 지냈으며, 86세
라는 장수 끝에 1861년에 작고했다. 그러니까 베토벤 사후 34년을
더 오래 살았다.

3. 논술형 수필

논술형 수필은 논술문(소논문)을 비롯하여 크리티컬 에세이(critical essay)라는 문학비평문도 역시 논술문의 범주에 든다. 또한 자술문(자기 소개글), 신문사설, 칼럼, 인물평, 연설문(웅변문) 등을 들 수 있다.

1. 논술문

논술문중에서 짧은 논문이 소논문이다. 특히 오늘날 대학입시에서 '논술'은 결코 빠뜨릴 수 없는 글이다. 왜냐하면 대부분의 대학에서 논술 시험을 치루고 있기 때문이다. 그러나 평소부터 수필 글 쓰기를 성실히 해온다면 뛰어난 논술문을 작성할 수 있다.

입사시험에서 소논문을 쓰는 경우 가장 주의할 일은 틀에 박힌 글투를 써서는 안된다. 자신의 주의 주장을 강하게 내세워서 "…하지 않으면 안된다", "…용납할 수 없다" 등등 어깨에 힘이 든 글은 좋지 못하다. 부드럽게 차분한 발상을 짤막한 문장으로 쓰면 된다. 회사의 심사원이 살피고자 하는 것은, 입사 지망생의 사고방식을 비롯한 지식 수준, 인품이며 성격 등이다. 정치적 논객투의 강경한 주장 따위는 처음부터 금물이다. 소논문이라지만 어떤 정의한의 외침이기보다는 논리 정연한 표현의 설득력을 요망하고 있다.

여기서 논술문(소논문)의 중요성에 비추어 좀 구체적으로 설명해 두겠다. 논술문이란 어떤 명제(제목을 붙이는 일, 도는 그 제목. title)에 대해서 '그렇다', '아니다'라는 것을 답하는 짧은 논문이다. 이것을 뒤집어 말한다면 '예스'냐 '노우'냐 하는 명제를 만든다고 하면 곧 그것이 소논문의 형식이 된다.

예를 든다면 요새 한참 화제가 되고 있는 '수도 이전'이라고 하는 민감한 제목이 주어졌다고 치자, 이때 학생이 수도 이전에 관해서 자신이 알고 있는 내용을 열거했다면 논술문이 될 것인가. 전혀 그것은 아니다. 논술문이란 '수도 이전을 진척시킬 것인가', 또는 '수도 이전은 옳치 않다'라는 식의 문제를 제기시키면서 그것을 절도있게 논하므로써 비로소 논술문이 성립되는 것이다.

논술문이란 논하는 글이기는 하되, 논하는 것에 의해 '예스'냐 '노우'를 스스로 결단하는 데 있다. 시험지에 과제문이 제시되는 경우도 많다. 이때 역점을 둘 것은 제시된 과제물의 주장이 옳으냐 그르냐에 대한 문제 제기를 하는 일이다. 그것이 다름아닌 논술문의 포인트다.

학원에 가서 '논술'을 공부하는 학생들이 많이 있다. 그러나 전혀 논술문이 아닌 나열식의 글들을 쓰는 학생들을 쉽게 살피게 된다. 선생님으로부터 논술의 포인트를 제대로 지도받지 못한 때문이다. 논술문은 매끄러운 문장 보다는 설득력있는 '가부'의 판단을 써내는 일이다. 문장이 말쑥하다면 더할 나위 없는 일이다. 따라서 논술문의 기본은 예스·노우를 쓰는 방법을 슬기롭게 터득해야 한다.

논술문을 쓰는 순서는 문제를 제기시키는 일이다. 예컨대 과제문이 제시되어 있다면, 우선 그 글의 주장이나 설명에 대한 사항이 옳으냐 그르냐부터 따지면서 서두를 엮는다. 여기에 뒤이어 스스로의 의견을 당당히 내세우면서 다음의 본론을 전개시킨다.

본론의 전개는 무엇보다도 중요하다. 전개 과정에서 제시된 과제의 배경을 따지면서 원인을 파악해낸다. 그뿐아니라 그 뒤에 숨어 있는 사

상등도 분석하므로써 보다 구체적으로 자신의 '예스''노우'의 기본 태도
를 군소리 없이 써내려 간다. 뒤이어 결론 부분으로 들어간다.

여기서도 주의할 것은 어떤 예측이나 여운을 남기려는 수식적인 표현
은 좋지 않다. 그야말로 간결하고 설득력있는 문장으로 다시금 예스·
노우의 재확인으로 끝을 맺는 일이다.

요컨대 논술이란 단순한 어떤 논리의 전개가 아니라 제시된 과제에
대한 가부를 점차적으로 날카롭게 판단 짓는 일이다. 과제문이 제시되
어 있는 경우에는 우선 그 과제문부터 정확하게 읽어야 한다. 여기서 이
과제문의 주제가 무엇인가, 또한 그 주제가 제시하는 주장이 옳으냐 그
르냐를 규명하는 것이다.

따라서 논술문의 문장은 글짓기처럼 5W1H를 바탕으로 쓰는 것이
아니라는 것을 명심해야 한다. 5W1H(언제·누가·어디서·왜·무엇
을·어떻게)로서 다루자는 것이 아니다.

논술문의 배경은 3W1H로서 다루는 것이 기본이다. 3W는 왜(why,
이유), 언제부터(when, 역사성), 어디서(where, 지리성)와 1H는 어
떻게(how, 대책)하면 될 것인가를 말한다.

좀 더 설명한다면 이유와 배경을 제시하면서, 언제부터 그런 것인가,
과연 그 이전에는 어떠했던가 하는 역사성을 제시해야 한다. 또한 어디
에서 그러한가, 또한 다른 고장에서는 어떤가 하는 지리성과 결론적으
로 어떻게 하면 좋을 것인가 하는 대책까지 제시하므로써 스스로가 판
단한 가부에 대한 명확한 결론으로 마무려야 한다.

2. 대입 논술문의 주제

'대입' 논술문의 '주제'로서 흔히 제시되는 것들이 있다. 그와 같은 주
제들은 평소에 검토하면서 자신이 논술문을 써보도록 해야 한다. 모범

논술문이 있다면 역시 잘 읽고 스스로 소화시키자.

필자는 우리나라 대학입시 논술문의 주제로서 앞으로 출제될 만한 것 들을 제시하련다. 비단 대입논술 주제가 아니더라도 독자 여러분이 다 음 주제들은 고루 익혀둘 필요가 있다. 왜냐하면 '대학생'이란 장차 이 나라의 사회 각계 지도자로 진출할 존재이기 때문이다.

환경친화 · 남녀평등 · 역사왜곡(일본 · 중국   등) · 첨단과학 · 정보화 사회 · 복지사회 · 고령화사회 · 대중소비사회 · 인구감소 · 인문학 · 대중 문화 등등 허다하다. 이것들을 좀 더 유형별로 자세하게 살펴보면 다음 과 같다.

자원 · 환경의 주제

자연친화 · 아메니티(amenity,쾌적환경) · 환경파괴 · 쓰레기소각장 · 핵발전소 · 님비(NIMBY, not in my backyard) · 환경윤리 · 환경 호르몬 · 그린벨트 · 생태학 · 유전학교환(GM, genetic modification) · 물 · 갯펄매립 · 바다목장(양식) · 산유국.

사회 · 시스템의 주제

인구감소 · 고령화사회 · 장례문화(화장 · 매장) · 국민연금 · 의료보험 · 남녀평등 · 토요휴무(여가) · 풍요 · 복지사회 · 빈부격차 · 사회정의 · 봉사활동 · 무료급식소 · 수도이전 · 소년 소녀 가장 · 폭우와 수재민 · 지 하철 · 고속전철 · 고속도로 · 정보화 · 대중매체 · 부동산   투기 · 대중소 비사회 집단이익 · 노동귀족 · 외국인 노동자 · 인권 · 탈북자 · 이분법 · 시장경제(사유재산재와 계약자유원칙의 경제체제) · 정밀공개 · 텔레비 전 시청료.

풍속 · 청소년의 주제

만화(애니메이션)·텔레비게임·휴대전화·텔레비전(대중문화)·붉은악마·학교 폭력·무서운 10대·인터넷 교재·노래방·동성애·러브호텔·인신매매.

문화·기술의 주제

한국문화·국사시험·한자교육·일본문화·경제대국·EU·자아주체성(identity, 본인 확인)·컬쳐쇼크(culture shock, 이문화 접촉의 당황)·패러다임(paradigm, 규범)·문화다원주의·지구촌·국제화시대·남북문제·휴전선·평화통일·적화통일·이라크전쟁·고엽제·뉴욕증시·무역역조·e코머스(electronic comerce, 전자 상거래)·대학·대학원·학술용어·현대의학·이식의료·성전환·창조성·구조(system)·과학기술·멀티미디어(multimedia, 21세기형 정보통신혁명)·생산공정 자동화(FA, factoryautomation)·수치제어(NC, numerical control)·컴퓨터통합생산시스템(CIM, computer intergrated manufacturing system).

이상 여러 가지 논술주제를 살펴보았다. 그런데 여기서 한 가지 주제를 군이 외국에서 지적한다면, 일본의 토우쿄우대학을 비롯하여 센슈우대학, 메이지대학 등등 여러 대학에서 자주 출제된 테마에 '인권'이 있다. 우리도 북한 주민의 인권 문제며 탈북자와 외국인 노동자의 인권 문제 등도 따져보자.

☐ 논술문

중국의 패권주의와 중화사상

고구려사 침탈기도로 다가온 한민족의 위기

박경석(朴慶錫, 1933~)

시인 · 예비역장군

패권주의와 중화사상

중국은 57개 민족으로 구성된 다민족국가이다. 그러나 90% 훨씬 넘는 한족(漢族)이 주류를 이루고 있다.

방대한 국토와 인구를 추스르고 오늘의 중국을 완성하기까지는 헤아릴 수 없는 전쟁과 갈등을 겪었다. 따라서 중국에는 세계에서 유례를 찾을 수 없는 많은 병법이 생기면서 명저로 꼽히는 병서가 위세를 떨쳤다.

세계적으로 유명한 병서인 손자병법, 오자병법, 울료자, 육도, 삼략, 사마법 등이 있고 그 외에도 헤아리기조차 어려울 정도로 많은 병서가 존재한다.

병서가 많다는 것은 곧 전쟁이 많았다는 것이고 그만큼 전쟁과 침략으로 패권주의가 기승을 부렸음을 추정할 수 있다.

중국의 역사는 곧 전쟁의 역사이기에 패권주의의 향방에 따라 권력의 부침이 결정되었다.

흔히 중화사상이라고 일컫는 한족(漢族) 우월사상은 주변 민족을 야만시 하고 자기네가 세계의 중심에 있는 가장 문명한 국가라고 자부하면서 침략의 구실이 되어왔다.

근대 중국은 열강들에 의한 심대한 모멸을 겪으면서 오늘날의 중화인민공화국이 성립될 때까지 그 과정 하나하나는 참으로 견디기 힘든 고비고비의 연속이었다. 그러나 중국인들은 인내심과 그들 특유의 끈기로 오늘의 중국을 완성하는데 성공하였다.

개방과 개혁으로 이룩한 오늘의 중국은 정치적 통합과 함께 경제대국으로 성장하자 그동안 잠자고 있던 패권주의와 중화사상이 용틀임을 시작하였다. 더욱이 유인 우주선 발사의 성공으로 중국인들은 선진국을 따라잡았다는 승리감에 도취하면서 세계제패의 야망을 품게 되었다. 이 여세를 몰아 중국은 급기야 동북공정(東北工程)이라는 프로젝트로 한민족(韓民族) 고대사의 중추인 고구려를 한족(漢族) 복속국가화 하려는 천인공노할 만행을 시도하기에 이르렀다.

중국과의 숙명적 관계

대륙의 맹주 한족(漢族)은 고대로부터 우리 한민족(韓民族)을 복속시키겠다는 야망을 끈질기게 가지고 있었다.

중국의 역사의 아버지라고 일컫는 사마천(司馬遷)은 그의 저서 「사기(史記)」, 조선열전(朝鮮列傳) 제55장에 한민족에 대한 침략을 자세히 기록하고 있다.

조선열전의 첫머리에서부터 조선을 공략하여 복속시키고 관리를 파견하여 외신국(外臣國)으로 만들었다는 종주국의 위상을 과시하는 내용이 기록되어 있다.

그러나 조선은 기회가 있을 때마다 중국의 종속으로부터 벗어나기 위하여 저항하는 기개를 발휘하고 있음도 「사기」에 적고 있다.

끊임없는 전쟁에서 조선군(朝鮮軍)의 승전보가 계속되고 있다. 특히 조선군의 우거(右渠)장군은 왕검성(王儉城-지금의 평양)에서의 방어작전을 성공시켜 중국의 5만 병력을 격퇴시키기에 이른다. 이 전투의 패전으로 중국의 좌장군 순체가 군법에 의해 참형 당한다.

위 기록은 중국과 우리민족과의 관계를 잘 나타낸 것으로 볼 수 있다.

고조선 시대로부터 이어진 한족(漢族)의 침략은 우리나라의 역사서적인 삼국사기(三國史記), 삼국유사(三國遺事), 고려사, 조선왕조실록 등에 줄줄이 피로써 얼룩져 있음은 우리가 다 아는 사실이다.

고구려는 고조선의 혈맥을 이어받아 중국에 대항하여 국위를 떨쳤으나 많은 희생이 뒤따랐고 이어지는 전쟁을 감당하지 못하여 결국 쇠퇴하여 멸망하였다. 그후 고려는 저항과 종속을 교묘히 활용하면서 국권을 지켰다.

이성계가 건국한 조선은 이 두 역사적 사실에서 얻은 교훈에 따라 수모를 감내하면서 중국의 종속하에 국권을 유지하였다. 초강대국에 대한 저항은 국력만 소모될 뿐이라는 점에 정책의 기반을 두었던 것이다. 이처럼 중국과 우리민족과의 관계는 침략과 저항, 종속과 화친으로 이어지는 숙명적 관계로 오늘에 이르고 있다.

동북공정 프로젝트의 시발

한국전쟁의 발발초기 승승장구하던 북한 인민군이 갑자기 패색이 짙어지면서 후퇴에 후퇴를 거듭하자 긴장하기 시작한 쪽은 소련이 아닌 중공이었다.

소련은 느긋하게 생각했지만 중공은 그렇지 못했다. 왜냐하면 중국의 동북지역인 만주 일대의 국토가 잠식당할 위협을 추정한 것이다. 명분상으로는 항미원조(抗美援朝)라는 기치를 내걸고 한국전쟁에 출병했지만 그 과정에서 결정의 내면 이유는 통일한국에 대한 거부감 때문이었다.

한국군에게 쫓긴 북한 인민군이 압록강을 건너 만주땅에 모여들면 만주 일대에 거주하는 조선족과 합세하여 망명정부를 수립할 것이므로 자칫 국토의 일부분을 상실할 위기에 직면할 것이라고 예단하고 있었다. 그런 명분이 있었기에 일부 한국전쟁에의 중공군 출병 반대자의 주장을 잠재울 수 있었던 것이다.

이와 같이 국토잠식의 위기의식을 느끼고 있었던 오늘의 중국이 통일한국의 출현은 곧 한국전쟁 당시의 악몽이 재현이 될 우려가 있다고 상정하기에 이르렀다.

특히 한국인 관광객이 만주땅에 들어서자 "만주는 우리 땅"이라느니 "통일이 되면 꼭 만주를 수복해야 된다"느니 하는 진반 농반의 말들이 중국의 상층부에 보고되자 일부 국수주의자에 의해 프로젝트 「동북공정」이 추진되기에 이른 것이었다.

고구려사는 한국사의 중추

중국이 「동북공정」을 통해 고구려를 복속국가화 하려하자 예측을 훨씬 초월한 한국과 한국인의 반발에 중국당국은 당황하기 시작했다.

한반도가 남북으로 분단되자 대한민국은 통일신라 위주의 한국사에 중점을 두면서 고구려 역사에 대해 별로 관심을 두지 않은 반면에 조선민주주의인민공화국은 통일 신라의 삼국 통일 위업을 인정하지 않는 고구려-고려 역사에 중점을 두는 역사관을 가지게 되었다.

이런 과정에서 북한과 연관이 있는 고구려 문제를 다루었을 때 한국의 반발을 오늘날처럼 그렇게 심각하게 생각하지 않았다. 이는 커다란 중국 당국의 실책이었다. 특히 한국 역사 서적의 근간인 삼국사기는 고려시대 김부식이 책임지고 편찬한 것으로 당시 중국의 영향하에 있던 고려의 역사 서적인 바 중국도 인정하지 않을 수 없는 환경하에 편찬되었고, 고구려의 한국사는 이미 중국이 결코 부정할 수 없는 사실(史實)의 본체(本體)였다.

중국의 25왕조의 옛 정사인 이십오사(二十五史)를 비롯 많은 역사 서적에 고구려는 한국역사에 속해 있음이 명백하게 기술하고 있으므로 고구려의 중국 복속국가화 하려는 동북공정은 실재적으로나 학문적으로 불가능한 일이다.

그러함에도 「동북공정」을 강행할 경우에 대비하여 우리는 만반의 준비를 해두어야 한다. 어디 세계사가 정의와 정도만을 달려갔었는가.

역사전쟁에서 승리하는 길

벌써부터 중국이 역사전쟁을 촉발한 이면에는 그들 나름대로의 이

유가 있을 것이다.

첫째, 통일한국 이후의 영토분쟁을 사전에 막아보겠다는 의도이고 둘째, 한국과 한국인의 기를 꺾어보려는 패권주의와 중화사상의 발로라고 상정할 수 있다.

이에 대비하는 길은 먼저 그동안 학교교육에 소홀했던 국사교육을 강화하여 청소년들에게 민족의 자긍심을 더욱 확고하게 심어주는 일이다. 그리고 국력신장에 박차를 가하며 국방력을 강화하는 길이다. 국방비가 최소 GNP의 3.5%대는 되어야 위기에 대처하는 능력을 유지할 수 있다.

그러나 강대국에 둘러쌓여 있는 한국은 자체 방어력만으로 난국극복에 한계가 있다. 이에 부수대책으로 확실한 동맹국의 확보가 전제되어야한다. 그 대상은 미국 뿐이다. 따라서 위기 수습의 길은 반미감정을 잠재우고 미국과의 관계 개선을 서둘러야 한다.

지금의 한미관계로는 확실한 안전보장이 될 수 없다. 미국 조야(朝野)의 대 한국관은 매우 냉담하다. 이 위기는 노무현 정부가 자초한 결과다. 따라서 한미관계의 개선 1차적 책임은 현정권에 있다.

우리는 지금의 역사전쟁을 학문적인 면에서만 해결하려고 한다면 더 큰 위기에 처할 수 있다. 바로 지정학적 측면에서 안보에 초점이 맞추어져야 한다. 현 국제정세하에서 만약 북한정권이 붕괴된다고 가정할 때 그것이 곧 한국의 통일이라고 낙관하는 것은 순진한 생각이다. 중국의 괴뢰정권이 수립되어 옛 일본의 만주국 꼴이 된다면 통일한국은 물 건너간 것이나 다름없다. 또 하나의 시나리오는 미국이 북한을 군사력으로 제압하였을 때의 경우인데 지금의 한미관계로 보아 미국이 북한을 순순히 대한민국에 넘겨주리라는 생각도 꿈 일 수 있다.

현 정권과 국민들은 이런 상황에 대처하는 슬기를 길러야 한다. 그 1차적 대비책은 미국과의 동맹강화이다. 미국이 예뻐서 뜨겁게 손잡자는 것이 아니다. 우리의 안전을 위한 최선책이기 때문이다.

후쿠자와 유키치의 '탈아시아론'

—한 침략주의자의 이중인격

홍윤기(洪潤基, 1933~)
시인·일본사학 교수

일본의 최고액권인 1만엔 지폐에 그려진 인물은 후쿠자와 유키치 (福澤諭吉, 1835~1901)다. 어느 나라이거나 그 나라의 애국적인 인 물을 지폐에 그려넣고 있다. 그렇다면 후쿠자와 유키치는 어떤 발자취 를 남긴 인물인가. 그는 한 마디로 조선침략과 선동에 극단적으로 앞 장섰던 사람이다.

"조선이라고 하는 악우(惡友)와 사귀는 것을 거절한다"(「脫亞論 」,1885). 후쿠자와 유키치는 이와 같이 조선을 못된 친구(惡友)라고 무조건 매도한 반한(反韓) 주의자였을 뿐 아니라 동시에 정한론(征韓 論)에 앞장섰던 조선 침략주의자였다.

이와 같은 후쿠자와 유키치를 가리켜 일본에서는 메이지시대(186 8~1912)의 이른바 '민간 계몽사상가'로 떠받들어 오고 있다. 그러기 에 일본은 그를 최고액권 지폐의 인물로서 지금도 최상의 대접을 서슴 지 않고 있다. 조선을 '악우'라고 혹평하고, 더더구나 조선 침략을 앞 장서서 주장했던 사람을 일본 지폐의 대표적인 인물로서 다루고 있는 것이 오늘의 일본이다.

일본이 겉으로는 한국과의 친선을 내세우는 반면에, 일본 청소년의 역사교과서에는 한국에 대해 왜곡된 내용을 담거나 또는 그들이 저지 른 조선침략 내용들을 숨기기 위해서 중요한 역사적 사항들을 의도적 으로 빼버리고 있지 않은가. 그것이 오늘의 실정이기에, 일본 지폐에 후쿠자와 유키치의 등장은 우리로서 주목하지 않을 수 없다.

반한 침략주의자 후쿠자와 유키치

후쿠자와 유키치는 33세 때인 1868년의 메이지유신 당시, 토우쿄우에 케이오우의숙(慶應義塾)을 세웠다. 그는 토우쿄우 땅 미다(港區 三田)의 자그마한 주택에 몇 명 안되는 젊은이들을 모아서 서양의 신학문을 가르친다고 나섰던 것이다. 이것이 뒷날 1920년의 '대학령'에 의해 오늘의 케이오우 의숙대학으로 발전했다.

그를 가리켜 메이지 시대의 민간 계몽가로 일컫는 것은, 서양의 근대화 과정을 소개한 책자인 『서양사정(西洋事情)』(1866~70)을 비롯해서 『학문의 권유(學問のすすめ)』(1872), 『문명론의 개략(文明論之槪略)』(1875) 등을 써서 서양에 대해 어두웠던 일본인들을 깨우치게 하였다는 데서였다.

1885년이 되자 후쿠자와 유키치는 이른바 「탈아론(脫亞論)」을 발표해서 사람들을 당황하게 만들었다. 3월 16일자 「시사신보(時事新報)」에 쓴 그의 「탈아론」은 우리나라와 중국을 무조건 악우(惡友)라고 혹평하면서, "일본은 아시아를 벗어나서 서구로 들어가자!"고 외치는 소위 탈아입구론(脫亞入歐論)을 폈다.

메이지유신 이래 『서양사정』등의 책자를 통해 인간에 대한 서양의 자유·평등사상 등을 외치던 그가, 느닷없이 조선과 중국에 대한 배격론을 펼치자 식자들은 어리둥절하며 곤혹스러워할 수밖에 없었다.

왜냐하면 그 동안 일본학자들은 오랜 역사를 통해서 "조선과 중국은 선진 문명국으로서 일본을 가르쳐 왔다"고 귀가 따갑게 주장하여 왔었는데, 하루 아침에 후쿠자와 유키치라는 사람이 오랜 세월 동안 일본 문화를 키워준 조선과 중국을 '못된 친구'라고 헐뜯으면서, 조선과 중국을 내버리고 서양으로 들어가자고 선동했기 때문이다. 후쿠자와 유키치의 「탈아론」의 한 대목을 인용하면 다음과 같다.

오늘의 일본을 발전시킬 방법을 생각하자면, 일본은 이웃나라가 개

명화(開明化)되는 것을 기다려서 공동으로 아시아를 번영시킬 만한 여유가 없다.

오히려 아시아의 이웃들로부터 벗어나서, 서양 문명국과 행동을 함께 하며 중국・조선과 교섭하는 방법도 일본의 이웃나라라고 해서 특별한 배려를 해줄 필요가 없다. 서양인들이 이들에게 대해서 행한 것과 마찬가지 방법으로 대처해야 할 뿐이다. 못된 친구(惡友)와 사이좋게 지내는 자는 악명(惡名)을 받을 수밖에 없다. 내 심정을 밝히자면, 아시아 동방의 중국과 조선이라고 하는 악우와 교제하는 것을 거절하는 바이다.

이것은 누구나 납득하기 어렵고 또한 이해할 수 없는 터무니없는 망발이다. 한국이나 중국은 오랜 역사를 통해서 극동에서도 가장 미개했던 그들 섬나라 일본에게 온갖 문화를 가르쳐 준 은인이면 은인이었다. 악우라는 것은 황당무계한 주장이다.

더구나 근세 일본은 1592년부터의 임진왜란・정유재란 등, 1598년의 패퇴까지 조선에 대해 배은망덕한 침략과 약탈을 자행했으니, 조선의 입장에서 볼 때는 오히려 일본이 악우인 것이다.

「탈아론」에 대해서, 토우쿄우 대학 교수 카사하라 카즈오(笠原一男)씨는 다음과 같이 후쿠자와 유키치의 의도를 비판하고 있다.

「탈아론」은 후쿠자와 유키치가 1885년에 발표한 글이다. 그 취지는 무엇인가. 조선과 청국(淸國)은 아시아 동방의 악우이기 때문에 이들과 인연을 끊고, 일본은 오히려 구미열강(歐米列强)에 가담해서 아시아 침략에 나서야만 한다고 하는 탈아입구 노선이다. 지난 날 후쿠자와 유키치는 구미열강의 아시아 진출에 대항해서 조선과 청국과의 연대를 강화하자고 외쳤다.

그러나 내외 정세의 변화에 덩달아 임오사변(壬午軍亂을 가리킨다. 일본 세력의 조선땅으로의 침투로 군제개혁을 단행하자 천대받게 된

조선왕조 구식 군인들의 불만이 폭발한 1882년의 사건/필자 주) 뒤에
는 조선을 지키기 위해서 청국과 대항하라고 논했으며, 다시금 갑신정
변(1884년에 김옥균 등 개화파가 혁신정부를 일으켰던 '3일천하'의
정변/필자 주)으로 조선에서 친일세력이 후퇴하게 되자, 이번에는 아
시아와 인연을 끊자고 하는 주장으로 바뀌게 된 것이다.

그리하여 메이지 정부가 선택한 것도 이 탈아노선이었다.(笠原一男
外,『史料による日本史』,1978)

후쿠자와 유키치가 「탈아론」을 쓴 신문(時事新報)은, 후쿠자와가
메이지 정부의 뒷돈을 받아서 설립한 어용 신문사였다. 이 점에 대해
일본의 역사사전은 '후쿠자와 유키치' 항목에서 다음과 같이 그 내막을
지적하고 있다.

그는 뒷날 자유민권운동에 대해서 비판적인 입장을 취했고, 1882
년에는 「시사신보」를 창간하여 관민조화(官民調和)를 제창했으며, 뒤
이어 국권신장(國權伸張)을 강조하여 일본정부의 대륙 진출을 지지했
고, 김옥균을 지원했다(高柳光壽 外,『日本史辭典』,角川書店,1976).

이와 같이 후쿠자와 유키치가 시류에 따라 변신을 거듭한 발자취들
에 대해, 일본의 지식인층이 결코 고운 눈으로만 대해주지는 않은 것
이 사실이다. 그러기에 여타 권위있는 역사사전과 인명사전에서도 그
에 대해 차분하게 그 족적을 비판하고 있다.

이를테면 한 인명사전은 다음과 같이 '후쿠자와 유키치' 항목에서,
부단하게 변신하는 그의 처사를 꼬집고 있다.

1875년의『문명론의 개략』은 재래의 일본 문명을 비판하고 서구
문명을 목적으로 독립을 꾀하라고 주장한 저서였다. 그러나 메이지
10년대(1877년 이후)에 민권운동이 고양되자, 이것을 비판하며 국권

우선(國權優先)을 강조하여 관민조화를 설파했고, 다시금 1885년에는 「탈아론」을 발표하여 침략주의를 선취(先取)했으며, 메이지 20년대(1887년 이후)에 가면 대자본의 입장으로서 제국주의적인 길을 구상하기에 이른다. 1882년에 「시사신보」를 창간하고, 그 이후에는 이것을 무대로 논진(論陣)을 펼쳤다(『人名辭典』, 三省堂, 1978).

　메이지유신 이후 그의 침략주의 노선의 제국주의적 발상은, 머지 않아 일본을 군국주의 침략 국가로 이끄는데 그를 앞장 서게 한 것이었다. 더구나 그의 「탈아론」은 일본이 겉으로는 아시아로부터 벗어나 서양으로 건너가는 척 위장하여 조선과 중국 등을 방심케 하면서, 오히려 조선 침략의 「정한론」을 은밀히 구체화시킨 것이었다.
　그의 '관민조화'란 천황에게 모든 백성이 목숨을 바쳐 충성하자는 것이며, 관(官)이 제국주의를 토대로 군국(軍國)을 강화시키면서 민(民)을 침략전쟁의 도구로 삼자는 것이었다.
　후쿠자와 유키치의 「탈아론」은 침략주의의 선취(先取)이며, 제국주의적 구상은 그가 이른바 서구 계몽주의라는 탈을 제 얼굴에다 빌려다 쓰고, 아시아 침략의 흉악한 손을 뻗치는 일이었다.

제국주의 천황제를 추진시킨 후쿠자와 유키치

　한 일본 학자는 후쿠자와 유키치의 제국주의 침략사관을 다음과 같이 지적하고 있다.

　1882년 5월에 발표한 「제실론(帝室論)」과 「존왕론(尊王論)」(1888. 9) 등은 후쿠자와 유키치의 천황관(天皇觀)을 가장 분명하게 보여주는 것이다.
　우선 그는 영국의 'King reigns but not governs'(왕은 군림할 따름이지 다스리지는 않는다)는 입장을 지지한다. 제실(帝室, 제국주의 천황가)은 정치사외(政治社外)의 존재이며, 적어도 일본국에서 정치를 논하고 정치에 관계하는 자는 제실을 자신의 주의(主義)를 위해서 이용해서는 안된다고 하는 것이 자기의 지론이라고 말한다. 특히 일본과 같은 나라에서는 제실이 사회질서의 안녕을 유지시키기 위해서 유용하다고 한다.

또한 케이오우의숙 관계자들이 1880년에 창립한 '코우쥰사'(交詢社 : 후쿠자와 유키치의 케이오우의숙 출신자 등을 중심으로 실업가들을 회원으로 하는 사교클럽이며, 회원은 1,800명. 제국주의 옹호운동의 정책 수립 터전/필자 주)의 사의헌법안(私擬憲法案)은 다음과 같다.

제1장 '황권(皇權)'에서는, 제1조 '천황은 재상 및 원로원과 국회의 원의 입법 양원에 있어서 나라를 통치한다.' 제2조 '천황은 성신(聖神)으로서, 범할 수 없는 존재로 삼는다. 정무(政務)의 책임은 재상이 진다.'(式田淸子, 「皇制思想の形成」, 1971)

천황을 절대 침범할 수 없는 권력자이며, 살아있는 '인간신(人間神)'으로서 조작한 발자취는 다름 아닌 후쿠자와 유키치의 발상이었던 것이다. 즉 이와 같은 그의 결사집단(코우쥰사)의 헌법안에서 뚜렷이 천황의 인간신 조직을 살피게 해주고 있는데서 후쿠자와 유키치를 우리는 크게 주목하게 된다.

1889년 2월 11일에 대일본제국헌법(7장 76조)이 공포되었다. 이 헌법의 제1조는 '대일본제국은 만세일계(萬世一系)의 천황이 이것을 통치한다.' 제3조는 '천황은 신성하며 침범할 수 없다.' 제11조는 '천황은 육해군을 통수한다.' 또한 제33조를 보면, '제국 의회는 귀족원·중의원의 양원으로서 성립한다'는 것이다(「官報」).

여기서 가장 주목되는 사실은 제1조와 제3조이다. 즉 일본 제국주의 국가의 천황은 황실 계통이 고대의 신(神)의 시대를 직접 이어온 신의 핏줄을 계승해 왔다고 하는 것이 제1조의 두드러진 주장이다. 또한 제3조에서 신의 혈통을 이어 온 천황은 법적인 하등의 책임도지지 않으며, 천황에 대해서 그 누구도 감히 침범할 수 없는 인간신의 존재임을 강조하고 있는 것이다.

또한 제11조는 제국주의 국가의 천황은 군의 최고 통수권자이며 군국주의의 지배자로서 독립된 통수권을 누린다는 것이다. 그 당시에는 비행기가 없어서 공군은 없었다. 제33조는 양원제 국회로서, 천황가 등 귀족들이 양원의 상위에서 귀족원을 구성하여 형식적인 중의원에 제동을 걸게 만들었다.

이와 같은 골격을 살펴 본다면, 후쿠자와 유키치가 주동해서 코우쥰사에서 입안했던 '사의헌법안'이 송두리째 채택되고 있음을 살필 수 있다.

이 헌법은 두말할 것도 없이 당시 메이지유신 정부의 최고 권력자였던 우대신(右大臣) 이와쿠라 토모미(岩倉具視, 1825~1883)가 정점에 앉아서 제국주의 헌법 제정을 이끌었던 것이다. 이와쿠라 토모미는 특명 전권대사로서 1873년 3월 7일(음력)부터 3월 28일까지 독일 북동부의 프로이센 왕국을 방문하고, 수상 비스마르크(1815~98)가 이끈 독일제국의 각지를 시찰 견학했다(久米邦武, 『特命全權大使 米歐回覽實記』, 1876).

이와쿠라 토모미는 이 시찰 기간에 비스마르크의 전제정치에 큰 감동을 받았으며, 이것이 그의 메이지유신 정부의 일본 제국주의 전제정권 수립에 큰 영향을 끼쳤다는 공론이다.

대일본제국헌법 제정 당시 비밀리에 헌법 기초에 직접 나선 것이 이토우 히로부미(伊藤博文, 이등박문,1841~1909)와 이노우에 코와시(井上毅, 1844~1895) 등이었다.

대일본제국 헌법 제1~4조가 규정한 것처럼, 천황은 신격(神格)을 갖는 절대적인 원수(元首)이며, 그 까닭에 행정대권(行政大權), 군의 편제대권(編制大權), 계엄대권(戒嚴大權), 외교대권 등 광범한 대권을 갖는 존재로 만들었다(笠原一男 外, 앞의 책).

그야말로 천황은 살아 있는 인간신으로서 일본 국민 위에 절대 권력자로서 군림하게 만든 것이었다. 이토우 히로부미는 메이지 정권 최고 권력자였던 이와쿠라 토모미 대신을 등에 업고, 또한 민간 계몽사상가라는 허울좋은 「시사신보」의 발행인 겸 '코우쥰샤'라는 압력단체의 우두머리 후쿠자와 유키치의 비위를 맞춰가며 제국주의 헌법 제정의 작업을 은밀하게 서두른 것이었다. 그는 이와쿠라 토모미의 지시를 받고 직접 프로이센으로 제국헌법을 공부하러 다녀오기도 했다.

내무경 오오쿠보 토시미치(大久保利通, 1830~1878) 사망 이후부터 내무경이 된 이토우 히로부미는 정부 안에 지반을 굳히고, 다시금 1881년에 정적인 오오쿠마 시게노부(大隈重信, 1838~1922)를 정부에서 추방시키면서 최고 지도자가 되었다. 1882년 이와쿠라 토모미 대신의 지시를 받고 이토우 히로부미는 헌법제도 취재를 위해서 두 번씩이나 다시 유럽으로 건너가 프러시아 헌법을 공부하고 귀국했다.

일·러(日露)전쟁 이후인 1906년에 '일한협약'을 체결하고, 초대 한국통감이 되어 합방 강행의 일보를 내딛었다. 1909년 만주 시찰과 일·러관계 조정을 위해 중국으로 건너가다 하얼빈 역두에서 조선독립운동가 안중근에게 암살당했다(앞의 『인명사전』).

1889년 2월 천황을 신으로 만든 대일본제국 헌법이 발포되었을 당시 일본의 여론은 어떠했을까.

1989년 2월 11일 대일본제국 헌법 발포의 축전(祝典)이 거행되고 관보를 통해 공포되었을 때, 국민의 헌법 조문에 대한 태도는 대략 무비판적이었다고 전해지고 있다.

물론 지난날 사의(私擬)헌법을 초안해서 국약(國約)헌법을 추구했던 민권파 사람들이 헌법의 내용에 무관심하고 무비판이었을 리는 없으며, 특히 대동단결의 기관지 『정론(政論)』지상의 평론, 나카에 쵸우민(中江兆民, 1847~1901, 자유민권 사상가. 1881년에 「동양자유

신문」을 창간하여 전제정부 공격, 대중의 저항권·혁명주권을 주장한
민권좌파의 이론적 지도자/필자 주)의 헌법검열론(憲法檢閱論), 스에
히로 시게야스(末廣重恭, 1849~1896, 정치가·소설가)의 비판 등
헌법 비판의 자세를 발굴하는 것은 어렵지 않다.

　그러나 이들의 비판적 논조도 당장에 헌법 수정의 요구를 제출할 수
는 없었으며, 오히려 일반의 헌법 예찬의 풍조 속에 파묻혀버리기 십
상이었다. 헌법을 맞이하는 신문의 논조는 일반적으로 호의적이었다.
(永井秀夫,「明治憲法の制定」,1971)

　이와같이 거의 순탄하게 제국주의 헌법이 대중들에게 받아들여 질
수 있었던 것은 관(官) 주도의 철저한 언론 탄압책이 밑받침하고 있었
던 것이다.

　헌법 제정에 앞서서 일찌감치 1875년 6월에 메이지유신 전제정권
은 이른바「신문지조례례」를 공포하고 언론탄압을 시작했던 것이다.

　이 조례의 제13조는 "정부를 변괴하여 국가를 전복하는 글을 실어
소란을 선동하는 자는 금옥(禁獄) 1년 이상 3년에 처하며, 그 실범(實
犯)에 이르는 자는 주범과 똑같이 다룬다"는 등 언론을 강력하게 통제
했다.

　1880년 4월에는「집회조례」를 공포해서, 정치집회는 3일 전에 상
세한 내용을 경찰서장에게 제출하여 허가받도록(제1조) 되어 있었다.

　또한 1887년 12월에는 칙령으로「보안조례」가 공포되었다. 천황가
의 보안을 위해서 수상한 자는 토우쿄우 땅에서 3년간 강제 퇴거(제4
조)시키는 등, 집회·출판·결사 등 7조에 걸친 취체 법규 등이 규정
되어 있었다.

　후쿠자와 유키치의「탈아론」을 비롯한「정한론」,「제실론」,「존왕
론」등이, 일본 제국주의 건설과 조선침략 등 아시아 침략의 군국주의
신국(神國) 일본의 기만 선동에 그가 얼마나 큰 구실을 했는지는 그의
행보를 통해 능히 파악할 수 있다.

☐ 비평문

원형의식과 정신지리

—홍윤숙시집 『경의선 보통열차』를 중심으로

채수영(蔡洙永, 1941〜)
시인, 국문학 교수

1. 고백과 용기

시는 자기를 고백하는 양식을 취하고, 산문은 묘사하기 위해 사실을 굴절한다. 있는 것을 있음으로 만든다면 모르지만 없는 것을 있음으로 만드는 예술행위는 궁극적으로 자기라는 중심점을 벗어날 수 없는 한계에 있다. 예술은 상상력이라는 재료로부터 시작된다. 상상력이란 창조하는 사람과 전연 별개의 이질이 아니라 창조하는 사람과 떨어질 수 없는 연결고리가 있다. 그것이 무의식이라는 식별할 수 없는 사실에서든, 의식과 의식의 낱낱이 불연속적으로 출몰하든, 어떤 것이 되었건 간에 경험했던 것. 혹은 지나쳤던 과거의 시각에서나, 들었던 소리에서든 어떤 종류의 감각에서든 창조하는 사람과 인연이 있었던 것과는 관련이 있다. 인간의 기억은 하루 24시간의 모두를 냉장고에 저장하듯 한 줄에 꿰어낼 수 없기 때문에 — 무의식이라는 것을 치부하면서 간단히 접어두지만, 사실에서는 모두 한 사람의 자기 시간 속에 있었던 것이 표현되는 경험의 일부분이다. 그렇다면 인간의 상상력이란 것도 현실과는 전연 별개의 것이 아니라 저장되었던 현실의 일부, 혹은 읽어서 기억의 잔상으로 남아 있었던 것이나, 보았던 것들의 일부에 지나지 않을 것이다. 아름다운 것끼리 묶어지거나 혹은 추하고 더러운 것들과 얽혀 있다면 상상력의 수로는 아름다움을 기대하는 마음과 안타까움의 형태가 일정한 거리를 유지한다. 상상력이란 한 사람의 경험적인 사실이고, 이것이 질서있게 나타날 때 예술적 힘 혹은 신기한 세계를 만들어낸다. 머리가 돌아버린 사람의 상상력은 질서와 논리가 없기 때문에 황당하다. 이런 논지에서 볼 때, 시에도 논리가 있고 질서가 있어야 한다는 추론이 가능해진다. 즉 시는 무질서한 이미지의 연결이 아니라 한 사람의 생각을 논리화 혹은 구조화할 때 시적 감흥은 미의 옷을 입게 된다. 다시 말해서 시는 자기의 경험을 미적 질서 속에 놓으려는 의도로부터 출발하기 때문에 어쩔 수 없는 고백의 한계 속에 남는다. 자기의 인자를 어떻게 보편적 질서 위에 구조화할 수 있느냐에서 시적 기교와 개인적 정감이 결합하여 빛날 수 있는 공감을 획득하게 된다.

한 사람의 시인, 그것도 오래된 시인의 작품을 읽다 보면 — 오래된 시인이란 결국 경험이 다양한 시인 — 담담한 기쁨, 하찮은 사물에서 심오한 의미를 만나는 즐거움이 뒤따른다. 예의 홍윤숙의 시를 읽을 때, 앞에서 말한 경험과 상상력의 논의가 발목을 붙잡는다. 젊은 시절의 깔끔하고 우아하고 싶어 했던 『여사시집(麗史詩集)』이나, 여성의 심리적 본질인 꾸밈의 『장식론(裝飾論)』과는 달리 그녀의 아홉 번째 시집인 『경의선(京義線) 보통열차』에서는 지금까지의 꾸밈과 은폐와 숨기는 미와 가꾸는 미에서 벗어나 있는 그대로의 모습 — 슬프게도 벗겨진 노년(老年)의 모습 — 그 고백을 담담하게 접하게 된다. 시는 진실의 고백일 때 아름답다. 길바닥에 풀꽃의 아름다움은 진실에서 느끼는 것이지 형태의 꾸밈에 있지 않다. 꾸밈이 없는 것 속에 자기를 담고 있기 때문에 솔직한 자기를 드러내놓는 일은 감동을 주는 용기가 된다. '취미로 쓰는 것'이 아니고 적어도 한 인간이 자신이 살아가는 데 있어서 절대적인 '일'로 생각하며 시를 선택한 사람에게 있어서 시는 자신의 삶과 동일한 것이 된다. 이말은 『경의선(京義線) 보통열차』 중 '시적 정열과 예술혼'에서의 홍윤숙의 말이다. 시는 생(生)이고, 생이 곧 시라고 할 때 이는 시인의 삶과 시는 틈새 없는 예술혼과 장인의식과 시인의 절대정신을 강조하게 된다. 여기에 진솔한 삶은 감동의 시를 쓸 수 있다는 유추가 가능하게 된다. 솔직하다는 것은 고독하지만 아름답다. 꾸미는 것이 아름다움을 은폐하는 일이라면 솔직함에서는 영원한 감동의 누선(淚線)을 자극한다. 그녀의 나이 1925년 생이면 이순(耳順)을 넘어 고래희(古來稀)의 가파른 생각 때문에 그녀의 심정은 담담히 오늘을 바라보고 내일을 명상하는 모습을 만나게 된다. 또한 1947년에 문단에 나왔으니, 근 반세기에 걸친 삶의 시행착오와 더불어 벗겨진 자기와 만날 때 회고와 기다림, 감사와 그리움이 얽혀 있기 마련이다. 아울러 수구초심(首丘初心)이라는 사향심(思鄕心) 때문에 귀로를 재촉하는 모습이 드러난다. 이제 그 표정들을 점검한다.

1) 절망

인간은 최초의 인연을 잊지 못하고 그리워한다. 첫사랑도 그렇고 첫 직장도 그렇고, 태어난 고향의식도 그렇다. 이런 심리적 안타까움은 멀리 떨어져 있는 거리에의 안타까움이다. 다시 소유할 수 있는 현재의식이라면, 향수는 무관심으로 외면되어 있지만, 보다 먼 거리에서 붙잡을 수 없다고 느낄 때, 애절한 향수가 발동된다. 이은상의 「가고파」나 정지용의 「향수」에 담겨진 고향의식은 궁극적으로 자기의 첫인연을 소중히 생각하려는 확인의식이다. 앞에서도 말했듯이, 시는 고백이라는 그물에서 벗어날 수 없기 때문에 홍윤숙은 연작시 「뿌리」에서 자기의 본질을 점검하고 있다.

평북 정주군 마산면 오봉산 기슭이라 했다. 초가 구옥 키 낮은
돌담 삭은 비단처럼 좀먹은 문설주엔 녹슨 풍경 하나 잠들어 있었다.
음사월 텃밭에 큰 이모 옥비녀만큼씩 한 파꽃 대궁이 장으로 가는
시오리 신작로엔 사철 미루나무 두 줄로 시를 쓰는 하늘 남양 홍씨
민들레 풀꽃처럼 고실고실 살았다.

중원을 달리던 기마족의 후예였을까 조부는 일찍이 마주 북간도로
현해탄으로 타고난 역마살 바람으로 풀다가 기미년 만세통에
 타관의 객관 봉노방에서 마흔 몇 해 쌓이고 쌓인 체증 만세 만세로
목놓아 뚫고 열두 새 흰 무명 두루마기 피 감탕하여 업혀온 그날부
터
 오장육부 장독들어 누렁꽃 피다가 마침내 마흔 아홉 펄펄한 두 눈에
흙을 덮었다.

—「뿌리」에서

인간이 자기를 발견한다는 것은 성숙의 놀람일 것이고, 나를 찾아가
는 날은 서글픔이라 가정하면, 홍시인이 자기 家系에 대한 시화(詩化)
는 무슨 이유일까? 이 대답은 결국 시인에 물어볼 수 없는 한, 시 속
에서 그 대답을 찾을 수밖에 없다. 2연까지는 그녀의 조부가 어디서
태어났고, 어떤 집, 그리고 1919년 만세를 부르다 '피감탕'하여 49세
의 나이에 죽게 된 내력, 3연엔 이런 이유 때문에 19살의 독자에 의해
파산한 남양 홍씨의 가문이 유랑의 삶을 살았다는 사실을 시로 만들었
다. 이별을 전제로 자기점검을 시도하는 홍윤숙의 마음은 나이에서 오
는 초조감이다. 이는 정리하고 싶은 마음, 거기서 오는 안타까움으로
보인다. 「저 혼자 눈뜨던」에서는 시인이 어떻게 이 세상에 태어났는가
를 적고 있다.

북방 기마족의 피를 받은
조부의 역마살과
소시적부터 이름난 아비의 바람기를 타고
세상에 태어났다.

일제시대, 열일곱 살 나이에 여고 강당에서 「봉선화」가락에 슬퍼야
했던 민족의 모습을 발견하고 '처음으로 「빼앗긴 들」의 암울한 日月을

/ 혼자배웠다.'는 홍시인의 젊은 날은 봉놋방 구름잡는 아버지의 슬픔과, 부항 든 가정의 한을 바라보면서 민족의 처한 현실에 눈을 뜨게 된다. 「빼앗긴 들」이 처한 민족의 아픔은 한 개인의 아픔이었고, 이는 식민지 백성이 짊어져야 했던 나라 없는 민족의 슬픔이었다. 이런 시대상황을 홍시인은 혼자로부터 모든 것을 터득해야 했던 절망이었다.

　이른 새벽
　아무도 모르는 벌판 한 끝에
　분수처럼 저 혼자 끓어넘치던
　스무 살의 未明을, 미명의 안개 속을
　남모르게 출렁이는 바다로 누워
　바다 위 수만 톤의 비에로 누워
　더러 황홀한 물보라의 꿈을
　더러는 캄캄한 절망의 석탄을
　일용할 양식처럼 종일 구웠지.

　　　　　　　　　　—「덩굴째 찍히던 꿈의 불리들」에서

　　스무 살 무렵의 절망은 해방 무렵의 암담한 어둠을 뜻한다. 새벽이 짙은 어둠으로부터 빛이 잉태했다면 일제 말의 고통은 비단 홍시인만의 어둠과 절망은 아니었다. '수만톤의 비애'에 짓눌리는 감정이 '절망의 석탄'을 구워내는 나날이었으니 '거리엔 사방에 / 〈통행금지〉 푯말이 붙어있었다'「방목시대(放牧時代)」처럼 막혀 있는 벽안에 삶이었다. 국가 없는 백성은 중심 없는 사람처럼 불쌍하다. 서른여섯 해를 살아야 했던 일치(日治)의 중심에서 태어나 해방의 즐거움을 맛보기에도 잠시었으니 이어 동족상잔의 참혹한 6·25의 비극은 일제시대의 절망에 계속편이 되어 홍윤숙의 슬픈 감수성을 이루어 나간다.

　　우리는 손잡고 지뢰밭을 뛰어 다녔다. 더러는 머리 더러는 사지를

후회없이 초연에 날려버리고 이윽고 사라져 가는 시대의 희망들을
전송했다. 더는 꿈꾸지 않은 신세가 어두운 지평에선 침묵의 거대한
함대들이 아름다운 아침을 분쇄하며 마주잡은 손과 손을 따스한 눈
길들을 서로의 가슴에서 걷어내었다.

─「휴전선의 아침」에서

　절망을 경험한 사람은 모험을 유보하고 안전하고 편한 소극성에 떨
어진다. 참혹한 가난을 먹고 자란 사람은 가난의 두려움을 너무 잘 알
기 때문에 언제나 대비하는 준비를 갖춘다. 지뢰밭을 뛰어다닌 것은
피난의 풍속도인 50년대의 참담한 광경들이다. 시대의 희망도 개인적
인 희망들이 포성에 날아가버린 황폐한 기억들이었다. 삶과 실존이라
는 암담한 명제 아래 존재자체가 의심스러운 시대였다. 꿈이 없는 시
대, 절망의 키만 높아 있었고, 초근목피의 가난이 헤어날 길 없는 서
러움이었으니 홍시인의 뇌리에 절어진 비극성은 아침이 없었고, 체온
과 체온을 건네줄 인간적인 신뢰가 모조리 빈 공허의 시대였다. '이윽
고 사람들은 / 계절은 황량한 겨울이라 진단했다'라는 겨울이었고 희
망의 난파된 조난의 시대였다. 기다림이 무너진 시대 모두를 잃었고
모든 것이 없어진 시대였으니 '기다리는 것은 오지 않았다./ 꿈꾸는 것
은 뒷모습 뿐이었다./ 나의 사전엔' 「나의 사전엔」에서처럼 절망연습
이었으니, 기다림은 어느 사이에 다가올 리도 없는 그리움의 얼굴이었
다. 이런 당혹과 무너짐과 공허 속에서 자존을 지켜나왔다는 사실 앞
에─어찌 보면 배고픈 자 앞에 詩라는 황당한 옷을 걸치면서 살아왔다
는 사실은 그것도 장식이 아니라 가슴 속으로부터 포착되는 절실한 인
간의 체온을 그리워한 감수성 앞에 이 세대들이 용기가 없다느니, 신
선함이 없다느니의 췌사가 얼마나 부질없음인가. 살았다는 그 자체만
으로 대단한 용기요 귀감이며 모범이 된다. 더구나 문학이라는, 어찌
보면 사치스러운 간판을 들고 지금까지 한 길로 걸어왔다는 사실은 시
작(詩作)이 뛰어나고 아니고를 불문하고, 존경에 가까운 게 사실이다.

이들이 체험한 절망의 농도는 한 모금에도 취할 수밖에 없었던 고난의
격랑이었기 때문이다.

  2) 귀로(歸路)

  돌아간다는 것은 기쁨이면서 서글픔이 된다. 만나야 할 사람이 있다
면 기쁨이 기다리고 있고, 그렇지 않다면 서글픔의 긴 그림자를 만들
게 된다. 그것도 혼자 돌아가는 길이라면 서러움일 수밖에 없다. 고향
으로 가는 희망사(希望詞)엔 과거로의 길이 넓고 현재를 감추고 있는
시인의 육성이 매우 담담하다. 「경의선 보통열차」는 '경의선 보통열차
3등 객실엔/후미진 구석엔/남도 어디서 흘러오는 실향민인가'의 과거사
로부터 발단된다. 떠나는 봇짐, 부황든 남정네와 그 아낙들, 만주 북
간도의 공간적 배경으로부터 식민지 백성의 기억이 오늘의 홍윤숙의
뇌리 속에 '지금도 뇌리에 찍혀 바래지 않는 / 천연색 필름 몇 장'이라
는 현재로 돌아온다. 왜 시인은 경의선 보통열차를 그리워하는가? 물
론 고향으로 가는 길을 암시하면서 보통열차의 체온을 그리워하고 있
다. 거기엔 보통사람들의 삶의 이야기가 땀으로 젖어 있기 때문에—단
지 지역적인 고향만이 아니라 그녀가 살아왔던 괴롭고 어두운 시대를
그리워하는 회고에 젖는 것이다. 지나온 날에서 보면 가난조차도 그리
운 것이 인간의 감정이다. 설혹 염원했던 곳으로 돌아간다 하더라도
거기엔 실망만이 뒹굴겠지만, 천연색 필름으로 상징된 고귀한 마음의
고향이 간직된다.

  아무도 모르는 골짜기에서
  초원처럼 빛나던 열 대여섯 살
  고향으로 가는 귀성열차엔
  아직 뜨지 않는 별들이 술렁거렸다.

                                   —「청천강을 건너면」에서

고향으로 가는 귀성열차를 타고 있는 홍시인의 정신 속엔 어린시절의 꿈을 그리워하고 있다. 거기엔 첫(?)사랑이 움트던 이팔청춘의 무지개빛 화면이 있기 때문에 이순(耳順)을 넘은 할머니의 마음 속에서도 그리움으로 가는 길은 화려하다. 열여섯 살의 빛나던 꿈은 「노랑나비의 함박눈」에 오면 상당히 구체화한다. 겨울이면 공회당 빈 헛간에 야학당이 열리었고 야학당의 선생은 동경유학생이었으니, 바라만봐도 울렁이는 처녀 가슴엔 공부가 목적이 아니라 바라보는 것으로도 화려한 침몰이었고 즐거움이었으니, '나는 그 바다에 방비없이 침몰하는 조각배였다.'에서 야학의 선생에 얼마나 깊은 관심이 있었나를 의미한다. 이런 야학선생은 주재소에 몇 번 불리어감으로 독립운동이라는 암시속에 서글픈 기억의 사랑은 끝난다.

이윽고나는노랑나비와함박눈을그리면서서울로올라갔다열여섯살겨울이었다. ㅊㅜㅇㅜㄴㄱㅕㅇㅜㄹ이어ㅅㅅ다

망향사(望鄕詞) 연작시 18편 중 「노랑나비와 함박눈」과 「기억의 책갈피에 말린 꽃처럼」의 두편은 띄어쓰기를 무시하고 있다. 이런 이유는 2편의 내용에 일종의 첫사랑에 대한 고백을 담고 있기 때문에, 즉 쉽게 타인에게 보이고 싶지 않은 은폐의 심정을 나타내는 것같다. 나의 소중한 마음을 겉으로 드러내지 않고 간직하려는 생각 때문에 시의 마지막 구절엔 글자를 풀어 쓰고 있음도 소중히 간직하고 싶은 심정을 암시한다. 열여섯 살의 사랑은 고향으로 가는 마음의 핵심부분을 이루고 있다.

또 하나의 망향은 아득하고 아늑함이 있을 것이란 기대심리 때문에 고향을 그리워한다. 이는 나이 먹은 사람의 심리적 도피를 암시한다.

사십 년 걸어도 닿지 못한 나라
눈 내리는 저녁길엔

문득 그 나라 먼 길을 다 온 것같은
내일이나 모레면
그 집 앞에 당도할 것 같은
눈 속에 눈에 묻힌 포근한 평안
더는 상할 것 없는
백발의 평안으로 잠들 것 같다.

—「눈 내리는 저녁」에서

내일이나 모레면 도달할 것 같은 가까운 심리적 거리 때문에—일찍
이 체험했던 최초의 인연이 있는 곳으로 가고 싶어하는 마음이 고향에
대한 그리움이다. 더구나 고향을 떠난 40여년의 긴 단절은 홍시인에
게 더욱 짙은 향수의 농도를 더해주고 있다. 이런 향수의 본질적 표정
은 그녀의 나이에서 오는 고독감—인간이 맞아야 하는 본질적 길에의
고독감 때문이다. 「노을」에 오면 여행의 목적지가 어딘가는 쉽게 떠오
른다.

저녁마다 봉선화 꽃 물들인
西天하늘로 난 떠난다.
(편지하지 마라 주소 미정이니)
……略……
나는 여기서 이 나라 왕비의 꽃상여 하나
곡성도 없이 떠나가는
장례식 구경이나 하다 가련다.
내 유일한 나들이다.
(편지하지 마라 곧 돌아갈 것이니)

—「노을」에서

서방정토는 극락을 의미한다. 주소가 없는 서방정토로 떠나가는 시
인의 마음에는 이 세상 어디가 극락일 것인가? 이는 결국 사상으로 구

체화시킬 수밖에 없다. 앞에서 말했지만 상상은 현실의 체험을 떠나서
는 가락이 잡히지 않는다. 이런 논지에서 보면 홍윤숙이 가고자 하는
서방정토는 결국 그의 고향일 수밖에 없다. 평북 정주의 고향 그곳을
찾아가는 것은 마음이고, 그의 육신이 머무는 현실공간의 행할 수 없
는 안타까움 때문에 더욱 짙은 그리움이 남는다. 홍윤숙의 사향(思鄕)
은 젊은 날 첫사랑에 대한 환상적 그리움과 더불어 생명이 저물어진다
는 노을의식에서 오는 안타까움의 노래가 향수로 구체화 되었으니, 일
정의 정리의식인 셈이다.

  3) 어머니
  홍윤숙의 시에는 어머니가 두 개의 의미를 갖는다. 자식으로 어머니
를 그리워하는 마음과 다른 하나는 어머니가 되어 자식을 염려하는 둘
의 이미지가 융합되어 나타난다. 「어머니」 연작시 11편은 전자의 사
모를 담고 있다. 「그날 이후로」는 어머니가 돌아가신 아픔을 그리고
있고, 「가시고 남은 자리」는 살아 계실 때보다는 돌아가시고 난 뒤에
큰 자리의 넓음을 새삼 깨닫는 내용이다. 자식이 어머니를 그리워하는
마음은 사향의 마음과 질적으로 같다. 그것은 생명의 원칙의식이고 모
태의식이면서 생명의 시발이 나타나는 곳이기 때문이다. 결국 자기확
인이요 자기를 돌아보는 생각 때문에 계시지 않는 어머니의 추억은 짙
은 허무가 자리 잡는다.

  어머니
  흰 종이에
  수묵 풀어
  당신의 얼굴
  그려 보아도
  꽃 같은 미소
  간 데 없고

하얗게 바랜 모습
줄줄이 주름진 세월
하늘 같은 희생들
그릴 바 없어
내 손 부끄러이
더듬거립니다.
어. 머. 니.

—「당신의 얼굴」

시인이 돌아가신 어머니를 그리워하는 사모곡이다. 특별한 상징의 기법이 들어 있지 않지만, 보편성에서 오는 어머2니에 대한 감정이 매우 담담하다. '희생'과 '부끄러움'으로 요약된 어머니에 대한 마음이 '더듬거립니다'로 시인의 애절함이 마무리된다.

「두 아들의 얼굴」은 시인의 두 아들의 어머니가 되어 자식들을 염려하는 근심이 절절하다. '나 또한 오늘 두 아들을 키우는 / 이 시대 가난한 어미입니다.'에서 두 아들 중 하나는 '두 팔 하늘 높이 화염병 날리며 / 혁명의? 깃발로 신명나는' 운동권의 아들이고, 또 한 아들은 '방패와 침묵으로 꽁꽁 닫아진 채 / 형 또는 아우가 던지는 화염병 끄기에 골몰합니다.'의 데모 진압하는 아들을 암시한다. 이런 두 가지의 경우는 이 시대가 직면하고 있는 슬픈 현실이다. 이른바 진보세력과 보수세력이 상징되는 오늘의 시대상황은 지선(至善)도 없고, 가치가 굴절되고 전도된 갈등의 골이 심화된 시대적 고민으로 대표되는 비극적 상황이다. 이른바 군사문화로 표현되는 60년대 이후부터 데모하는 학생들과 이를 막아야 하는 대결구도는 끝모르는 평행으로 지속된 비극적 상황이었다. 홍윤숙은 이런 상황을 바라보면서 화합하기를 소망하는 애절함이 담겨 있다. 어머니의 마음이 바로 이 시대의 헝클어진 대결구도를 하나로 통합하는 유일의 답안이라는 사실이다. 이런 마음을 다음 시에선 매우 합당하게 비유하고 있다.

옛날 어름장수 아들과 우산장수 아들을 둔
못난 어미처럼
나는 날마다 그 애들의 두 얼굴을 지켜보며
비가 와도 걱정 해가 나도 근심하는
두 아들 틈에서 늙어갑니다.

— 「두 아들의 얼굴」에서

괴테의 「빌헤름 마이스터」엔 마을 사람들이 난제(難題)에 봉착하면
찾아가는 해결사가 마카리에 노인이다. 그 노파의 해답은 지혜 곧 화
합으로 대결과 극단을 융합시키는 일이다. 이 시대의 갈등을 용해하는
본질은 어머니의 마음 곧 사랑이라는 답안 이외엔 없다.

홍윤숙의 시엔 사회의식은 많은 편이 아니다. 그녀의 관심은 일상의
대상에서 오는 사랑과 그런 관심들이 주종을 이루고 있다. 두 아들의
경우가 시대적 조화의 의미는 아닐지라도 결국 시의 의미를 증폭하면
궁극적으로 인간 삶의 광장인 사회상황에 접근된다. '화염병도 최루탄
도 없는 싱싱길을 / 손에 손잡고 벽을 넘어서'를 눈이 멀게 기다리는
마음이 곧 어머니의 마음이고, 사랑이 충만한 시대를 이룩할 수 있는
가장 빠른 길인 셈이다. 아무튼 어머니의 마음 속에 담겨진 두 개의
이미지는 똑같이 사랑으로 화목함을 이루자는 의도에서는 따스할 뿐
이다.

원형(原型)이라는 말엔 한 인간에 의해 이룩한 삶의 요인들이 복합
적으로 엉겨있는 생애적인 의미를 내포하고 있다. 한 시인의 생애는
비록 개인적인 정서에서 출발하지만 궁극적으로 시대와 역사성에로
귀착되면서 객관성의 밭으로 들어간다.

홍윤숙은 떠나온, 그리고 갈 수 없는 열차바퀴를 굴려보고 싶은 열
망이 노년에 이르러 더욱 짙은 색채로 다가온다. 과거를 회상하는 나
이는 어차피 패이셔스에 젖게 되지만 홍시인의 시는 감정의 질축함을
최대로 억제하면서 절망의 농도를 희석하고 있다.

뿌리를 찾아나선 상상의 길엔 정리의식이 일렁이고 있다. 그녀의 詩에 귀로라는 암시 또한 뿌리쪽으로 지향하려는 개인공간 즉 원점으로 회귀하려는 의식의 일단이다. 특히, 망향은 실제의 고향공간과 정신의 귀소공간을 함께 묶어서 생각하는 시(詩)의식이 중심을 형성하고 있다. 어머니의 추억 또한 원형으로 돌아가는 길에서 만나는 어쩔 수 없는 망향의 한 부분이면서 삶을 정리하려는 처연한 생각의 부유물들이다.

자연에 대한 삶의 의미 부여

- 홍윤기 제3시집 「시인의 편지」에 붙여 -

윤병로(尹柄魯, 1934~)
문학평론가・국문학 교수

지금까지 30여 년의 긴 시작(詩作) 경륜을 쌓아 원숙한 시세계를 보여 주고 있는 홍윤기(洪潤基) 시인이 그의 세 번째 시집을 엮어내게 되었다.

그는 매우 뒤늦게 1986년에 첫 시집 ≪내가 처음 너에게 던진 것은≫을 내놓은 뒤 1989년에 두 번째 시집 ≪수수한 꽃이여≫를 내놓아 우리 시단에서 크게 평판을 받은 바 있다.

그의 시는 다른 시인과 비겨 뛰어나게 은유나 비유를 동원한 시적 기교를 부리고 있는 것도 아니다. 또 난해한 표현을 구사하고 있지도 않다. 그러면서도 그의 작품에서는 시의 깊이와 함께 끓어오르는 시적 감흥이 맥박치며 전달되어 오는 것이다.

평론가 신동한씨가 홍 시인의 두 번째 시집 '해설'속에서 지적한 대로 홍윤기 시인의 시는 오늘의 많은 시인들의 시세계에서 쉽사리 접할 수 없는 독특한 시적 감흥의 분출을 터득하게 한다. 이런 평가로 1990년에 「한국문학평론가협회의 문학상」의 영광을 차지하게 된 셈이다.

근년에 와서 홍 시인은 왕성한 시작을 보여 우리 시단의 각별한 주목의 대상이 되어 왔고, 그에 대한 시평을 여러 지면에서 반갑게 접해

왔다. 두 번째 시집 이후에 발표된 그의 많은 시편 중에서 필자에게
각별한 관심이 된 것은 아름다운 자연의 찬가이다. 그의 시는 곧잘 산
이 소재가 되어 산의 정기와 그 생동하는 모습을 정교한 시어로 노래
해 왔다. 이 시집에 수록될 시편들에서 가장 돋보이는 것은 홍 시인의
산하(山河)에 대한 집요한 애정과 자연에 대한 삶의 의미 부여가 된
것이다.

우선 산에 관한 시편들이 꽤 많이 쓰여진 셈인데 그 대표적인 시가
「초가을산」을 비롯해서 「벌써 가을산」, 「설악산 단풍이여」, 「山에서」,
「겨울산에서」 등이 주목된다.

누군가 저렇게 부르고 있네
불룩한 젖가슴 하늘자락에 잔뜩 드밀면서
지루한 장마에 찌들었던 여름날을 말쑥이 헹구어
비탈진 기슭 귤빛 햇빛에다 주욱 펴널고
누군가 자꾸 부르고 있구나
잔뜩 솟구치던 계절도 어느새 홀가분하게 몸풀고
어디론가 훌쩍 떠나가고픈
그런 출렁대는 파도 넘치는 바닷가로 뜀박질하고 있다네
서둘러 발길 몰아 저물기 전에 가을 속을 올라가야 한다
가쁜 숨 몰아쉬며 줄달음치는 등성이 쪽으로
우리는 단단해진 장딴지로 뒤따라서야 한다
무심코 하늘 쳐다볼 때
벌써 내 품에 꽉 안긴 초가을산

-「초가을산」 전문

홍 시인의 산에 대한 이미지는 결코 단순한 아름다움의 경관으로서
가 아니라 생동하는 자연으로 부각되고 서정적 화음으로 신선한 감동
을 자극한다.

산에 대한 이미지는 계절과 함께 더욱 다양한 몸짓으로 변모되고 거대한 표상으로 드러난다. 「벌써 가을산」에서 '저렇게 한 발짝 두 발짝 성큼성큼 다가왔네 가을산'이라고 찬미하면서 매서운 눈보라 휘몰아치는 겨울산을 동경한다. 이 시에서 강한 여운을 남긴 것은 '세상을 똑바로 굽어보는 저 드높은 산의 / 큼직한 거동을 조용히 배우는 거다'란 마지막 구절이다.

이렇게 홍 시인의 산에 대한 열애는 장엄한 교훈으로 승화되어 「겨울산에서」 더욱 높은 목소리로 절규된다.

바람은 계절을 모질게 휘감고
나뭇잎 모두 떼어버린 떡갈나무들
슬며시 세상을 덜미잡고 흔들었다.
산밑 저쪽으로 떼지은 저 시끄러운 뭉텅이
거기 그득히 차서 들끓는 아우성소리
모두 산으로 올라오라 도시여

너희도 나무랑 함께 죄악의 손 다 떨어버리고
산에서 흰눈과 뒹구는 신선한 겨울 움켜잡아라
눈발은 더욱 세차게 우리를 감싸고
버릇된 배반으로 아귀다툼하는 세상은
저만치 더 먼 데다 떼어 놓을수록 좋구나

-「겨울산에서」 전문

「겨울산에서」를 읽으면서 비로소 홍 시인의 사악한 도시에 대한 준엄한 비판의 소리를 듣게 된다. '너희도 나무랑 함께 죄악의 손 다 떨어버리고' 신선한 겨울산으로 손짓하며 '버릇된 배반으로 아귀다툼하는 세상'을 벗어나야겠다는 의지가 강하게 드러난다.

한편 홍 시인의 산하에 대한 각별한 열애는 단순한 자연의 찬미와 도시문명의 비판의 차원을 넘어서 조국분단의 통한을 일깨우며 끈끈한 동족애를 절실하게 읊고 있다. 그 대표적인 시가 「임진강에서 -1990년 새아침」, 「北風」, 「고향노래-길떠나가는 철새들에게」 등인데, 분단의 아픔을 절절히 호소한다.

저렇게 거세게 눈보라 휘몰아치건만
오늘도 강물은 잔뜩 알몸 드러낸 채
어찌하여 육신 뒤트는 그런 몸부림조차 않느냐
저 먼 데서 통한의 장벽 뭉개는 소리 쩌렁하게 들려왔어도

그대는 아직 원통한 두 어깻쭉지 이쪽저쪽
거친 산자락에다 모질게 비비느라
마디마디 피멍만 진하게 들었느냐
잔뜩 찌푸린 채 자꾸 흘러만 갈 것이랴 썰렁한 강물아 물아

— 「임진강에서」 전반부

임진강을 가로지른 휴전선 녹슨 철조망으로 상징되는 분단의 비극을 '뼈근한 가슴팍 파헤쳐 누비며 / 아니 목청 터져도 소리없는 통곡만이 길게 간다'고 절규하며 감격의 그날, 통일을 애타게 기원한다.

한편 「北風」은 홍 시인의 소년시절 평안도 사투리 친구를 아직껏 잊지 못하는 우정을 통해서 분단의 상흔(傷痕)을 통절하게 일깨워준다.

지금도 북풍 몰아칠 때면
가슴 속에 살아나는 소녀의 겨울
서로는 난리통에 뿔뿔이 흩어진 채 아직 소식 모르는
된 평안도 사투리가 구수하던 투박한 말투의
그 얼굴 그리고 따스한 그 미소.

— 「북풍」 마지막 구절

홍 시인이 보여주는 자연에 대한 이미지는 참으로 다양한 모습으로, 그리고 심오한 사념으로 확산되어 시화(詩化)되고 있는 셈이지만 그의 최신작들에서 또하나의 새로운 변모에 주목하게 된다. 이를테면 「사랑신(神)의 두루마기 자락」이나 「과수원에서」에서 보여주는 천지개벽의 신비로부터 현대 문명의 종말까지 인간의 참다운 삶의 모습을 뜨겁게 희구한다.

이제 지구에는 조용히 은행나무 다시 일어서기 시작한다네
모든 열매마다 천둥소리 야무지게 담기더니
우리의 소망은 오늘 또다시 그 나무 밑에서
젊은 날의 뜨거운 손 다시 한번 꽉 쥐었구나
지금도 파아란 하늘 아래 너울대면서 길게 길게 끌려간다.
사랑신의 기나긴 두루마기 자락
　　　　　　　　　　　　－「사랑신(神)의 두루마기 자락」 후반부

홍 시인의 시세계는 다양한 시적 이미지의 표출로 현대인의 고갈된 영혼을 치유하려는 호소력과 감동력이 충만하다 하겠다. 그것은 바로 열정적인 시혼과 무한한 시제의 결합으로 가능했음을 확인케 된다.

이번 홍 시인의 제3시집은 한 시인의 새로운 시적 모색과 변모과정을 보여줄 뿐 아니라 우리 현대시의 참모습과 그 성과를 보여 주었다 할 것이다.

일제 저항시인 심련수의 족적

—현대시문학의 시사적 의미와 위상

엄창섭(嚴昌燮, 1945~)

시인·국문학 교수

소중한 삶과 시인의 집짓기

현대 한국시문학사에 있어 일제 강점기의 대표적 저항시인으로는 북간도 동명 출신의 윤동주(尹東柱, 1917~1945)와 충남 홍성 출신의 만해 한용운(韓龍雲, 1879~1944)으로 압축된다. 이 같은 우리네 정황에 있어 근간 중국 연변의 문화·예술 등 학술단체에 의해 또 한 명의 저항시인에 대한 시문학적인 조명이 다양하고 심도있게 다루어지고 있다. 논의의 대상이 되는 인물은 일제 강점기 만주에서 발행되던 『만선일보(滿鮮日報)』에 중학생의 신분으로 다섯 편의 시를 발표한 후 족적을 찾아 볼수 없던 심련수(沈連洙, 1918~1945)[1]의 많은 시문(詩文)들이 그의 동생인 심호수(沈浩洙, 83연변 용정시 광신향 길흥 8대)에 의해 55년간 항아리 속에 보관되었다가 21세기 벽두에 세상에 공개됨으로써 그의 문학성과 문학사적 가치가 비로소 세인의 주목을 받게 된 작금의 현상이다.

≪20세기 중국조선족 문학사료전집≫[2] 제1집 ≪심련수문학편≫이

---

1) 광주매일신문, "또 하나의 저항시인 용정의 심련수", 2000.7.10.
2) 중국 흑룡강신문, "20세기 조선문학총결산", 2000.6.6. 3면.
   중국 흑룡강신문, "제1집 〈심련수문학편〉 출판", 2000.9.5.1면.
   중국 길림신문, "20세기 중국조선족문학사료집·출판기획", 2000.6.6.
   중국 연변의 창, TV신문, 2000, 24호, 3면.
   중국 朝鮮文報(료녕신보), "한세기 중국조선문학을 위한 대검열", 2000.9.15.
   조선일보, "잊혀진 시인 沈連洙 발굴… 연변 흥분", 2000.8.1.19면.

<연변인민출판사>에 의해 2000년 7월 출간된 바 있다. 이 도서출판 기획은, ≪20세기 중국조선족 문학사료전집≫이라는 전 50권의 방대한 규모를 갖춘 대하적인 계획으로 지난 100년 동안의 중국 조선족 문학에 대한 전면적이고도 과학적인 총화와 문화 유산정리를 그 취지로 하고 있다.

제1집 출판기념 행사는 용정 현지에서 2000년 8월 15일에 치루어졌다. 논의의 대상이 되는 ≪심련수문학편≫에는 8·15 광복 전 중국에서 생활한 천재적 시인의 작품이 수록되어 있다. 27세로 삶을 마감하였기에 그의 작품 절대 다수가 미발표작이었으나, 광복 55년을 맞는 해에 그 전모를 들어내게 된 점은 의의가 새롭다.

본 논고의 텍스트가 되는 제1집의 편집은 50여만 자의 편 폭에 6개 부분, 제1부 시편(174편), 제2부 기행시초편(64편), 제3부 소설 수필편(단편소설 4편, 만필 4편, 수필 2편, 평론 1편), 제4부 기행문편(1편), 제5부 편지편(26편), 제6부 일기편(310편), 부록(〈희생〉(2막), 강영희 작,/심련수 베낌)으로 구성되어 있다. 앞으로 이 자료집의 간행은 전면적으로 심련수 시인의 문학성과 시문학사적 위상을 새롭게 조명하여 민족 시인으로 자리 매김을 하는 인자(因子)로서의 계기를 열어 줄 것이다.

이 같은 점을 중시할 때, 일제가 1939년 조선어 말살정책을 수립하여 창씨 개명(1940), 『문장』(文章) 폐간(1941), 정신대 근무령 공포(1944) 등의 식민지 정책으로 친일문학을 양산하여 우리 민족의 혼을 말살한 시간대인 1945년에 이르기까지 '일제 암흑기의 부끄러운 문학은 묵살하자, 우리 문학사에서 지워 버리자'는 일부 학자들의 주장에 문제가 있음을 확증시켜 주는 여지가 남는다. 지난 8월, ≪20세기 중국조선족 문학사료전집≫의 출판기념식에 참석한 이들의 고증을 통하여 다양한 의견이 피력된 점도 감안할 필요가 있다.

일단, 여기서 연변의 인민출판사 발행의 ≪20세기 중국조선족 문학사료집≫의 출판기념식에 참석한 이들의 고증을 통하여 다양한 의견이 피력된 점도 감안할 필요가 있다.

일단, 여기서 연변의 인민출판사 발행의 ≪20세기 중국조선족 문학 사료집≫ 제1집을 중심으로 하여 필자가 2003년에 간행한 『민족시인 심련수의 문학과 삶』을 2004년 3월에 수정·보완된 《20세기 중국조선족 문학사료전집(심련수 문학편)》(중국조선민족문화예술출판사)에 의해 다시금 심련수의 삶과 문학세계의 깊이와 넓이 그리고 다양성에 대하여 일차적으로 검색한 작업에 나름대로 새로운 의미를 부여하기로 하였다. 따라서 본 논고의 서술 목적은, 작게는 그의 문학사적 의미를 확장하여 우리 문학사에 있어 상징적인 민족 시인의 족적을 고찰·분석하여 선행 연구의 토대를 구축하는데 있다.

생애와 약전

우리 시문학사에 있어 대표적 민족 시인으로 각광받기에 충분한 문학적 자료가 저서로 간행되어 세상에 그 실체를 들어낸 심련수(沈連洙)는 1918년 5월 20일 강원도 강릉군 난곡리 399번지에서 삼척 심씨(三陟 沈氏)인 심운택(沈雲澤)의 3남으로 출생하였다. 그의 위로는 누이인 진수와 면수와 남동생 학수, 호수, 근수, 해수가 있다.

조부 심대규(沈大奎, 호적상으로는 執奎)는 강원도 강릉군 일대에서 나름대로 명성이 있는 인물로 학식이 있는 유학자였다. 그는 선천적으로 성격이 호방하고 의협심이 강해서 주위에서 억울한 일을 당한 이들이 있으면 자신의 일처럼 발을 벗고 나서는 의혈인이었다. 조부 심대규는 빈한한 여건 속에서도 주위의 사람을 위해서는 사재를 털어서 도와주는 인물이어서 대인 관계는 좋은 편이었다. 가난한 농민들을 위하여 권세가들과 대결하여 주재소에 수차 불리어 가기도 한, 조부의 호방하고 의협심이 강한 일면은 훗날 심련수 시인의 강직한 성격의 축이 되었다.

1910년 한일 합방 당시, 그의 가족은 이 땅에서 농업에 종사하는 이들처럼 어려운 소작인의 삶을 영위하였다. 2천 평이 남짓한 땅은 척박하여 소작료를 물고 나면 일곱 식구가 삼개월을 먹을 식량이 부족한 형편으로 가족의 생계를 위해 조모와 모친은 길쌈을 하였다.

이같은 현실 상황에서 조부인 심대규는 온 가족을 이끌고 1924년에 러시아의 블라디보스톡으로 이주하기에 이르렀다. 당시 동행한 심련수 시인의 삼촌 심우택(沈友澤)은 그 곳에서 반일 단체에 가담하여 항일운동에 나서기도 하였다. 1931년 9·18사변이 터지던 당시에 러시아정부는 1차5개년 경제계획을 실시하면서 조선인들을 먼 내지로 집체 이주시키는 정책에 의해 그의 가족은 처소를 중국으로 옮긴다.

중국에 이주하여 밀산, 신안진에서 살다가 1935년에는 용정 길안촌(지금의 길흥촌)으로 이사하였다. 당시의 간도 지역은 특이한 이국에 대한 정서와 유난한 향수, 그리고 민족의식으로 한글문학이 왕성한 곳이었음을 감안할 필요가 있다. 신안진에서 소학교를 다니던 심련수는 용정으로 이사온 후, 용정소학교에 입학하였고, 1937년 소학교를 졸업한 후, 동흥중학교에 입학하여 1940년 12월 6일에 졸업한다.

동흥중학 재학 시엔 교무주임 장하일(張河一)의 부인인 강경애(姜敬愛, 「지하촌」의 작가)와 가까이 교유하는 인연을 맺게 되었다. 중학교 졸업 후, 한 동안 고민 속에서 방황하다가 1941년에 도일하고, 마침내 1943년 말 일본 유학을 마치게 된다. 다음의 인용을 통해 그의 착잡한 심정의 토로와 유학 당시 가정의 분위기를 파악할 수 있다.

가난한 가정 형편에서 어떻게 또 일본 류학을 가겠다는 말을 꺼낸단 말인가. 모진 고민 끝에 그는 끝내 자기의 고충을 부모님들 앞에 털어 놓는다. 심련수의 부모는 굶어 죽는 한이 있더라도 공부는 끝까지 시키겠으니 아무 걱정말고 일본으로 가라고 아들을 고무 격려하였다. 동생들도 자기네가 뒤를 섬길테니 꼭 일본으로 류학을 가라 권고했다.[3]

폐기에 찬 23세의 심련수는, 가족들의 따뜻한 애정을 확인하며 마

---

3) 연변 TV신문, "룡정에서 솟아난 또 하나의 별", 2000, 제24호, 24면.

침내 1941년 4월에 일본 유학의 길에 오르게 된다. 당시 그의 가족들은 의지할 곳 없이 떠돌며 살아가는 처지로, 소작할 땅은 작고 가족의 수는 많아 살아가는 것 자체가 눈물겨운 상황이었다. 부친 심운택은 부지런히 황무지를 개간하였으며, 이른 새벽에 일어나 일몰 후에 집에 돌아오는 처지였다. 부친은 강한 힘의 소유자로 70~80kg 되는 나무도 지게로 져서 나르는 인물로 아들의 일본 유학을 위하여 한 푼이라도 절약하려고 즐기던 술과 담배까지 끊었다. 그의 부친은 기독교 집사로 있던 김기숙과 교분이 두터워 도움을 받기도 하였다.

심련수는 일본대학 예술학원 문예창작과에서 고학으로 유학을 했다. 그의 가난한 형편은 동흥중학교(東興中學校) 발행의 고학증(苦學證)을 통해 확인된다. 그는 가정의 어려운 형편을 피부로 절감하여 대학 재학 시에도 짐을 나르고 밀차를 미는 일에도 열중하였다. 온 집안 식구들은 그가 대학을 졸업할 수 있도록 불평이나 원망함이 없이 노동 현장에서 땀을 흘렸다. 부친은 아들에게 가족과 돈 걱정은 하지 말고 오로지 학문 연구에 몰두하여 성공하여 줄 것을 소망하였다. 다음과 같은 편지와 일기문을 참고하면 곤란한 가정 형편이 입증된다.

부주전상서(父主前上書)

…(생략)… 집이 그토록 바쁜줄을 알면서도 급한 전보를 여러번 쳐서 얼마나 심려하셨습니까. 오늘 아침 받아서 얼른 물어줬습니다.

눈물 엉킨 돈을 절대로 허수히 쓰지 않을 것입니다. 은혜에 보답하기 위해 노력하겠나이다.

4월 18일 불초식 련수 배상4)

(이 서간문은, 심련수가 일본에서 공부할 때 집에다 보낸 편지 중의 한통이다. 근 200여 통의 편지 중 95%가 이와 유사한 내용이다.)

5월 8일 수요일 맑음

---

4) 20세기중국조선족, 〈문학사료전집〉 제1집, 연변인민출판사, 2000, p.389.

　오늘 호수로부터 돈을 받았다. 손이 떨리고 가슴이 떨린다. 집에서
꾼 것일가 쌀을 판 것일가. 편지에는 번번이 아무 걱정하지 말라고 하
나 내 어찌 걱정하지 않을 수 있으랴. 몸이 고달프지만 래일 저녁엔
또 공장에 가서 구루마를 밀어야겠다.5)…(생략)…

　그는 대학을 졸업한 후, 일본의 학도병 징병을 피하여 흑룡강성 신
안진 진성소학교에서 교도 주임 겸 6학년의 담임을 맡는다. 이때도 학
생들에게 반일 사상과 독립의식을 깨우친 일로 인하여 두 차례 유치장
에 구속되기도 한다. 1945년 5월, 22세인 백보배와 결혼하고, 같은
해 8월 8일, 광복을 일주일 눈앞에 두고 심련수는 흑룡강성 신안진에
서 도보로 용정으로 귀가하는 길에 춘양진(汪淸縣, 春陽鎭) 부근에서
피살(일본군에 의한 학살로 추정) 되어 꽃다운 27세의 불행한 생을
마감한다. 피살 소식을 접하고 용정에서 달구지를 몰고 간 부친은, 허
술한 트렁크 고리를 잡은 채 풀밭에 쓰러져 있는 비참한 현장을 목격
한다. 그 트렁크 안의 유작이 중국의 문화혁명기를 거쳐 무려 55년간
을 심호수에 의해 항아리 속에 숨겨져 보관되어 왔다. 1946년 3월,
시인의 시신은 수습되어 용정 선영에 매장되었으며 그 뒤 유복자인 심
상용(沈相龍)이 출생한다.
　심련수의 유작이 발굴된 후 연변 사회과학원의 〈문학과 예술〉 잡지
사에서는 '심련수 문학작품 연구소'를 세우고 그의 작품 전반에 대하여
총체적인 정리, 연구작업에 착수하기에 이른다. 이들의 해석에 의하면
그는 능히 일제 강점기의 우리 시문학사에 있어 윤동주와 쌍벽을 이룰
뿐만 아니라, 윤동주의 시가 부끄러움의 미학에 뿌리를 둔 여성적이며
비장성에서 뛰어나다면 그의 시는 보다 남성적이며 거창함과 정신적
빈곤에서 생산된 불안의식과 심각성이라는 다양함을 지닌 것으로 평
가된다.
(엄창섭 저 『민족시인 심연수의 문학과 삶』의 서두 부분)

---

5) 상게서, p.625.

수주 변영로의 시

−「논개」와 「조선의 마음」에 대하여

박두진(朴斗鎭, 1916~1998)
시인·국문학 교수

1920년대 초기 시인들 중에서는 드물게 보는 테크니션이었던 변영로의 시는 특이한 광망을 뿜고 있을 뿐 아니라, 그의 일관된 민족의식, 왜제에 대한 민족적 저항정신이 영롱하게 드러나 있음을 볼 수 있다. 이러한 사실은 그의 시의 내용과 표현에 있어서의 서정적인 성과를 말하는 것이며 1920년대로는 보기 드문 민족 저항의식의 서정시적인 승화, 시 기교의 일단의 전진을 가져오는데 공헌하고 있음을 말하는 것이다.

논개

거룩한 분노는
종교보다도 깊고
불붙는 정열은
사랑보다도 강하다
아, 강낭콩꽃 보다 더 푸른
그 물결 위에
양귀비꽃 보다도 더 붉은
그 마음 흘러라

아리땁던 그 아미
높게 흔들리우며

그 석류 속 같은 입술
'죽음'을 입맞추었네!
아, 강낭콩꽃 보다도 더 푸른
그 물결 위에
양귀비꽃 보다도 더 붉은
그 마음 흘러라

흐르는 강물은
길이 길이 푸르리니
그 대의 꽃다운 혼
어이 아니 붉으랴
아, 강낭콩꽃 보다도 더 푸른
그 물결 위에
양귀비꽃 보다도 더 붉은
그 마음 흘러라

임난 때의 의기(義妓) 논개가 촉석루 술자리에서 왜장을 껴안고 남강에 몸을 날려 순국한 사실을 소재로 다룬 이 시는 그 내건 제목에서 이미 얼마나 명백한 민족의식의 시인가를 알 수 있다.

그러나 이 시에서는 그 민족적 의분을 밖으로 내 풍기는 정열보다는 그 의에 대한 강열한 찬탄을 내면적으로 응결시키려고 했고 그 긴장이 소박하나 적확한 직유에 의해서 조직적인 시미(詩美)를 이루고 있다.

논개에 얽힐 수 있는 민족적 정서의 감분과 그것을 강조하려고 한 이 시인의 수사적, 기교적 배려가 내적인 연소와 외적인 형태의 균형을 얻었고 그러한 시의 내실이 다시 논개의 숭고한 애국적 헌신의 외연과 구합과 시 전체의 효과를 잘 발휘하고 있다.

지금의 안목으로 보면 대단히 소박하고 단순한 비유로 수식됐고, 시의 형태적인 구성도 너무 규칙적인 반복으로 고조와 형상의 단조스러움을 면할 길 없지만, 대개가 감정의 노출이 아니면 절규나 영탄이던 당시의 시의 기교 수준을 감안할 때 이 시인이 얼마나 깔끔하게 시의 기교적 완성에 심혈을 경주했는가를 짐작케 한다.

그러한 기교적인 배려가 이 시인의 성격으로도 보여지는 야무진 내향성 시의 주제를 연소시키는 데 있어서의 미적인 집착, 시를 시로서 완성시키려는 구심적인 노력과 성향이 자칫하면 속기를 면키 어려운 이 주제를 파탄에 이르름이 없이 결말지우고 있다. 일종의 후렴으로 되어 있는 "아, 강낭콩 꽃보다도 더 푸른/그 물결 위에/양귀비 꽃보다도 더 붉은/그 마음 흘러라"라는 구절은, 그 단순하게 강조된 비유의 효과가 주제의 진폭이 확대, 파급되는 것을 오히려 제한, 한정시키는 역효과와 동시에, 그만큼 그 희생의 무형적 정신적인 가치를, 유동적이고 퇴색하기 쉬운 것으로부터 매우 선명하고 순미한 시형상의 질로 고정화 시키고 상징화시키는 상승적인 효과를 나타내고 있다.

변영로의 민족정신과 시의 성격을 좀더 포괄적으로 또 간명 적절하게 표현한 시는 그의 또 하나의 수직 '조선의 마음'이다.

조선의 마음

조선의 마음을 어디 가서 찾을까
조선의 마음을 어디 가서 찾을까
굴속을 엿볼까, 바다 밑을 뒤져 볼까
빽빽한 버들가지 틈을 헤쳐 볼까
아득한 하늘가나 바라다 볼까
아, 조선의 마음을 어디가서 찾아 볼까
조선의 마음은 지향할 수 없는 마음, 설운 마음!

1926년에 발간된 수주의 첫 시집 "조선의 마음"의 주제시이기도 한 이 시는 '논개'와는 다른 의미에서 그의 시의 전형적인 일면을 보여주고 있다.

그의 생애를 가리켜 술과 풍자, 기지와 해학이 넘치는 대단히 방만 하면서도 지성적이고 고고하다고들 하지만, 그의 시에서는 오히려 그 러한 풍자와 기지, 해학이 드러나 있는 것이 거의 없고, 시대적 감상 과 인간적인 애수를 극복하려는 단단한 성격, 순수한 시의 높이로 이 끌어, 다듬어 올리려는 시적인 정통, 시인으로서의 천품에 충실하려는 노력과 안간힘을 볼 수가 있을 뿐이다.

1920년 대의 민족적 감상을 어떤 인격적인 의지와 예술 작가적인 양심으로 극복하여 빛나는 성과를 올렸다는 것은 대단히 어렵고 놀라 운 일에 속한다. 민족적 감상을 곧 민족적 의지로 승화시키기에 너무 도 많은 중압과 갈피를 모를 어둠의 장막이 드리워있었던 그 1920년 대. 그러한 울분과 허무와 낙담의 시대분위기 속에서 그 민족적 감상 을 의지화 하기에 앞서 하나의 시적 의식으로 주제화 했고, 그러한 정 신적 배경, 인간적인 의욕의 지표를 한결같이 오직 시의 순수미, 시로 서 입명하려는 깊은 고독과 침체 속에 가두어 낸 이가 바로 수주 변영 로였다.

민족의식을 의지화—행위화—하려는, 적어도 그렇게 하고자 원하는 것을 지배적인 이상으로 삼았던 그 당시의 문학적, 시대적 환경에서, 오히려 보다 더 먼 시간, 먼 미래, 보다 더 본질적인 정신의 세계의 차 원에서 끌어올리려는 노력, 그러한 시적 의지가 얼마나 어려웠고, 또 불가피한 지향이었던가를 수주의 외향적인 생활과 내향적인 생활의 양면에서 넉넉히 알아 낼 수 있다.

시대와 세태에 부딪혀 밖으로 분출시키고, 행동하려 하고, 저항, 야 유, 매우 타파하고 싶었던 모든 분하고 아니꼽던 상황에 대해서는, 항 상 독설과 해학과 풍자와 타기, 일갈로써 임하고, 다시 대취하여 불패 분방한 행태, 일세를 우스꽝스럽게 얕잡아보고 기롱하는 기걸, 교오한 패기로 나타난 것이 그의 그 시대를 살아온 그의 기질, 성격, 정신의 외향적인 일면, 어떤 시대적, 민족적 인격적 콤플렉스에서 표출되는 불가피적이며 필연적인 행위 양식이었다.

그러나 그러한 생활행태, 외향적인 행위양식과는 대척적인 것 같이 보이는 일면, 그 내향적인 정신적 자세에 있어서는 아주 강인한 집착, 성실한 자기 성찰, 전아 투명한 감정 정서의 안정을 위해서 전혀 딴 인격과 같은 시적 품위와 청교도적인 근엄성을 보여주고 있다. 그러한 일면이 나타난 것이 그의 맑고 깨끗한 시적 순수성이며, 수사의 정밀성이며, 기법의 세련성이며, 정서의 청순 무구성이며, 그 고독감이 울려내는 인간적인 정감, 인생적인 우수감, 세련을 거친 민족적 비애감이다.

'조선의 마음'은 거의 직서에 가까운 수법으로 민족의 설운 마음을 정면으로 단순하게 다루어 단 일곱 줄의 시에다 아주 포괄적인 시적 주제를 표출했다.

「조선의 마음을 어디 가서 찾을까

조선의 마음을 어디 가서 찾을까」 이 두 줄 서두만으로도 이 시는 다시 더 수식 중언할 필요를 느끼지 않을 만큼 너무 그 내용하고자 하는 바는 진실하고 간절하다.

「굴 속을 엿볼까, 바다 밑을 뒤져볼까

빽빽한 버들가지 틈을 헤쳐볼까

아득한 하늘가나 바라다볼까」

라는 비유가 오히려 미온적이고 우회적인 것 같지만, 이것은 오히려 전혀 찾아 볼 가망이 없는 조선의 마음에 대한 부정적이며 절망적인 시인의 개탄을 시적인 최소한도의 수식을 빌어 서정화했을 따름으로 보는 것이 온당하다.

「아, 조선의 마음을 어디 가서 찾을까

조선의 마음은 지향할 수 없는 마음, 설운 마음!」

사실 이 시의 주제는 이 「조선의 마음」이란 말에 일체가 포괄되어 있고 상정화되어 있다. 그 조선의 마음을 이 시인은 아주 단적으로「지향할 수 없는 마음, 설운 마음」이라고 직설하고 있다. 다른 일체의 복잡한 관념과 고답적인 해설이 무엇이 더 필요할 것인가 하는 수주의 이 깔끔하고 날렵한 시적 기법은 매우 개성적이다.

「지향할 수 없는 마음, 설운 마음」이란 수주의 투명한 직관에 비친 민족적 심상일 뿐 아니라, 당시의 사회, 민족의 시대적 심정을 정확하게 묘파한 객관성을 지니고 있다.

이와 같이 수주의 시는 그의 투철한 민족의식이 매우 세련된 시적 기법에 의하여 성공적으로 주제화 되어 있는 동시에, 그의 시적 기법과 시적 영위에 일체의 목표는 오직 민족의식을 위해서만 설정되어 있는 듯하다.

「생시에 못 뵈올 님을」, 「버려지도 싫다 하올」, 「봄비」, 「긴 강물이 부러워」, 「실제」, 「사벽송」등 그의 시로서 남아 내려오는 가편들 가운데, 민족의식이나 우국, 애족관념이 주제가 되어 있지 않은 시는 거의 없다. 허튼 내용이나 시를 하나의 여기나 오락으로 쓴 시는 한편도 없다. 모두가 진지하고 쎈시어리티에 차 있으며 준엄하고 이성적인 자기 통제의 규율, 고고하고 고독한 시인적인 내면, 각고와 정진의 예술작가적인 정신의 높이를 보여 주고 있다.

스스로 「명정 40년 무류실태기」를 쓸 만큼 대주호(大酒豪)요, 주광(酒狂)이었던 수주 변영로는 1898년 서울 맹현에서 태어났다. 시인일 뿐 아니라 영문학자, 언론인, 교육가, 특히 기지와 풍자, 해학과 박식이 넘치는 수필가로서도 특이한 풍도를 지니고 있다. 그의 주벽과 인간성으로 빚어진 실태, 기행, 일사(逸事)들 역시 당대 무류의 것이었으며, 이러한 행장들은 그의 높은 시정신, 세련된 지성, 고고한 지조를 정점으로 하는 정신적이며 인간적인 지변이 되고 있다.

수주 변영로는 1920년을 전후해서 나왔던 「폐허」와 「장미촌」「개벽」 시를 중심으로 시작활동을 시작했다. 「폐허」의 동인 중에는 김안서, 남궁벽, 오상순, 황석우 등의 시인과 소설가 염상섭이 있었다.

3. 자술문

자술문은 자기 소개의 글이다. 흔히 회사의 입사시험 때 '내가 누구이며 어떤 의지를 가지고 귀사에 입사하려고 한다'는 내용을 쓰게 된다.

우선 글씨를 깨끗하게 써야 한다. 흘려 쓰거나 지루한 글투를 나열하면 그 회사의 심사원이 '자술문'을 읽다가 덮어버리게 된다. 물론 평점은 낙제점이 되고 만다.

자술문이란 곧 자기 PR(public relations, 선전 광고 활동)이다. 그러므로 그 글을 읽는 심사원의 마음에 쏘옥 들만 한 글을 써야 한다. 문장 그 자체가 매끈해야 하겠다. 그와 동시에 무언가 씹히는 것을 담아내는 콘텐츠(contents, 알맹이·내용)가 중요하다.

자술문이란 일종의 컨페션(confession, 자백·고백)이다. 전혀 거짓이 없이 솔직해야 한다. 자기 집안이 가난하다면 가난한 대로 밝히면서, 예컨대 "나는 가난하기 때문에 귀사와 같은 재벌 회사에 취업해서 부를 꾀하는 작업에 꼭 참여하고 싶다"고 강력한 의사 표시를 하는 것도 바람직한 자술문이 된다.

거짓말은 글이 아니며 다만 속임수다. 속임수는 노련한 회사 간부들이 대뜸 꿰뚫어 버린다. 구렁이 같은 세련된 기성층 인텔리겐차(intelligentsiya, 지식 계급)를 애숭이 신입사원 지망자는 결코 속여먹을 수 없다. 속들여다 보이는 글을 쓰면 좋은 시험 성적마저 스스로 훼손시킬 위험이 크다.

왜냐하면 회사 간부들은 신입사원 지망자의 머리가 뛰어나더라도 위험 인물은 경계한다. 아니 슬기롭게 미리 회피해 버린다. 그러므로 기왕에 시험 성적이 좋아 그 결과 '면접시험'이며 자술문까지 쓰게 된 마당에

엉뚱한 자술문 때문에 큰 감점을 당하는 우를 범치 말자.

자술문을 쓸 때 자기 자신의 '적성'이 그 회사 업무와 부합된다는 것도 밝혀야 한다.

지능과 성격 및 흥미가 적성의 3가지 요소다.

지능의 중요성은 학습의 기초가 되는 잠재적 능력이다. 또한 업무의 종류와 내용이 자신의 성격과 잘 부합된다는 것도 제시되어야 하며, 변함없는 흥미속에 자아를 통찰해 나갈 것도 밝혀야 한다.

자술문에서 또 한가지 중요한 것은 알맞게 의욕을 표시할 일이다. 물론 여기서도 과장하는 것은 절대 금물이다. 성실성을 표현하면 족하다. 손금을 보아주는 것은 나 자신이 아니라 점장이 쪽이다.

글을 잘 못쓴다고 처음부터 낙담할 필요도 없다.

자술문은 몇 번씩 스스로 써보면 얼마든지 향상시킬 수 있다. 회사에서는 글 잘 쓰는 문인을 뽑으려는 것이 아니라 학업 실력있고, 성실한 젊은 인재를 원하기 때문이다.

글이 서투르더라도 걱정할 필요는 없다. 처음에 지적했듯이 솔직한 내용과, 성실하고 진지한 자세를 자술문에 담으면 된다.

기말 시험 때, 시험 답안지 끝에다 느닷없이 교수를 찬양하는 아첨의 편지를 쓰기 보다는 열심히 쓰려다 실패한 그대로의 답안지를 그냥 제출하는 것이 성적 평가에는 더 나을 것이다.

글솜씨가 서툰 사람은 지금부터 글쓰기에 힘쓰면서 자신이 감동받은 남의 좋은 글을 되풀이 읽어갈 일이다.

자술문을 심사하는 회사 간부는 그 글을 읽으면서, 지망자가 장차 직업적으로 적응력 있는 자질을 점치게 된다. 그 때문에 뚜렷한 직업 목표를 자술문에 써야만 한다. 직업 목표는 두말 할 것도 없이, '무엇 때문에 입사를 지망했는가?'를 확실하게 제시하는 일이다.

이를 통해서 자신의 적성과 역량을 발휘하겠다(자기 실현의 추구)는 의지를 나타낼 일이다. 그 뿐 아니라 건전한 시민으로서 사회적 공헌을 하는 기업의 양심 등, 대외적으로 회사를 올바로 인식시키는 의무를 다한다(사회적 요구에의 본능)는 결의도 표현한다. 늘 가치관의 정립에 의한 참신한 직업관도 나타낼 일이다.

취업이 된다면 언제나 꾸준히 뚜렷한 계획(schedule)을 세워, 착실하게(steadiness) 실행하되, 무슨 일이거나 자주적(spontaneous)으로 처리하는 직업인의 의무를 다할 것을 다짐하는 의지를 글 끝에다 밝히는 것이 바람직하다.

기업이 뽑고자 하는 신입사원이란 장차 그 회사의 테크노스트럭쳐(technostructure)다. 즉 기업의 의사 결정 때에 참가 시킬 조직원인 전문가다. 테크노스트럭쳐라는 말은 캐나다 태생의 미국 경제학자 갈브레이스(John K. Galbraith, 1908~)가 제창한 용어이기도 하다.

기업체에서는 어떤 젊은이를 채용하려고 하고 있을가, 먼저 생각해보자.

우선 학교 성적을 검토하고 있다. 그러나 기업은 결코 이론을 내세우는 학자적인 신입사원을 뽑으려고 하지 않는다. 그 보다 이 젊은이의 두뇌회전이 얼마나 빠른가, 동시에 역동적인 행동력이 충만한 인물인가를 찾고 있다.

모름지기 오늘의 사회는 정보화의 발전 속에 공업화 사회의 벽을 넘어 멀티미디어 사회로 급진전 하면서 새로운 문명의 가능성을 닦고 있다. 바로 그 꿈을 실현시키기 위해서는 기술(technology)이며 하아드(hard)의 진보만으로서는 역부적이다. 소프트(soft)라는 예지를 닦는 일이 우선 순위다.

그것은 근대 문명의 빛과 그림자를 꿰뚫어 새로운 가능의 새터전을 엮는 일이다. 모름지기 자술문은 이와 같은 패기 넘치는 정보화사회의 프론티어(frontier)의 의기를 써내는 데 있다고 본다.

특히 글은 서두의 석줄이 승패를 엮어낸다. 과장이 아닌 심도 있는 메시지를 첫글부터 담아내야 한다. 그러기 위해서는 붓을 들기 전에 무엇부터 쓸 것인지 생각을 집중시킨다.

"한국과 일본이 축구시합을 한다는 소리에 벌써부터 가슴이 뛴다. 그날 오후 태극기를 여러개 가지고 경기장으로 달려갔다. 주심의 휘슬이 난지 불과 5분만에 골인! 환호성 속에 한국이 첫 골을 터뜨렸다."

이를테면 신문사 견습기자 입사시험에서 「한일축구시합」을 소재로 짧은 글을 지으랬다면 이런 식으로 써보는 것도 메시지 전달에 점수를 딸 줄 안다.

□ 자술문의 예문

귀사(유통업체) 지망 동기

> 소비자 최우선주의에 공감

제가 귀사를 지망한 큰 동기는 귀사의 사시인 '소비자 최우선 주의'에 있습니다.

실제적으로 귀사에서는 언제나 소비자를 존중하는 품질관리와 박리다매 경영이 두드러지게 소비자에게 호응되고 있습니다.

저는 장차 소비자와 연관된 영업사원으로 뛰고 싶습니다. 저의 부친은 상인으로서 소매업을 해왔습니다. 저도 고교 재학 때부터 가게에 직접 나가서 아버지의 판매업을 거들었습니다. 저는 소비자의 심리변화에 민감하게 적응할 수 있었습니다.

품질이 조금이라도 다른 가게에 비해 열악한 것은 소비자를 상실하는 가장 큰 요인입니다. 소매업일수록 경쟁이 치열합니다. 내 호주머니를 생각하기 전에 소비자의 지갑을 먼저 생각하여 보다 좋은 상품을 남보다 싸게 파는 것입니다.

가게에 손님이 북적댄다는 것이 소비심리를 자극시키는 소중한 광경입니다.

저는 대학시절부터 지금까지 귀사 경영 편의점의 단골 고객입니다. 소비자 존중의 영업 방침에 늘 접하면서 귀사의 경영 자료도 그 동안 많이 수집했습니다. 그뿐 아니라 귀사와 경쟁 상대인 여러 유통업체의 각종 선전 광고물 등 홍보자료에 이르기까지 모아가며 비교 분석도 하고 있습니다.

귀사 점원들의 언행이며 접객 태도에도 상당히 만족하고 있습니다. 고객과의 위화감을 제거시키면서 언제나 웃는 낯으로 부드러운 목소리로 접객 행위를 하는 것만이 날로 치열한 판매전선에서 살아 남는 유일한 방법입니다.

예컨데, 고객이 '찾고 있는 상품'을 계산대에 뻣뻣히 선채 손짓하여 가르켜주기 보다는, 자신이 직접 성큼 나서면서 친절하게 앞장서서 판매대로 안내하는 일은 너무도 중요합니다. 물론 계산대 앞에 고객이 없을 때의 일입니다.

저는 적성검사의 결과와 자신의 희망 사항이 귀사와 일치하고 있습니다. 저의 능력 발휘와 인생 설계에는 귀사 이외의 업체는 생각해 본일 없어서, 귀사 입사를 절절히 소망하고 있습니다. 감사합니다.

4. 역사론

논술형 수필로서 역사론도 이 범주에 들게 된다. 역사의 발자취를 비평의 시각에서 논하는 것을 우리는 일반적으로 역사론이라고 부른다. 역사는 국가적으로 그 나라의 국사를 비롯해서 외국사로 크게 나누게 된다. 한마디로 말해 과거에 일어난 일이거나 그 기록이며 서술이다.

개인의 발자취도 역사에 속할 수 있으나 그 경우는 전기(자서전 포함)로서 다루게 된다. 시대적으로는 역사를 선사시대로부터 고대·중세·근세·현대로서 크게 구분도 하게 된다. 가장 중요한 사실은 역사는 1회성의 사실(史實)이며 결코 반복되는 일은 없다는 점이다.

역사는 인문과학에 속하는 사항이다. 그 방법론으로서 자연과학과 대립하는 과학으로 분류한 것은 독일의 빈델반트(Windelbant.W, 1848 ~1915)였다. 즉 역사과학(Geschichtswissenschaft)이 역사학이며, 이것은 고증에 의해서 기록되어야 한다. 역사 왜곡이란 결코 있을 수 없는 역사학에의 반란이다. 그러기에 여기서 비로소 역사론이 대두된다. 여기서 또 한 사람의 독일 철학자 야스페르스(Jaspers, Karl, 1883 ~1969)의 실존철학의 관점에서의 역사성을 고찰하게 된다. 야스페르스는 역사성은 실존이 자기를 본래적으로 포착하는 것에 즉응하여 현존재를 책임지고 받아들이는 순간부터 열리는 것으로 간주했다. 따라서 역사는 영원과 시간의 결합에서 주체적으로 형성되는 것이다. 역사는 순간에 있어서 초월자와 접촉하고, 역사의 전체도 초월자의 실존적 콘텐츠이기 때문에 결코 변조 왜곡시킬 수 없는 사실(史實)의 존재다.

일본의 한일 관계사의 왜곡이며, 중국의 「동북공정」이라는 고구려 역사 찬탈 행위는 인류사를 모독하는 만행이다.

사안(史眼)으로 본 조선(1935)

− 만주땅은 3국시대 고구려 영토

문일평(文一平, 1888~1939)
사학자 · 언론인

1. 고문화국의 신시련

조선에 대한 관찰이 시대와 사람을 따라 다르니, 이를테면 고대에 있어 지나인(支那人)의 눈에는 군자국(君子國)으로 비치었고, 근대에 와서 구주인(歐洲人)의 눈에는 신선국(神仙國)으로 비치었음과 여(如)함이 곧 그 일례이다.

그러나 고금을 통하여 역사안에 비친 조선은 군자국보다도 신선국보다도 동방고문화국(東方古文化國)이라 함이 차라리 적칭(適稱)일까 한다.

신라조의 우미한 예술적 문화라든지, 고려조의 장엄한 불교적 문화라든지, 한양조의 전아한 유교적 문화라든지 각 시대의 특색을 돋운 문화 증거를 낱낱이 들추어 낼 것도 없이 조선이 자래(自來)로 훌륭한 동방문화국임은 누구나 공인하는 바이다.

이들의 문화가 비록 자아의 독창이 아니요 남의 것의 모방이라 하지마는, 오히려 일보를 더 나아가 유불(儒佛)의 문화를 전적으로 완성한 것이 조선이다.

그뿐이 아니라, 일찍 유불의 문화를 일본에 전수한 것도 조선이었으니, 이것 만으로도 조선이 넉넉히 동방사상(東方史上)에 있어서 문화적 중요한 역할을 하였다 하겠다.

조선 문화는 그 연원이 멀리 3국 이전에 발행하여 가지고 3국시대에 이르러는 상당한 발달을 이루었고, 신라통일 이후에 미쳐서는 크게 발전을 보게 되었거니와, 문화 전수의 경로를 살피면, 3국 중에 있어서 구려(句麗)는 그 국토가 만주를 포괄한 관계상 구려 문화는 만주 문화의 연원을 지었고, 백제는 그 국교가 일본에 밀이(密邇)하였던 관계상 백제 문화는 일본 문화의 연원을 지었고, 그리고 신라는 반도 최초의 통일국가로서 온갖 의미에 있어 조선의 선구가 되니만치 신라 문화는 조선 문화의 연원을 지었다.

이것을 다시 간단히 말하자면, 구려 문화는 만주로 갈라나고, 백제 문화는 일본으로 건너 가고, 신라 문화는 조선으로 흘러 내려 오게 되었다.

조선을 중심하고 볼 때에 조선 문화가 한 팔로 만주를 껴 안고, 또 한 팔로 일본을 껴 안아 동방 일대에 엄연히 군림하였던 것이다.

그러나 이는 역사적 꿈자취 뿐이다.

오늘날 대세는 일변하여 구려의 구강인 만주는 말썽이 되어 있고, 신라의 후계인 조선은 볼 게 없이 되어 있고, 홀로 백제의 문화를 받은 일본 만이 근대의 구미 문화를 가미하여 가지고 크게 강성하여져서, 조선과 만주에 대하여 엄청나게 대규모로 문화의 역수입을 행하게시리, 조선과 일본 내지(內地) 사이에 문화상 지위가 아주 전도(顚倒)되고 말았다.

조선은 시방 신문화의 시련기에 있다. 일찍 유불의 구문화에 양호한 성적을 나타낸 것과 같이, 금후 과학적 신문화에 역시 양호한 성적을 나타낼 것인가. 그 성적의 양부(良否)는 바로 조선 그것의 운명이 결정되는 바이다.(하략)

일본 카와치 왕조의 뿌리

—조선인이 지배하게 된 선주 일본인 사회

홍윤기(洪潤基, 1933~)

시인・일본사학 교수

고대의 우리 선조들이 일본 땅으로 건너 가서, 그곳에 살고 있던 선주민들을 지배한 것은 틀림없다고 본다. 이제부터 필자는 그 역사의 발자취를 고고학과 문헌사학적인 고증을 통해서 더욱 상세하게 밝혀 보고자 한다.

고대 조선인들이 일본의 선주민들을 지배하게 된 발자취를 오늘날 애써 숨기거나 지워버리려 역사를 은폐하고 왜곡하는 일본인들이 적지 않다. 그런 반면, 오히려 그 역사의 내용을 솔직하게 시인하면서 입증하려는 일본인 학자들도 여럿이 있다.

학문은 모두 다 그렇거니와 특히 역사학은 고증에 의해서 진실을 입증해 내는 작업이다.

일본의 대부분 역사학자와 고고학자들은 한반도 남부 지역 사람들이 일본 큐우슈우(九州)섬 등 각지로 건너가기 시작한 시기를 B.C 3세기로부터 A.D 3세기 경 사이로 보고 있다. 이 시기 약 6백년 간은 한반도와 부여(만주땅) 지역의 고조선 말기로부터 삼국(신라・고구려・백제)시대 초기에 해당하는 일본의 야요이(彌生) 시대다.

큐우슈우 섬 북쪽으로 건너 간 것은 한반도 남부의 백제 계열 주민과 가야계 주민이고, 동해 건너 시마네(이즈모) 등으로 건너 간 것은 주로 신라 계열의 주민이다. 즉 일본 열도의 큐우슈우 지방의 지배자가 주로 백제인들이고, 시마네 지방 등 우리나라 동해안 쪽에서 마주 보이는 일본 본토 중서부 지역은 신라인들에 의해서 최초 지배의 터전이 이루어지게 되었다.

쿠우슈우 지방을 지배하게 된 백제의 선진문화 등 강력한 파워에 대해 오토우 마사히데 씨 등은 다음과 같이 밝혔다.

일본에서는 B.C 3세기 경에 주로 조선 남부로부터 큐우슈우 북부로 건너 온 사람들에 의해 벼농사와 금속기의 기술이 전해와서 새로운 문화가 발생했다. 논벼의 농사를 지으면서 금속기(청동기·철기)와 야요이식 토기 사용을 특색으로 하는 이 문화를 '야요이 문화'라고 부르며, 이것 이후 3세기 경까지를 야요이시대라고 부른다.

쿠우슈우 북부에서부터 시작이 된 야요이 문화는 서일본 오오사카 지방으로 급속하게 확대되었고, 야요이 중기에는 동일본(토우쿄우 등 무사시노 지방/필자 주)으로 퍼졌다. 야요이 후기까지에는 동북지방 북부(히로사키 등)에까지 전해져, 홋카이도우와 오키나와를 제외한 일본 각지에 벼농사가 확대되었다.(尾藤正英 外,『日本史』,東京書籍, 1982)

그 당시 홋카이도우나 오키나와는 일본과 전혀 관계가 없는 남의 영토였다. 그러므로 한반도의 벼농사와 금속기 문화 등은 B.C 3세기로부터 A.D 3세기에 이르기까지 약 6백년간 차츰 일본 열도 전체를 커버하게 되었다는 연구론이다. 바꿔 말해서 이것은 백제와 신라 등 한반도인들의 일본 열도 지배과정을 웅변으로 지적해 주고 있다.

고고학자 네즈마사시(ねずまさし) 씨는, 한반도로부터 B.C 1세기 경에 벼농사와 철기문화가 일본 큐우슈우 땅에 들어감으로써, 일본 선주민들의 미개한 '원시공산사회'는 도태당하고, 선진국 조선인이 지배하는 '노예제도'와 '계급 전제사회'가 지배하게 되었다고 다음과 같이 밝히고 있다.

선주 일본인들은 석기와 토기를 사용했으며, 채집과 수렵, 어업을 행하면서 어느 정도 재배를 했고, 그 사회 조직은 계급이 없는 공산사회였다. B.C 1세기 경이 되자, 조선과 중국으로부터 새로운 인종과 문명이 들어 왔다. 즉 조선인과 중국인이 벼농사와 철기·청동기 및 노예제도의 사회조직을 갖고 우선 북큐우슈우로 들어왔다. 그 결과 일본에는 논에서 경작하는 벼농사가 퍼지게 되었고, 종래의 공산사회는 무너지고 노예와 그 소유자, 대토지 소유자와 경작농민이라는 계급사회로 바뀌었으며, 또한 그 과정은 전쟁과 타협에 의해서 진행되었을 것이다. 그리고 노예 소유자와 대토지 소유자가 농민과 노예를 지배하는 국가가 출현했다. 이것이 금석 병용(철기와 석기를 함께 사용하는) 시대이다.

그것과 동시에 외래인이 장기간에 걸쳐 선주 일본인과 혼혈했기 때문에 북큐우슈우에서는 선주 일본인과 그 다음의 고분시대인의 특징을 가진 금석병용시대인의 뼈가 발견되고 있다. 이 금석병용시대인이라는 것은 철기·청동기와 함께 석기를 사용했던 시대의 사람들을 가리키는 것이다.

그 후에는 금석병용시대인보다는 조선인이나 중국인에 가까운 고분인이 출현해서, 그 자손이 현대 일본인이 되었다. 그런 까닭에 일본인에게는 선주 일본인과 고분인에 조선인과 중국인의 피가 섞여 있다. 또한 아스카(飛鳥)·나라(奈良) 시대(592~784)에도 수많은 조선인과 중국인이 도래하였기 때문에 한층 더 그들과 가까운 사람이 되었다.(『天皇家の歷史』(上), 三一書房, 1976)

이와 같은 네즈마사 씨의 연구는 보다 구체적으로 고대 조선인들의 일본 정복과, 동시에 일본 땅에서 고대 조선인들이 처음으로 노예제 전제사회 국가를 건설한 것을 인정하고 있다.

네즈마사시 씨는 조선인과 중국인을 동시에 예시하고 있다. 그러나 6세기까지 중국인은 먼 바다를 건너 일본 열도에까지 건너갈 배가 없었다.

결국 고대 조선인, 특히 백제인들이 북큐우슈우를 지배하고 나서,

큐우슈우로부터 지금의 일본 안쪽바다인 세도내해를 거쳐 오오사카의
서쪽 땅에 상륙해서 전제국가인 카와치(河內) 왕조를 건설하게 된 것
이다.

고대 조선인들의 일본 지배과정에 대해서 토우쿄우 대학 사학과 교
수 이노우에 미쓰사타(井上光貞, 1917~83) 씨가 고고학적으로 다음
처럼 밝히고 있는 것도 주목된다.

북큐우슈우(北九州 : 일본 본토의 남쪽 끝의 큰 섬 북부지대)의 옹
관(항아리로 만든 관) 유적들에서 파낸 출토품인 구리쇠로 만든 물건
들의 대부분은 일본 사람의 손으로 만든 것이 아니며, 외국, 주로 조
선으로부터 들여온 것이라는 사실을 잊어서는 안될 것이다. ……이와
같은 사정은 옹관묘와 마찬가지로, 북큐우슈우의 야요이시대 중기 이
후의 문화를 특히 잘 입증시켜 주고 있는 지석묘(고인돌)에 있어서도
시인되는 일이다. 지석묘는 땅 위에 많은 돌들을 괴고, 그 위에다 거
석(큰바위) 등을 얹으며, 그 밑에는 흙구덩이와 옹관 등의 지하 시설
을 갖춘 것이다. 그와 같은 것들이 큐우슈우의 후쿠오카·시가·나가
사키·오오이타 등 각 지역에서 발견되어 오고 있다.

이런 지석묘는, 만주와 조선 역사의 권위자인 미카미 쓰구오(三上
次男)씨에 의하면, 조선 반도의 발달된 지석묘들과 관계가 있다고 한
다. 즉 지석묘는 남부조선의 족장들의 묘소로서 마련되었던 것이고,
그것이 다시 북큐우슈우의 족장들 사이에서 채택되었다는 것이다. 또
한 남부 조선과 북큐우슈우와의 문화의 고리는 조선의 동남단인 부산
에 가까운 김해패총에 북큐우슈우의 옹관과 똑같은 옹관이 있으며, 세
형동검(細形銅劍)과 푸른 옥으로 만든 관옥(管玉) 등이 양쪽 지방에
서 똑같이 출토되고 있는 실정이다(『日本の歷史』,中央公論社, 1970).

일찍이 죠우몬(繩文) 시대부터 인도네시아 등 동남아 지역으로부터
난류에 떠밀려와 일본 열도에 먼저 와서 살게 된 일본 선주민들은 원

시적인 물고기잡이와 사냥을 하는 미개인들이었다. 그렇기 때문에 그들을 쉽사리 손아귀에 거머쥐고 노예로서 각종 노동을 시키는 고대 조선인들의 전제사회가 수립하게 되었다는 것이 고고학자 네즈마사 씨 등의 공통적인 학설이다.

와세다대학 교수 미즈노 유우(水野 祐, 1918~2000)씨가, 야요이 시대에 한반도로부터 건너 온 사람들에 의해 벼농사 등이 전해와서 비로소 영양가 높은 식생활을 하게 됨으로써 몸집이 훨씬 커진 사람들이 생겨나게 되었다는 사실을 다음과 같이 고고학적으로 입증하는 것도 자못 흥미롭다.

야요이식 문화를 누린 사람들은 어떤 형질(몸뚱이의 형태적 특징이거나 성질/필자 주)의 특색을 보여주고 있었던 것인가. 신석기 시대로부터 금석병용시대로 옮겨가던 시기는 틀림없이 문화적으로 일대 변혁기였다. 그 때문에 그러한 변혁은 인종적인 형질의 면에서도 어느 정도는 영향이 끼쳐졌다고 생각하는 것이 무리하다고는 보지 않는다. 야요이식 금석병용시대 사람들의 인골은 석기시대 사람들보다는 상당히 장신(키 큰 사람)으로 바뀌게 되었다는 것을 인정할 수 있다.

그와 같은 사실은 금속기시대 문화의 전파와 논벼농사 기술의 수용과 함께 결부시켜 따져 보더라도 남선(남부 조선)의 한인(백제인·신라, 가야인/필자 주), 혹은 북선(북부 조선) 동부로부터 남하하여 온 예맥 민족(고구려·신라인/필자 주)이 일본 열도로 건너온 영향이라고 판단하는 것이 옳을 것이다.

그렇지만 이 사실은 석기시대에 있어서는 소원했던 일본 열도와 조선반도와의 문화적인 교섭이 석기시대 종말기인 야요이 시대(B.C 3세기~A.D 3세기) 문화가 시작되던 시기가 되어서 갑자기 활발해지게 되었다는 의미이다(『日本民族』, 至文堂, 1963).

그러므로 야요이 시대부터 고대 조선 사람들이 벼농사와 각종 철기

문화 등을 가지고 바다 건너 일본 열도로 진출하게 되었다는 것은, 백제와 신라인들이 이 시기부터 비로소 거센 파도를 헤치고 바다를 건너갈 수 있는 대형 선박을 만들게 되었다는 것도 동시에 말해준다. 그뿐 아니라 이미 B.C 3세기 이후에도 수많은 고대 조선사람들이 계속하여 왜나라 섬에 건너가서 선진문화를 심게 된 동시에 미개한 일본 열도 선주민들과 혼혈도 이루어지게 된 것이, 고분에서 발굴된 당시 사람들의 키가 훨씬 커진 인골 등으로서 입증된다.

앞에서 지적했듯이, 키가 커지게 된 것은 처음으로 영양가 높은 쌀밥 등의 식생활을 영위하면서, 조선의 각종 철기와 농기, 선진 생활기구 등에 의해 영농과 생활이 향상 정착되어 간 것을 말해 준다.

그 점에 대해 다른 학자들의 견해도 아울러 살펴보자.

서일본의 야요이시대 전기의 인골에는 키가 작은 죠우몬시대(B.C 수천 년~B.C 3세기) 사람과 평균 신장 163센티의 키가 큰 남성 인골이 있다. 조선 남부로부터 건너 온 도래인의 피를 이어 받아서 비로소 몸집이 큰 야요이인이 태어났다고 본다(靑木美智男 外,『日本史』, 三省堂, 1993).

즉 키가 작고 왜소한 일본 선주민인 이른바 죠우몬인들이 살고 있던 미개의 터전으로, 키가 크고 건장한 고대 조선인들이 계속해서 건너와서 벼농사와 칠기문화를 일으킨 것이 바로 야요이 문화를 이룬 주체라는 것이다. 그러기에 요시다 아키라(吉田 明) 씨는 "야요이 문화라는 것은 분명히 조선으로부터 들어온 것이다"라고 단언했다.

한반도의 벼농사가 일본으로 건너가서 키가 큰 일본인의 원형에 영향을 준 것이라고 한다면, 과연 조선 고대에는 언제부터 벼농사가 시작되었던 것일까. 그 시기는 지금부터 2천 백년 전인 B.C 2세기 경으로 추정하고 있다.

우리나라의 벼농사를 입증하는 것으로는, 1990년 경기도 김포시

가현리에서 출토된 탄화미가 B.C 2세기 이전의 것이라는 과학적 측정이 있은 바 있다. 또한 1991년에는 경기도 고양시 일산 신도시 개발지역의 토탄층에서도 탄화미 4톨이 출토되었다. 이 탄화미 역시 과학적으로 측정(방사선탄소[C14]연대측정법[radio carbondating method])한 결과, 방사선탄소 측정치가 2천 백년 전으로 나타났다. 그것은 우리나라 서해안 지역 일대가 조선 고대 벼농사의 선착지였을 가능성이 높다는 것을 보여주는 증거다.

그밖에도 광주(光州) 신창동 유적 발굴(1992~97까지 3회)에서도 약 2천년 전의 탄화미가 나왔다. "이 탄화미는 일본쌀의 주종인 자포니카(Japonica)와 동일 품종임에 틀림없다"고 일본 시즈오카대학 농학부 교수 사토우 요우이치로우(佐藤洋一郎) 씨는 DNA 분석을 통해 밝혔다(KBS-TV, 2000·7).

우리나라에서 탄화미가 처음 발견된 것은 1920년의 일이다. 경남 김해시 회현리(會賢里)의 김해패총에서 1920년에 탄화미가 발견되어 큰 화제를 모은 것이다. 이 탄화미는 약 2천년 된 것으로 입증되었다. 왜냐하면 탄화미의 발견과 동시에 이 패총에서는 서기 14년 경에 주조된 화천(貨泉)이 발견되었기 때문이다. 화천이란 전한(前漢) 말기의 참주였던 왕망이 만든 주전의 일종이다. 이 화천은 엽전처럼 둥근 원 안에 4각의 구멍이 뚫리고 '貨泉'이라는 두 글자가 새겨져 있었다.

일본의 고고학자 야와타 이치로우(八幡一郎) 씨는,

벼농사는 모름지기 북큐우슈우로부터 세도내해를 따라서 동진했으며, 야마토(나라 지역) 부근에서 꽃피었고, 오래도록 나라시대(710~814)까지 지속되었다. 남조선은 최근(이 저서는 1953년에 나옴/필자 주)에도 그렇듯아 벼농사에 아주 좋은 땅이며, 2천년 이전에 일본과 앞서거니 뒷서거니 벼를 심었다(『日本史の黎明』, 有斐閣, 1953).

라고 주장했다. 이것은 벼문화가 백제인 정복자들에 의해서 큐우슈우로부터 세도내해를 거처 오오사카와 나라 지방으로 전개되어 간 과정을 지적한다.

그런데 여기서 저자가 굳이 밝혀둘 것이 있다. 그것은 고대 일본에 벼농사가 전해진 경로에 관한 것이다. 일본 학자들 대부분은, 일본으로 벼농사가 전해진 것은 고대 조선인들에 의해서라고 하는 이른바 '북방설'에 집중하고 있다. 그런가 하면 동남아 지방으로부터 벼농사가 왔다고 하는 '남방설'을 내세운 경우도 있다. 또한 조선반도와 동남아 양쪽으로부터 벼가 동시에 들어 왔다고 하는 '남북이원설'을 내세운 사람도 있다.

조선인들에 의해서 벼농사 문화가 일본으로 건너오게 되었다고 하는 '북방설'이 농학박사 오노 타케오(小野武夫, 1883~1949) 씨의 『일본농업기원론』으로부터 비롯된 것은 1930년대 초의 일이다. '역사를 민중의 편에서 살피는 것을 시작한 사람'이라고 존경받아 온 오노 타케오 박사는 다음과 같이 밝혔다.

야요이시대의 민(民)은 대륙으로부터 문화를 이식시킨 문화인이며, 그들이 사용한 토기에는 벼가 부착된 것이 많고, 그것이 큐우슈우로부터 동쪽 중부 일본에까지 보급되고 있었다는 것이 명확한 이상, 벼는 오로지 이 야요이시대의 민이 중국 대륙으로부터 조선 반도를 거쳐 수입한 것으로 해석해도 좋다.(『日本農業起源論』, 1931)

벼의 남방설을 주장하기 시작한 것은 역사지리학자였던 요시다 토우고(吉田東伍, 1864~1918) 씨였다. 『대일본지명사서(大日本地名辭書)』(1900)의 저자로 알려진 요시다 토우고 박사는, "남방으로부터 흑조(黑潮 : 난류)의 흐름을 타고 큐우슈우 남단에 포착한 민족에 의해서 벼가 옮겨 왔다. …… 일본에 벼를 가져온 민족은 인도차이나에 거주한 묘족(苗族) 등등이다"라고 주장했고, 이 주장에 토리이 류우조우(鳥居龍藏, 1870~1953) 씨 등이 동참했다.

반면 '남북이원설'을 내세운 학자는 히구치 키요유키(樋口淸之)다
(『日本古代産業史』). 즉 한반도를 거쳐 북큐우슈우로 건너 온 벼와,
해류에 의해서 남큐우슈우 등지로 벼의 전파가 이루어진 것이라는 주
장을 했다는 것도 참고로 밝혀 둔다.

여하간 '남방설'은 그 어느 경우이고간에 고증이 성립되지 못하고 있
다. 고대시대 남방의 미개한 종족이 과연 얼마나 큰 배를 만들어서 극
동의 큐우슈우 섬에까지 올 수 있었다는 것인가 하는 점을 들 수 있다.

이를테면 그들이 표류민인 경우, 볍씨를 늘 몸에 지니고 다녔다는
얘기가 된다. 그 먼 남방에서 일본 지역까지 표류해 오자면 적어도
2,3개월은 걸렸을 것이다. 과연 그들은 바닷물에 떠오면서 그 오랜 기
간을 생존할 수 있었다는 것인지, 남방설은 납득이 가지 않는 점이 허
다하다. 요시다 토우고 씨가 남방설에서 주장하는 것은 "일본 고대 벼
농사의 풍습에는 남방색이 극히 짙다. 또한 인도네시아어 등 남방어로
해석할 수 있는 그 고장의 말(언어)이 농작(農作)에 관해서 많다"고
내세우는 데 있다.

그러나 일본어학 및 역사학 교수 오오노 스즈무(大野 晋, 1919~)
씨는 다음처럼 지적했다.

일본어와 고대 조선어가 무엇인가 깊은 관계가 있다고 하는 점은 확
실하다. 더구나 멀리 알타이 여러 말과 일본어 사이에도 어휘상의 관
계가 존재한다고 할 수 있다.(『日本語をさかのぼる』,岩波書店,1975)

오오노 스즈무 씨는 일본의 문자인 '가나(假名)' 글자를 만든 것은
오우진 천황 때 왜나라로 건너 온 백제 사람 아직기와, 아직기가 백제
에서 모셔 온 학자 왕인(王仁 : 和邇吉師) 박사 등과 그 후손들이라는
것을 다음과 같이 밝히고 있다.

아직기는 경전에 능통했으며 황태자의 스승이 되었다고 한다. ……

이 아직기가 왕인을 백제에서 데려왔다. 왕인의 자손들은 카와치(河內, 지금의 오오사카땅)에 살면서 서문수(西文首) 벼슬을 지내며 번영했다. 한편 야마토국(大和國 : 나라땅)에 살던 왜한직(倭漢直 : 백제인 아직기의 직계 후손들 벼슬아치/필자 주)과 카와치국(河內國)에 살던 서문수(西文首 : 왕인의 직계 후손들 벼슬아치/필자 주)들이 남긴 유산으로서 중요한 것은, 이 사람들이 위진(魏晉)시대의 중국어 발음을 일본에 전했고, 또한 한자 글자로 일본말을 쓰는 방법을 실행한 것이다(『日本語の世界』, 1980).

일본어의 카나 글자(片假名・カタカナ, 平假名・ひらがな)는 아직기와 왕인을 비롯해서 그 직계 후손 백제인들이 약 4백년간(5~9세기)에 이르는 동안에 만든 글자라는 것이다. 그런데 이 글자들은 모두 한자어의 쪽을 떼거나 한자어의 초서체(草書體)를 가지고 만들어서 일본어를 표현하게 한 것이다.

예를 든다면 '카타카나'(アイウエオ←阿伊宇江於)와 '히라가나'(あいうえお←安以宇衣於의 초서 글자) 글자들을 백제인 가문의 학자들이 한자를 이용하여 만들었다.

그러나 소위 역사왜곡 중학교 교과서로 지적된 『새로운 역사 교과서』(西尾幹二대표집필, 2001.6) 의 「일본어의 확립」(18~9쪽)에서는 전혀 이상과 같은 사실을 언급하고 있지 않다. 오히려 이 책에서는, "일본어와 중국어는 전혀 별개의 언어다. …… 중국어의 발음을 무시하고 어순(語順)을 뒤집어서 일본어 읽기 방법을 짜내어 훈독(訓讀)을 발명했다"는 등 국수적인 주장으로 일관하고 있다.

오오노 스즈무 씨는, 조선어와 일본어의 법제(法制)와 농기구, 무기, 공예, 복식 등을 표현한 낱말을 인용해서 다음과 같이 지적하고 있다.

일본에 조선어가 문화어로서 들어 왔다는 것은 다음에 열거하듯이,

행정상 혹은 법제상 용어에 조선어와 일본어 사이의 밀접한 관계가 나타나고 있음을 알 수 있다. 그뿐 아니라 농기구, 무기, 공예, 복식에 있어서도 단어가 유사한 것들이 많이 드러나고 있다. 이와 같은 것은 조선 문화가 고도한 문화로서 많은 방면에 걸쳐 일본에 유입된 것을 나타내주는 자료로서, 두 민족간에는 문화적 관계가 극히 농밀했었다고 하는 것이 이들 단어를 얼핏 살펴보더라도 쉽게 이해할 수 있다. 이들 단어들 중에는 문자가 일본에 유입되던 시대에 들어온 것들도 적지 않다고 본다. 제1차 일본어는 산에서 캐는 참마(산고구마) 재배기의 간단한 자음 조직을 가진 언어다. 제2차 일본어는 원(原)타밀어가 일본에 유입했다. 그것은 오늘의 일본어에 많은 기초적인 단어와 문법 조직을 가져왔다.

그 시기가 끝날 무렵에 벼농사가 시작되게 되었는데, 본격적으로 일본에 벼농사를 도입시키고 또한 국가체계를 만들어낸 것은 야요이 시대에 조선을 거쳐 알타이계 언어를 사용하던 종족(種族)이었다. 이 사람들의 언어가 제3차 일본어를 형성했고, 그것은 또한 일본의 상층부에 모음조화를 가져왔다. 모음조화는 8세기까지 계속되었으나, 본래 모음조화를 갖지 않은 원 타밀어를 사용하던 사람들의 숫자가 많았기 때문에 9세기에는 모음조화가 사라졌다. 조선에서 들어온 언어는 고도의 문화어로서 법제·농기구·무기·공예·복식 등에 관한 풍부한 단어를 일본에 가져왔다. 이들 1·2·3차의 언어에 의해서 문자 이전의 고대 일본어는 중층적으로 성립된 것이다(앞의 책).

즉 야요이 시대에 벼농사를 가지고 일본 열도에 건너가기 시작한 고대 조선인들에 의해 벼농사는 물론이고 새로운 고도의 언어문화와 선진 생활문화가 등장했고, 점진적으로 지역 행정과 정치적 조직이 국가 형태를 이루게 되었음을 일본어를 통해 언어학적으로 밝혀준다. 서울대학교 국문과 이기문 교수도 한국어가 알타이어계의 언어라고 그 계보를 밝힌 바 있다.

언어학의 관례에 따라 필자는 우리 민족이 아직 부여계의 남북으로
갈리기 이전의 공통언어를 '부여·한 공통어'라고 부른바 있다. 이것을
부여·한 조어(祖語)라고 불러도 좋다. …… 결국 부여·한공통어는
알타이 조어에서 나온 한 갈래이다.(「국어는 알타이어의 한갈래 언어
」.1984)

이와 같은 연구는 "알타이어계의 고대 조선어가 제3차 일본어를 형
성했다"고 하는 오오노 스즈무의 연구를 수긍케 한다.

한반도인들이 철제 삽이나 괭이 등등 훌륭한 농기구를 가지고 큐우
슈우 등 일본 열도로 건너 가기 전까지, 일본 선주민들은 나무로 만든
괭이나 삽 따위로 땅을 팠다고 쿄우토 대학 사학교수 카토와키 테이지
씨가 지적한 바 있다. 역시 쿄우토 대학 사학교수인 우에다 마사아키
씨는 철제 삽의 명칭을 '한국삽'이라고 부르게 된 것 등, 고대 조선의
철기 생산력이 일본 야요이 문화의 바탕이 된 것을 다음과 같이 밝히
고 있다.

야요이 시대로부터 5세기 이전까지 철제 기구들은 주로 조선 남부
로부터 들어왔다……삽은 '한국삽(韓鋤 : 카라사비·카라사히)'이라는
명칭으로 부르는 농기구였고, 대장간은 '한국대장간(韓鋤冶 : 카라카
누치)'으로 부르던 명칭은 고대 일본 문헌에서 수없이 찾아볼 수 있다
(上田正昭,『歸化人』, 岩波書店, 1965).

또 코쿠가쿠인 대학 교수 카나자와 쇼우사부로우(金澤庄三郎,
1872~1967) 박사는, "사히는 조선어의 삽(sap)이다"라고 그의 일
본어사전에서 해설하고 있다(『廣辭林』, 三省堂, 1930).

앞에서 네즈 마사시 씨가 지적했듯이, 지배자 조선인과 피지배자,
즉 농노(農奴) 등 노예인 선주 일본인들 사이에는 혼혈이 계속되었던
것이다. 미즈노 유우 씨는 그 한 실례로, 동해바다 건너 일본 시마네

현 사람들과 한국 경상남도 사람들의 혈액형 분포를 대비시켜 조사한 결과를 밝힌 바 있다.

미즈노 유우 씨가 지적하는 혈액형의 유사성은, 경상남도 사람과 시마네현 사람들은 특히 A형이 많다고 하는 점이다.

A형율이 높은 남부 조선의 주민들 중에서도 신화인(神話人, 고대 일본에 신화를 가지고 건너 온 신라인/필자 주)인 경상남도인은 특히 A형 분포가 현저하게 높은 게 특색이다. 이에 대해 시마네현인으로 대표되는 이즈모인(出雲人 : 시마네현의 한국 동해쪽 주민/필자 주)의 혈액형은 전체적으로 A형율이 높은 일본인에 속하지만, 이즈모인의 A형 분포율은 일본인들 중에서 최고 수치여서, 여기서도 A형율이 현저하게 높다고 하는 특징을 보여주고 있다.

더구나 경상남도인과 시마네현인의 A형 분포율은 거의 똑같은 수치를 나타내고 있다는 것이 주목된다. 본래 일본 열도의 원주민은 O형율이 높은 인종이었다. 그런데 오늘날 일본인의 A형율이 O형율을 웃도는 수치를 나타내고 있는 것은, 일본 열도에 있어서도 A형율이 높은 다른 계통의 인종과 혼혈한 결과라고 생각하지 않으면 안된다(「出雲のなかの新羅文化, 1978).

이와 같이 지역적인 혈액형 대비에 의해서도, 야요이 시대 이후 한·일간에 혼혈이 왕성하게 이루어져 온 것을 쉽사리 추찰할 수 있다. 또한 신라인들이 동해바다를 건너가 시마네현뿐 아니라 후쿠이현(福井縣) 일대와 시가현(滋賀縣) 일대, 특히 오우미(近江)와 쿄우토(京都)·나라(奈良) 등지에서 폭넓게 야요이 문화를 펼쳐간 발자취도 뚜렷하다.

5. 신문 사설·칼럼

신문 사설(editorial)도 에세이인 논술문이다. 국내외 사전의 해설도 역시 유사하다.

「에세이 ; ① 수필 ② 특수한 주제를 다룬 논설」(이희승『국어대사전』민중서관, 1961)

이와 같이 수필을 잘 쓴다면 신문 사설이며 칼럼(column, 시사 논평)도 잘 쓰게 될 것이다. 견습기자도 신문사에 입사해 장차 논설위원까지 승진하게 될 줄 안다. 신문기자란 두말할 것도 없이 두뇌 명석하며 글을 잘 쓰는 사람만의 독특한 직업이다.

신문 사설이란 가장 시사적으로 민감한 사회 문제를 통찰력을 가지고 예리하게 다루는 글이다. 여기에는 두말할 것도 없이 그 신문사의 기본 방침에 따라서 논평을 제시하게 된다.

정치·경제·사회·문화 등 온갖 국가적·국제적 상황에 대한 논설이 그 주제를 달아 제시된다. 신문을 흔히 사회의 '목탁'이라고 비유한다. 목탁이란 불가(佛家)에서 독경할 때 두드리는 나무 기구다. 신문을 목탁으로 일컫는 경우는 신문의 논조가 올바른 보도와 평가로서 세상 사람을 가르쳐 바로 이끌라고 하는 뜻을 가리키고 있다. 그러므로 사설이라는 논설의 중요성은 그야말로 공기(公器)라는 신문의 불편부당하고 엄정한 논지를 요청하는 것이다.

신문의 사설을 쓰는 일이야말로 사회와 국가의 중대사에 큰 영향을 끼치는 일이 아닐 수 없다. 신문의 중요 독자들에게 사설이 미치는 영향은 매우 클 수밖에 없다.

사설을 늘 열심히 읽는 것은 글쓰기 공부의 좋은 교재가 되기도 한다.

물론 여기서 모든 사설을 일괄적으로 지칭하는 것만은 아니다. 칼럼 역시 마찬가지다.

여기서 잠깐 신문 문장에 대해서도 따져보기로 하자.

우선 신문 기사의 용어는 되도록 참신한 것을 택해야 한다. 상투적인 낡은 수식어는 독자를 식상케 한다.

구체적인 사실을 기사화 시키기 위해서는 발로 뛰는 상세한 취재의 현장감이 나타나야 한다. 두말할 것도 없이 객관성에 충실한 글을 써야 한다. 정확하고 충실하게 사실을 보도한다는 것이 기자의 사명이다. 객관성에 충실한 기사가 곧 그 신문의 신뢰성을 드높여 준다.

□ 신문 사설

독립신문 창간 논설문(1896)

서재필(徐載弼, 1863~1951)
독립운동가·의학박사

우리가 〈독립신문〉을 오늘 처음으로 출판하는데, 조선 속에 있는 내외국 인민에게 우리주의를 미리 말씀하여 아시게 하노라.

우리는, 첫째 편벽되지 아니한 고로 무슨 당에도 상관이 없고, 상하 귀천을 달리 대접 아니하고 모든 조선 사람으로만 알고 조선만 위하며 공평히 인민에게 말할 터인데, 우리가 서울 백성만 위할 게 아니라 조선 전국민을 위하여 무슨 일이든지 대언하여 주려 함. 정부에서 하시는 일을 백성에게 전할 터이요, 백성의 정세를 정부에 전할 터이니, 만일 백성이 정부 일을 자세히 알고 정부에서 백성의 일을 자세히 아시면, 피차에 유익한 일 많이 있을 터이요 불평한 마음과 의심하는 생각이 없어질 터임.

우리가 이 신문 출판하기는 취리하려는 게 아닌 고로 값을 헐하도록 하였고, 모두 언문으로 쓰기는 남녀 상하 귀천이 모두 보게 함이요, 또 구절의 띄어쓰기는 알아보기 쉽도록 함이라. 우리는 바른 대로만 신문을 할 터인 고로 정부 관원이라도 잘못하는 이 있으면 우리가 말할 터이요, 탐관오리들을 알면 세상에 그 사람의 행적을 펼 터이요, 사사백성이라도 무법한 일 하는 사람은 우리가 찾아 신문에 설명할 터임.

우리는 조선 대군주 폐하와 조선정부와 조선인민을 위하는 사람들인 고로, 편당 있는 의론이든지 한쪽만 생각하고 있는 말은 우리 신문상에 없을 터임. 또 한쪽에 영문으로 기록하기는 외국인민이 조선 사정을 자세히 모른즉, 혹 편벽된 말로 듣고 조선을 잘못 생각할까 보아 실상 사정을 알게 하고자 하여 영문으로 조금 기록함.

그러한즉 이 신문은 똑 조선만을 위함을 가히 알 터이요, 이 신문을 인연하여 내외남녀 상하귀천이 모두 조선 일을 서로 알 터임. 우리가 또 외국 사정도 조선인민을 위하여 간간이 기록할 터이니, 그걸 인연하여 외국은 가지 못하더라도 조선인민이 외국 사정도 알 터임.

오늘은 처음인 고로 대강 우리 주의만 세상에 고하고 우리 신문을 보면 조선인민이 소견과 지혜가 진보함을 믿노라. 논설 그치기 전에 우리가 대군주 폐하에게 송덕하고 만세를 부르나이다.

우리 신문이 한문은 아니 쓰고 다만 국문으로만 쓰는 것은 상하귀천이 다 보게 함이라. 또 국문을 이렇게 구절을 띄어 쓴즉 아무라도 이 신문 보기가 쉽고 신문 속에 있는 말을 자세히 알아보게 함이라.

각국에서는 사람들이 남녀 물론하고 본국 국문을 먼저 배워 능통한 후에야 외국 글을 배우는 법인데, 조선에서는 조선 국문은 아니 배우더라도 한문만 공부하는 까닭에 국문을 잘 아는 사람이 드묾이라.

조선 국문하고 한문을 비교하여 보면, 조선 국문이 한문보다 나은 것이 무엇인고 하니, 첫째는 배우기가 쉬우니 좋은 글이요 둘째는 이 글이 조선글이니, 조선인민들이 알아서 백사를 한문 대신 국문으로 써야 상하귀천이 모두 보고 알아보기가 쉬울 터이라, 한문만 늘 써 버릇하고 국문은 폐한 까닭, 국문만 쓴 글을 조선인민이 도리어 잘 알아보지 못하고 한문을 잘 알아보니 그게 어찌 한심치 아니하리요.

또 국문을 알아보기가 어려운 것, 다름이 아니라 첫째로 말마디를 떼지 아니하고 그저 줄줄 내리쓰는 까닭에 글자가 위에 붙었는지 아래 붙었는지 몰라서, 몇 번 읽어 본 후에야 글자가 어디에 붙었는지 비로소 알고 읽으니, 국문으로 쓴 편지 한 장을 보자 하면, 한문으로 쓴 것보다 더디 보고, 또 그나마 국문을 자주 아니 쓰는 고로 서툴러서 잘못 봄이라. 그런 고로 정부에서 내리는 명령과 국가 문적을 한문으로

만 쓴즉, 한문 못하는 인민은 남의 말만 듣고 무슨 명령인 줄 알고, 이 편이 친히 글을 못 보니 그 사람은 무단히 병신이 됨이라. 한문 못한다고 그 사람이 무식한 사람이 아니라 국문만 잘하고 다른 물정과 학문이 있으면, 그 사람은 한문만 하고 다른 물정과 학문이 없는 사람보다 유식하고 높은 사람이 되는 법이라.

조선 부인네도 국문을 잘하고 각색 물정과 학문을 배워 소견이 높고 행실이 정직하면 물론, 빈부귀천간에 그 부인이 한문은 잘하고도 다른 것 모르는 귀족 남자보다 높은 사람이 되는 법이라. 우리 신문은 빈부귀천을 가리지 아니하고 이 신문을 보고 외국 물정과 내지 사정을 알게 하려는 뜻이니, 남녀노소·상하귀천간에 우리 신문을 하루 걸러 몇 달간 보면 새 지식과 새 학문이 생길 걸 미리 아노라.

동아일보 사설

내정독립(內政獨立)도 독립인가(1922)

일본 천황폐하 아래 조선의 내정 독립을 기한다는 것이 조선을 일본 통치권에서 분리하려는 독립운동과 동일한 내용을 가지는 것인가?

일본의 천황은 일본 국가 주권의 총람자이다. 총람자의 아래에서 복종한다는 것은 즉 일본의 주권 아래에서 조선이 그 영토의 일부분이 되는 것이다. 일본의 천황은 단독으로 그 국정을 요리하는 것이 아니다. 환언하면 단독으로 그 주권을 행사하는 것이 아니고 국무대신이 그에 대해서 보필의 책임을 지고, 또 국무대신은 정당정치—국회정치의 발달에 수반해서 의회에 책임을 가지는 것이므로, 결국 천황의 주권 행사는 국회의 협찬으로써 행하게 되는 것이다. 이와 같이 주권총람자의 아래에서 복종한다는 것은, 요컨대 일본 국무대신의 보필의 책임을 승인하고 또 국회의 협찬을 인정한 위의 내정독립이므로, 그 이름은 「내정」이라는 관사를 붙인 「독립」이지만, 실은 독립이 아니고 일본 영토의 일정한 정무(政務)의 자치(自治)를 의미하는 데 불과한 것이다. 즉 일본 천황하의 내정독립인 것이다.

그러므로 첫째로 일본 천황은 그 소위 독립인 내정에 대해 감독권을 따라 거부·간섭의 권한을 가질 것이고, 둘째로 일본 주권의 통일성에 위배되는 사실에 대해서는 당연히 파기를 명할 수가 있고, 셋째로 국제관계에 대해서는 조선인은 절대로 발언권이 없을 뿐더러, 나아가 넷째로는 외교와 군사 관계에서 조선 내정에 교섭을 가지므로, 조선의 내정은 독립이라고 하지만 실은 일본 정부의 간섭을 받는 것으로서, 이것은 단순히 법이론(法理論)에 그렇게 될 뿐 아니라 정치 이론부터

도 역시 그러하다. 그러므로 오인(吾人)은 이것을 조선의 독립운동과
는 그 성질, 그 정신이 천양의 차가 있다고 보는 바이다. 그러므로 일
부 조선 인사가 이에 대해서 운동을 시도하는 것 같으나, 조선 민중의
대부분의 생각은 결코 여기에 향응하지 않는 것임을 감(感)하는 동시
에, 그 일부 인사의 이 운동을 시도하는 동기를 논할진대 순결하다고
할 수 없음을 간파하고 있는 바이다. 오인의 탐사한 바에 의하면, 최
초에는 조선의 독립을 일본 국회에 청원하기로 하였으나, 일본 국회에
서 이에 대하여 찬성할 희망이 없고 또 일본 정객의 기개인이「내정독
립」을 표방함이 좋다고 권함에 따라, 그 권고에 의해서 최초에 독립
청원의 위탁을 받는 기개의 위원이 임의로 돌연히 의사를 변환해서,
소위「내정독립」을 청원하였다고 하므로 그 무성의·무주견·무책임
을 추찰할 수 있지 않겠는가.

그뿐만 아니라 그 내막을 정밀하게 조사해 보면, 동광회(同光會)의
유력한 간부 우찌다 료우헤이(內田良平)씨는 일찍부터 송병준(宋秉畯)
일파와 부회해서 일진회(一進會)를 이용하여 일한합방(日韓合邦)을 촉
진한 자이고, 두산만(頭山滿) 일파와 연락해서 중국에 대한 일본의 제
국주의를 대표하는 자이기 때문에, 그 소위「일선융화(日鮮融和)」도
오인(吾人)으로서는 믿기 어려운 바이다. 더군다나「내정독립」과 같은
간판을 내걸고 여하한 심기와 동기를 장하는 것인지, 과연 조선인의 진
정한 행복을 기망(企望)하는 것인지, 혹은 조선을 미끼로 해서 사복을
충족시키려는 것인지, 오인은 용이하게 결정하기 어려운 바이다.

그러므로 오인은 이 운동에 대해서 단순히 찬의를 표하기 어려울뿐
더러 일종의 반감을 가지는 바이지만, 이 운동을 조선독립운동, 즉「일
본 통치권의 실체를 부인하는 운동」이라하여 그 단체, 그 결사에 대해
서 해산명령을 내리는 당국의 해석에 대해서는 실로 기괴하다고 말할
수밖에 없다. 경찰 당국이 일면에 있어서는 일본의 통치권을 인정할 것
을 시인하면서, 타면에서는 그 통치권의 실체를 부인한다고 하는 것은
이론의 모순, 관찰의 착오가 아니냐? 현 총독정치가 일본의 주권을 조

선에 행사하는 유일의 형식이 아닌 것은 지자(知者)가 처음으로 아는 바가 아니니, 예를 들면 조선인만의 조선 정치를 희망한다 할지라도, 일본 천황의 통치하에 복종할 것을 인정한다면, 그 형식이 자치가 되면 내정독립이 되더라도 어느 쪽이나 일본 통치권의 실질을 인정하는 것은 사실이다. 일본천황 하(下)의 조선인만의 내정독립이 어떻게 조선의 독립운동, 즉 일본의 주권 부인과 동일한 내용을 가지겠는가?

일본의 주권을 인정하더라도 조선정치에 한해서 일본인에게 정권을 거부하고, 조선인에 한해서 이것을 허한다는 일이 될 수 있는 것은, 흡사 동일한 일본 국민이라도 일본 국내에 있어서 참정권을 가지지 않는 것이 동일하기 때문에, 이것을 유일한 이유로서 이 운동을 목적으로 하는 결사에 대해서 해산을 명하는 것은, 그 운동 자체에 대한 비판은 차치하고 오인의 취하지 않는 바이다. 물론 조선 내정의 독립이 실현된다고 가정해서 일본인 참정권을 거부한다는 것은, 소수민족을 보호하는 의미에 있어서, 또는 「일본인」이란 그 자체를 무시하는 의미에서 혹은 반대한 것이 가(可)하다고 할지 모르나, 조선인만의 조선 내정독립은 즉 일본 주권을 부인하는 것이라고 해석하기에는 도저히 이성을 가진 자의 논리가 만족할 수 없는 것이 아니냐?

어떻든, 현 총독부는 소위 「내지연장주의(內地延長主義)」를 취하고 따라서 참정권을 주장하고 있다. 이 내지연장주의, 참정권 주장에 위배되는 주장이면 그 내용이 자치이고 일본 주권의 승인이라도, 그 실은 주권의 배척이라고 보는 견해를 가지고 있는 모양이나, 이것은 너무나 편협된 해석이요 견해가 아니냐?

오인(吾人)은 「내정독립」 그 자체에 대해서 구구하게 논하는 바 아니지만, 정치적 결사의 자유에 대한 당국의 견해가 너무나 고루·편협함에 대하여는 실로 취하지 않는 바이다. 더구나 만일, 현 당국이 그 소위 내정독립파가 현 총독부의 비정(秕政)을 적발하는 것으로써 중요한 의무로 하는 점을 보고, 차에 해산명령을 내리는 동기로 삼았다면 그것은 오인이 어디까지나 항의를 제출하는 바이다(10월 30일字).

조선일보 사설

동척회사(東拓會社)에 대하여(1924)

　희유한 천재(天災)로 3백여 만 조선인 동포가 기아에 빠지게 된 바에 관하여는 다시 번설(煩說)을 요치 않거니와, 오늘날에 있어서 과다한 인명이 비상한 참액(慘厄)에 빠져서 회구(回救)할 길이 어렵다 하면, 그는 천재보다도 오히려 인재에 기인함임을 오인(吾人)은 항상 역설하던 바이다. 그러한데 근자 각지의 조사보고에 의하면, 더욱 그 인재의 호대(浩大)함을 개탄하고 또 분노하지 아니할 수 없는 바가 있다. 그는 동양척식회사(東洋拓殖會社)와 및 일반 악지주(惡地主)와 또는 간악한 고리대금업자들의 횡포 또는 패악(悖惡)한 행위가, 이 회유한 천재로써 인심이 극도로 흉흉함을 불계(不計)하고 뻔뻔하고 또 악착스럽게 발동되는 것이다. 동척(東拓)과 악지주와 고리대금업자는 모두 이신동체(異身同體)의 사회적 흉물이다. 그의 횡포와 및 패악이 별로 경정(徑庭)한 바 없겠지마는 후의 이자는 별론하기로 하고, 이제 그 종족적 정치적 우월을 배경으로 또는 그의 구체적 표현으로, 조선에 군림한 동척에 대하여 일론치 아니치 못할 것이다.

　이제 이재(罹災) 지방 중의 하나인 황해도 봉산군 사리원 일대에는 농작이 비교적 양호하였으나, 동지 일대에 대부분의 토지를 소유한 동척농감 모리시타모(東拓農監 森下某)와 이데미즈모(出水某) 등은, 전후하여 금년 농산액의 9할 가량의 소작률을 과함으로써 동 소작인 150여 인과의 사이에 용이치 않은 분쟁이 있어서, 수십 명의 경관대의 출동을 보게 되었다 함이 1건이요, 동도 신천군 일대는 재해가 특심한데 그 근소한 농산물에 대하여 과중한 소작료를 징수할 뿐 아니라, 매 1석에 약 2할 5분의 가봉(加捧)을 행한다 함이 1건이요, 동지

일대에서 세민에게 연부상환(年賦償還)의 계약으로 배부한 농우의 대
금에 관하여, 기근으로 인한 연부액을 상환치 못하는 자에게 전후 불
계하고 재산의 차압 및 집행을 단행한다 함이 이 또 1건이요, 전북 정
읍군은 동척의 토지가 가장 많은 곳으로서 매년 무리한 소작료를 징수
함으로 원성이 특심한 바이어니와, 금년에는 평년작이나 재해지를 물
론하고 모두 5할 이상 7,8할의 소작료를 강요함으로써 사경에 빠진
소작인 등은 극력으로 항쟁한 결과 농감(農監)의 간평(看坪)으로써
다소의 해결을 보게 되었다 함이 또 1건이다. 그러나 이들은 다 표시
된 1례에 불과함이요, 전 조선에 뻗친 그들의 횡포와 무리는 이루 매
거할 수 없는 바이다.

동척의 존재란 곧 현하 일선관계(日鮮關係)의 일소축도(一小縮圖)
인지라 다시 장제(長堤)할 필요가 없지마는, 동척의 현재와 및 그 유
래를 검토하면 어찌 다시 위연(喟然)히 장태식(長太息)을 하지 아니
하랴. 5천만원(圓)의 자금과 1억 4천 1백 3만 5천여 원의 사채발행
은 그의 조직의 방대함에 일경(一驚)할 것이요, 현하 조선 전 경지 면
적 4백 45만여 정보에 대하여 8만 8천 2백 40여 정보의 토지 소유
및 조선인에게 대부한 금액 약 3천여 만 원의 저당으로 잡고 있는 약
5만여 정보의 토지를 합하면, 실로 13만 8천여 정보의 고유지(膏腴
地)가 그의 장중에 든 것을 알 것이다. 그리고 그 소유 토지의 분포상
태를 일별하면, 황해도의 1만 6천 6백 30정보를 비롯하여, 전남의 1
만 3천 6백 25정보와, 경상남북도의 1만 6천 4백 17정보가 그 중요
한 자요, 평북에는 산림 기타를 합하여 2만 1천 2백 48정보에 달하
고, 기타 경기·충청 각도에도 모두 이와 백중되는 면적인바, 그의 세
력이 얼마만큼 근거 깊게 부식됨을 상상 할 것이다.

만일 또 그 과다한 토지가 그의 장중에 들게 된 원유(原由)를 보면
대한 융희(大韓隆熙) 2년 동척 창립 당시, 한국 정부의 소유 주식 6만
주의 대금으로 국유지 및 역둔토(驛屯土) 전부를 제공한 것이, 일한합
병(日韓合倂)과 동시에 조선의 운명과 함께 넘어가게 된 것이요, 그들

의 매년 초모(招募)한 바에 의하여 4천여 호의 일본인 이민은, 전조선 도로와 역참의 구요지를 점거하여 약 8천 3백여 정보의 가장 비옥한 토지를 경작할 뿐 아니라. 일생 1차의 병영생활에서 단련한 그들이 모두 정예한 무기로써 농가(農暇)에 수렵을 겸업하여, 가장 무용한 호기를 사린(四隣)에 보이는 것은 또한 오인의 유의할 바이다. 이와 같은 바는 적이 논외의 일이어니와, 그들이 조선 각지에서 전기한 수법으로 집합한 바 자원을 토대로써, 방대한 금융을 옹하여 혹은 만몽(滿蒙)에, 혹은 남양에 무모한 방자로써 한갓 실패의 자취를 남겼을 뿐이요, 근자에는 또 정쟁의 용비로 거액을 제공하였다는 항설(巷說)이 누차 유전(流傳)되던 바이어니와, 치약(孱弱)한 소작민에 대한 가혹한 착취는 어찌 그 공허한 내용을 충새(充塞)할 수 있을까? 원한이 깊고 또 큰 곳에 다만 계급적 및 종족적인 소용과 항쟁의 기세만 높아질 뿐이요, 따라서 항간의 생민(生民)의 고통만 더욱 증대될 뿐일 것이다. 오호, 희유한 천재로 사멸에 빠져가는 소민들이 이 조직적인 대규모의 주구(誅求)를 당하니, 그들은 장차 상견(相牽)하여서 사멸할 밖에 없을 것이다. 오인은 위연한 동척의 건축물이 전 조선 각지에 열립(列立)함을 볼 때에 무한한 감개가 없을 수 없다.

(10월 23일字)

□ 칼럼

조선어학회 사건(朝鮮語學會事件)

이희승(李熙昇, 1896~1989)
한글학자

1940년. 나는 일본의 동경제국대학 대학원 언어학과에 일년 동안 유학한 일이 있었다. 내가 동경에 가게 된 것은 총독부 당국의 소위 '국어〔日語〕 상용(常用)'이란 성화 같은 독촉 때문이었다.

노구교 사건으로 중·일 전쟁이 폭발하고 태평양 전쟁에 돌입할 그 즈음 총독부 당국은 누구에게나 전투복을 입히고 머리를 박박 깎게 했다. 더욱이 학교는 물론 가정에서까지 일상 회화에 일본어를 쓰도록 하는 바람에, 이화전문(梨花專門)에서는 일본어를 모르는 선생을 일본에 보냈었다. 그당시 어떻게 심했던지, 부민관에서 행한 이전 학생들의 졸업반 연극의 대사조차 일어를 쓰게 만들었다. 나는 물론 일어를 알기 때문에 일본에 갈 필요가 없었지만, 일어를 모르는 선생들이 휴직하는 참에, 나도 따라서 1년을 쉬게 되었다. 그동안 일본에 유학이나 가겠다고 해서, 동경제대 대학원에 수학하게 되었던 것이다. 1년 동안의 동경 유학도 끝나고 그 이듬해 3월에 돌아왔다.

1942년 10월 1일, 이 날은 한국에서의 일본 통치의 시작을 기념하는 시정 기념일(施政紀念日)이었다. 공휴일에는 보통 등산을 하는 버릇에 따라, 그 전날 륙색이며 등산 기구를 챙겼다. 그때 나는, 서울 근교의 산이란 산은 거의 다 답사했었다. 아침 일찍 막 떠나려고 자리에서 일어났는데, 대문을 박차며 "이 선생, 이 선생" 하고 부르는 소리가 요란하게 들렸다. 나는 얼른 뛰어나가 문을 열어 주었다. 그랬더니, 두 명의 형사가 "아, 이 선생이 바로 당신이로군!" 하면서 대문을 들어

섰다. 무슨 일이냐고 물으니, 잠깐 볼 일이 있으니 서대문서로 가자는
것이었다. 그러고는 아침이나 좀 들고, 내의도 두둑히 입는 게 좋겠다
고 말하였다. 내가 뜨는둥 마는 둥 아침상을 받고 있는 동안, 그들은
내 서재에서 조선어학 관계 서적과 내 일기책, 그리고 원고 뭉치를 막
뒤져 내어 보자기에 꾸리었다. 서대문서 고등계로 연행된 나는 도대체
내가 일본에 대해 직접적 행동으로 반국가적인 일을 한 일이 없는데,
어쩐 일인가 의아할 수밖에 없었다. 서대문에서 다시 현 중앙청 앞에
있던 경기도 경찰부로 연행되었다. 연행해 온 일경(日警)은 나를 유치
장에 집어 넣었다. 난생 처음 유치장에 구치당한 나는 의외로 양정고
보의 교사인 김교신 씨가 앉아 있는 것을 보고 적이 놀랐다. 그는 나
를 보더니 반색을 하며, 도대체 이 선생이 웬일이냐고 물었다. 독실한
신자이며, 옥고를 많이 치러서 경험이 많은 감방의 상좌에 앉아 있었
다. 김교신 씨는 다른 감방과 노크를 하여 통방(通房)을 했다. 그러더
니, 그는 옆방에는 최 현배 씨, 이 윤재 씨, 장 지영 씨 등이 들어왔다
고 귀띔해 주었다. 김씨는 이것은 필경 조선어학회에 동티가 났음이
분명하다고 말하였다. 이틀 밤을 이 감방에서 지냈다. 사흘 째 되던
날 저녁에 우리는 차례차례 호명을 당해 감방에서 불려 나왔다. 한 개
의 고랑에 두 사람씩 채워져 일렬로 죽 세우니, 마치 비웃 두름을 엮
어 놓은 듯하였다. 형사 하나가 "이번에는 몇 마리나 잡았어?" 한다.
이 말을 듣고 보니 어처구니가 없었다. 일본어로 '오마에' 즉, '너'라는
식으로 불렀다. 서울역을 출발한 것은 캄캄한 밤중이었다. 도대체 어
느 방향으로 가는지, 호송 형사에게 물어도 "가 보면 안다."고 가르쳐
주지를 않았다. 먼 동이 훤히 텄다. 차창 밖을 내다 보았더니 기차가
경원선의 영흥역을 지나고 있음을 알았다. 원산을 지난 것이다. 함흥
역에서 정인승 씨와 권승욱 군이 내리고, 나머지는 계속 북상했다. 우
리는 흥원경찰서에서 문초를 받고, 그 1년 후 함흥형무소에 이감되었
다. 이것이 조선어학회 사건의 최초의 발단이다. 함흥 형무소를 출감
한 것은 1945년 8월 17일이었다.

고구려 역사 주권

김태익(金泰翼, 1958~)
조선일보 논설위원

고구려가 첫 번째 수도인 졸본에서 국내성(현재의 지안·集安)으로 수도를 옮긴 것은 제사에 쓸 돼지가 도망간 사건이 한 계기가 됐다. '삼국사기'에 보면 서기 2년 설지라는 신하가 왕에게 아뢰는 장면이 나온다. "신이 돼지를 쫓아 이르렀던 땅은 오곡을 심기 좋으며 산짐승, 수산물이 많습니다. 강과 산이 매우 깊고 험난해 전쟁의 재난을 면할 수 있습니다"(서길수, '고구려 역사유적 답사'). 졸본에서 국내성까지의 거리는 170km. 실제로 돼지가 이 정도의 주행능력을 발휘했으리라 믿기는 어렵다.

어쨌든 고구려는 국내성으로 수도를 옮겼고, 광개토왕, 장수왕대에 이르기까지 동북아를 호령하는 대륙왕국으로서 황금기를 누렸다. 지안은 지금도 도시 전체가 고구려 박물관 같은 곳이다. 광개토대왕비, 장군총, 국내성 환도성터, 그리고 '5~7세기 동아시아 최고의 문화적 성취'로 평가되는 고분벽화들…. 중국 정부는 거의 돌보는 이 없던 이 유적들을 '동북공정'이란 이름 아래 막대한 예산을 투입, 정비하더니 엊그제 유네스코 세계유산 목록에 등재시켰다.

유네스코 세계유산(World Heritage)은 현재 129개국 754곳이 목록에 올라 있다. 우리나라는 석굴암·불국사·고인돌·훈민정음 등 13건이다. 세계유산 등록 과정에서 민감한 문제가 이른바 '역사 주권'과 '영토 주권'이 불일치하는 경우다. 유네스코는 어느 민족이 창조한 것이라도 인류의 소중한 문화유산이라면 공동으로 지켜야 한다는 정신 아래, 현 영토 소유국가가 등록할 수 있게 했다. 1984년 스페인의 회교 문화유산인 코르도바를 등록한 것이나, 이번에 중국 지안의 고구려 유적을 올린 것도 이 원칙에 따른 것이다.

그러나 세계유산 등록이 결정되자마자 중국은 관영 인민일보와 신화통신을 앞세워 '고구려는 중국의 지방 정부"라고 선전하며 고구려에 대한 역사 주권을 주장하고 나섰다. 지금 그 문화재가 자기 영토 안에 있다 해서 거기 담긴 혼과 역사마저 제 것을 만들겠다는 것은 동네 어깨 수준의 자세다. 그런 그들이 강릉 단오제를 유네스코 '무형문화재 걸작'에 등록시키려 한다는 소식에 '문화 약탈'이라고 펄쩍 뛰었던 일은 어떻게 설명할 것인가.

"그래 청천강을 건너겠느냐 / 이 세상에는 건너야 될 강이 있고 / 건너서는 안되는 강이 있나니 / … / 자 신호 따라 막았던 둑을 허물어라 / 거센 강물에 떠내려 가면서 / 다시는 고구려를 넘보지 마라 우문술아 우중문아 / …"(문충성, '을지문덕') 을지문덕 장군의 기개와 지혜가 생각나는 시점이다.

(「萬物相」 2004. 7. 7)

한반도 징크스

김태익(金泰翼, 1958~)
조선일보 논설위원

"고구려 소추(小醜·더러운 꼬맹이)가 공손치 못하고 무리를 모아 요동 땅을 거듭 잠식하였다. … 그 땅과 인구는 일개 군현에 불과한데 짐이 이 군사를 가지고 적을 치면 이기겠는가." 서기 612년 중국 수(隋)의 양제가 이렇게 말하며 고구려 정벌에 동원한 군대는 정규군 130만명, 예비 병력 200만명에 달했다. 당시 고구려 전체 인구가 400만명이었다니, 뻔한 승부였다. 그러나 달랐다. 수나라 우문술(宇文述)이 이끄는 35만명의 별동대는 살수에서 을지문덕과 부딪쳐 대패했다. 요동까지 살아서 돌아간 병사가 2700명에 불과했다니 그 패전의 모습을 알 만하다. 결국 수나라는 잇단 고구려 침공 실패로 인한 국력 소모로 건국 38년 만에 망했다.

당 태종 이세민은 중국사에서 '정관(貞觀)의 치(治)'라 불릴 만큼 정치를 잘했다. 그는 서기 645년 고구려 정벌에 나서면서 "내가 지금 입고 있는 이 옷을 전쟁에서 돌아와 다시 태자를 보기 전까지는 갈아입지 않겠다"고 공언했다. 속전속결하겠다는 얘기였다. 그러나 안시성 싸움에서 고구려 병사가 쏜 화살에 맞아 한쪽 눈을 잃고, 수도 장안에 돌아와 갑자기 독창으로 죽었다.

"중국이 한반도를 침략하거나 한반도 문제에 지나치게 개입하는 경우에는 왕조가 멸망하거나 큰 상처를 입는 징크스가 있다." 김하중(金夏中) 주중 한국대사는 중국에 관한 에세이집 '떠오르는 용'에서 이렇게 주장했다. 그의 말이 새삼 눈길을 끄는 것은 중국이 난데없이 고구려를 자기 역사에 집어 넣으려는 억지를 부리고 있기 때문이다. "흉노

3. 논술형 수필 187

여진 말갈 등 많은 민족이 중국의 소수 민족으로 흡수됐지만 한민족만
중국의 천하 관념에 버틴 것은 강인한 민족정신과 저항 때문"이라는
것이 김대사의 해설이다.

명나라는 1592년 임진왜란 때 40만명의 원군(援軍)을 파병했다가
왕조가 무너졌다. 청나라는 19세기 말 제 앞가림도 못하는 처지에 한
반도에서 종주국 행세를 하려다가 청일전쟁에서 패배, 멸망의 길로 들
어섰다. 현대에 들어서도 중국의 한국전쟁 개입은 서방 국가들의 배척
을 불러왔고, 그 결과 폐쇄 사회의 길을 걷다 문화대혁명 같은 암흑기
를 맞게 됐다.

따지고 보면 일본 역시 도요토미 히데요시 정권이 조선을 넘보다가
도쿠가와 이에야스에 의해 멸족(滅族)의 운명을 맞았다. 한국을 강점
해 식민지로 삼았다가 사상 최초로 두 번이나 원자폭탄 세례를 받고
패전 국가가 됐다. 중국의 '동북공정'에 대해 마땅한 대응카드가 없어
고심중이라는데, '소추(小醜)'를 잘못 건드려 어떻게 됐는지를 일깨워
주는 것 만큼 섬뜩한 카드가 있을까.

(「萬物相」 2004. 8. 10)

35년 전에도 "간도(間島)는 우리땅"

유석재
조선일보 기자

"중공이 6·25 참전 대가로 백두산 부근 약 250평방km 땅의 할양을 북괴(北傀)에 요구했다는 보도가 전해졌다. …을사조약에 의거한 간도협약은 당연 무효가 되어야 할 것이다." 1969년 5월 29일자 조선일보에 원봉(圓峯) 유봉영(劉鳳榮·1897~1985)이 쓴 글의 첫머리다.

조선과 청의 경계를 정한 '토문강'의 존재가 분명히 기록된 1909년 간도협약 당시의 일본 지도가 발견된 것을 계기로 조선일보는 최근 '간도는 조선 땅'이라는 기획기사를 썼다. 일제가 '간도협약'을 통해 청에 간도 영유권을 인정한 것이나 중국이 북한과 1962년 맺은 '조·중(朝·中) 변계(邊界)'가 모두 무효라는 국제법 전문가들 의견이 '간도 한국 영유권' 기사의 바탕이 됐다.

그러나 이번 기획기사는 결코 새로운 주장이 아니었다. 지금부터 꼭 35년 전, 중국이 북한에 백두산 일대 옛 간도의 영토를 요구한다는 외신을 놓고 백산학회 부회장이며 조선일보 당시 부사장이었던 민족주의자 유봉영이 똑같은 주장을 이미 했던 것이다. 바로 옆 박스 기사에서 장편 소설 '북간도'의 작가 안수길은 "간도의 한인들은 청나라의 '입적(入籍)' 제의를 거부했다"는 현장 증언을 생생하게 전하고 있다.

1962년 조·중 변계조약이 체결되면서 북한이 간도 영유권을 포기했다는 소식이 전해지자 역사학자 치암(癡菴) 신석호(申奭鎬)는 '간도 수복론'을 제기했다. 신석호의 간도 수복론을 백산학회 창립으로 발전시켰던 사람이 바로 유봉영이었다.

'중공'과 '북괴'가 '중국'과 '북한'으로 바뀌었다는 점을 제외하면 간도 영유권 문제 제기는 조금도 달라진 것이 없다. 학계와 언론만 다급할 뿐, 정부의 적극적인 노력을 찾아볼 수 없다는 점도 마찬가지다.

(2004. 9. 15 「기자수첩」)

6. 연설문(웅변문)

논술형 수필에는 연설문이며 웅변문도 여기에 포함시키게 된다.

연설문하면 정치가들의 정견이 담긴 내용의 글을 우선 연상시킨다. 그런 것은 정치 연설문이라고 한다.

연설문은 정치적인 것 뿐이 아니고 학술적인 것을 비롯하여 문화 예술 분야 등 모든 분야의 강연 내용을 담은 글이다.

연설문으로서 역사상 유명한 것으로 우리는 흔히 미국 제16대 대통령 링컨(Abraham Lincoln, 1809~1865)의 「게티스버그 연설」(1863. 11. 19, 남북전쟁 전사자 추도식에서)을 평가하게 된다.

이 연설에서 유명한 어귀인 "대중의, 대중에 의한, 대중의 정치"(Government of the people, by the people, and for the people.)라는 말이 인용되어 오늘에 이르기까지 이 말은 인구에 회자되고 있다.

본래 이 말은 14세기 영국의 종교개혁 선구자였던 죤·위리프가 처음 쓴 말로 알려지고 있다.

19세기에 정치가 다니엘 웹스터(1782~1852)가 인용했으며 그후 다시 디오도 파아커(1810~60)라는 설교가가 인용했던 것이기도 하다.

빈곤한 농가의 아들로 태어나 1858년에 미국 대통령이 되었던 링컨은 미국 흑인 노예해방으로 유명했고, 이 때문에 남북전쟁까지 치러 승리했던 인물이다. 그러나 제2기 대통령 당선 직후인 1865년 극장에서 암살당했다.

□ 연설문

일본교과서의 역사왜곡

—한국소설가협회 · 일본교과서 역사왜곡 규탄대회 강연

홍윤기(洪潤基, 1933~)
시인 · 일본사학 교수

　이웃나라 일본, 누가 일본을 잘 알고 있다면, 과연 일본의 무엇을 속속들이 아는 것인지 스스로가 한번쯤 따져볼 일인 것 같다. 오늘날 일본의 우익세력이 네오내셔널리즘의 군국사관 팽창주의로 치닫게 된 원인이 무엇인지도 살펴볼 때가 아닌가 한다.

　요즘 일본의 역사교과서 왜곡 문제로 한 · 일간에 시끌벅끌하다. 그러나 일본의 '역사교과서 왜곡'은 어제 오늘에 야기된 것은 아니며, 그 뿌리는 자못 깊다.

　그 발자취부터 한가지씩 차분하게 살펴나가자.

　우선 최근의 '중학교 역사교과서' 왜곡이 불거지기 전의 경우는, 1982년 일본 문부성의 '고등학교 역사교과서' 검정 파문이 일었다. 당시 문부성은 고등학교 역사교과서 검정을 실시하면서 느닷없이 집필자들의 숨통을 죄어 틀어 막았다. 각 출판사가 문부성에 '검정본'을 내놓자, 문부성에서는 저자들의 원고를 뜯어 고치라고 호통친 것이었다. 예를 들자면, 36년간 조선을 '침략'한 것이 아니고 조선에 '진입' 했으며, '조선을 도와서 근대적으로 발전시켜 준 은인'이라고 내용을 고쳐서 다시 써내라고 지시했다.

　어디 그뿐인가. 3 · 1 독립운동 당시 일제 경찰과 헌병들이 학살한 "조선인 7천명의 숫자를 쓰지 말라"고 '검정본' 원고를 쓴 역사학자들을 탄압한 것이었다. 단순히 "조선인들의 폭동은 진압되었다"라고 고쳐 쓰도록 지시하므로써, 아무런 무기도 없이 태극기를 혼든 어린 학생들과 시민들을 폭동자로 매도하도록 강요했다.

일본 문부성의 1982년 고교 역사교과서 기만 검정파동 이전으로 좀 더 시대를 거슬러 올라가 보자. 1967년 10월 30일에는 문부성이 중·고교 사회과 교과서 출판사들에게 대해, 역사 내용에 인물과 신화 등을 반드시 넣도록 강압했다. 즉 그 인물들이란 "천조대신, 진무천왕, 야스쿠니신사, 노기 대장, 토우고우 원수, 일본해 해전 등에 대해서 잔뜩 써넣도록 바람"이라는 신도주의 황국사관과 일제의 군국주의 침략전쟁의 미화를 강압적으로 지시한 것이었다(「아사히신문」.1968. 2.11). 그 당시 신도주의(神道主義) 황국사상을 교과서에 절대로 넣을 수 없다고, 문부성에 반기를 들고 사법부에 '교과서 검정 소송'을 제기한 것이 토우쿄우대학 교수 이에나가 사브로우(家永三郎)씨의 유명한 '교과서 법정투쟁'이다.

더욱 윗시대로 거슬러 올라간다면, 소위 메이지 유신(1868년) 직후 「대일본제국주의헌법」(1889.2.11)의 제정과 함께 천황을 살아있는 '인간신'으로 떠받들기 시작했다. 즉 천황은 대대로 2천 6백년 동안 변함없이 한 핏줄로만 이어온 '만세일계'의 왕이며, 따라서 모든 신민(臣民)은 황국의 계승자인 천황에게 목숨걸고 충성하라는 정치 목적의 '문부성 어검정(御檢定) 교과서'를 처음으로 간행했던 것이다.

이것이 대일본제국 문부성 최초의 역사교과서 왜곡의 시발이었다. 두말할 것도 없이, 메이지유신 당시의 역사교과서에는 '신공황후의 신라 침공과 삼국(신라·고구려·백제) 정복' 항목을 필두로 해서 '임나일본부설'을 담은 것이었다.

이와같은 역사 왜곡 기사들은 고대 역사책인 『고사기』(712)와 『일본서기』(720)에 들어 있었던 것이다. 이 두 옛 역사책은 본래 인쇄된 책자가 아니고 붓글씨의 필사본이다. 원하기만 한다면 베껴 쓸 때 위정자의 뜻대로 언제 어느 곳에서나 권력자의 뜻대로 내용을 바꿔 쓸 수 있었던 것이다.

더구나 일본에 현재 전해지는 『일본서기』의 경우, 열 권으로 된 1610년의 고활자본('산죠우니시본'을 베껴 쓴 것)이 가장 오래된 것이며, 『고사기』는 필사본('신푸쿠지본')으로 1371년 경의 것이 가장 오래된 것으로 전한다. 그러나 나무활자로 인쇄된 『고사기』의 목판본('칸에이본')은 1644년에 나온 것이 있어서 필사본과는 시기의 차이가 있다.

물론 이 옛날 역사책들에 관해서는 조작된 '위서'라는 학설도 적지않게 제기되고 또한 논의되어 왔다. 그리고 보면, 역사 왜곡도 왜곡이려니와, 위정자가 언제 스스로가 원하는 거짓된 내용으로 역사책을 필사하면서, 먼저 있던 역사책들을 없애버렸는지 '수수께끼가 많은 것이 일본 역사책'이라는 것이 일본 사학자들의 심심찮은 평설이다. 더욱 구체적으로 지적한다면, 『고사기』나 『일본서기』에 들어 있는 "초대 진무 천황부터 제9대 카이카 천황까지는 거짓으로 꾸며 넣은 왕들이다"라는 것이 바로 일본 역사의 치부이다. 이미 1920년대부터 거짓된 이 역사 내용들은 일본 사학자들의 문헌비판으로 학자들 스스로도 부끄러워 하는 통설이다. 더구나 일본 황국사상은 일본고대사에 꾸며서 써 넣은 거짓 초대 왕인 진무 천황을 떠받드는 것이기에 식자를 아연 실색시키고 있는 것이다.

나는 장기간의 일본 역사 연구를 통해서 일본의 역사 왜곡뿐 아니라, 일본의 황국신도사상 구성자들이 신라와 백제 등의 고대 일본 지배과정을 은폐시킨 사실을 다각적으로 규명해 왔다.

메이지유신 당시 신도주의 황국사상의 뿌리는 일찍이 에도시대(1603~1867)의 국수주의자들의 이른바 '존왕론(尊王論)'에서 태동되고 있는 것이다. 즉 거짓된 가공(架空)의 초대 진무 천황을 존숭하는 조직적인 활동을 펴기 시작한 것이 그 무렵의 국수적인 존왕주의자들이다.

그 주도적인 인물은 히라타 아쓰타네(平田篤胤, 1776~1843)였다.

그는 일본 고대사의 신도적(神道的) 요소를 허황되게 부풀려 과장하면서 복고주의와 국수적·배외적 입장에서, 고조선시대부터 백제나 신라·고구려인들에 의해서 일본으로 건너온 조상신 제사며 유교와 불교를 비판하고 배격했다. 이들은 신라의 고대 왜국 야마토 지배를 부정하기 위해서 '신라 신도(新羅神道)'를 은폐하는 것이었고, 신라에 잇따른 백제의 나라땅 야마토 지배 역시 역사에서 말살시키기 위해 '백제 불교'를 훼쇄시키는 망동을 저질렀다.

히라타 아쓰타네의 방법론은 이른바 국학(國學)사상을 중심으로 거창한 사상체계를 세운다고 날뛰는 것이었다. 즉 고대사나 옛날 전설 등에 새로 이야기를 꾸며서 덧붙이느라 엉뚱하게도 기독교며 심지어 신선술(神仙術)·심령술까지 동원하여, 본래 똑같은 국수주의자였던 모토오리 노리나가(本居宣長, 1730~1801) 등으로부터조차 배격당했다. 더구나 히라타 아쓰타네 일파는 각 지방 신사(神社)의 신관이나 시골 관리층에 이르기까지 수많은 신봉자들을 거느리면서 기세를 드높였다.

바로 이 시기에 고대 일본의 신라 신도는 철저하게 은폐되기에 이르렀고, 이들의 배타 국수적인 새로운 존왕 신도사상은 마침내 에도 막부 무사정권마저 붕괴시키는 원동력이 되었던 것이다.

어디 그뿐인가. 소위 '존왕론'은 메이지유신의 서구에서 수입한 새로운 국가관인 제국주의(帝國主義) 체제와 거기에 곁들이는 황국신도(皇國神道) 사상 체계마저 만들었다. 바로 여기에 일본의 본격적인 역사 왜곡과 동시에 한·일 고대 관계사의 사실 은폐가 본격적으로 이루어진 것이다. 우리는 일본 역사 왜곡 허구의 주도적인 체계가 '존왕론'에 기인한다는 것도 잊어서는 안 된다.

메이지 당시, 아무 죄없는 조선인들을 "조선은 악우(惡友)다"라고 헐뜯으며 이른바 '탈아시아론'을 외친 것이 누구였는지 확인해 둘 필요도 있다. 그 장본인 후쿠자와 유키치(福澤諭吉, 1835~1901)는 머지 않아 '정한론(征韓論)'에 앞장섰던 것이다.

'조선은 가깝고도 먼나라'라고, 철저하게 배타시하면서 35년 동안 조선 침략을 저지른 일제는 또한 '조선은 식민지이고 일본은 내지(內地)'라고 차별하며 멸시했다. 그러면서 수많은 조선인들을 징병·징용하고, 종군위안부까지 징발하여 탐욕의 전쟁에 희생시킨 것을 반성하기는커녕 그 잔혹한 내용들을 역사 교과서에 써넣지 못하도록 문부성 등 관권 동원을 서슴지 않고 있는 것이 작금의 새로운 중학교 역사교과서 왜곡이기도 하다.

이와 같은 일본의 기나긴 반역사적 발자취를 모르고 누가 "나는 일본을 잘 안다"고 내세울 것인가. 상대방이 약삭빠르게 굴고, 거짓을 되풀이한다고 버럭버럭 성만 내는게 능사가 아니다. 늦었지만 우리는 차분하고 냉철하게 상대방의 역사 내용과 그 존재를 천착해 나가야 할 것이다.

상대방의 계속적인 거짓된 행위에는 이쪽에도 적지 않은 책임이 있다. 요컨대 상대방이 아직도 거짓말을 할 수 있다면, 그 동안 우리가 그 거짓말의 빌미를 준 것은 무엇인지 곰곰이 따져 볼일이다. 그 근원을 완전히 규명해 내야만 한다. 두말할 나위없이 분명한 거짓을 사실이라고 내세우는 기만행위는 규탄받아 마땅하다. 그러기에 일본의 지식인들 사이에서도 일본의 역사왜곡에 대한 힐책과 비난의 목청이 날로 커지고 있다.

그 목소리들 속에는 오랜 경제불황 속에 시달려온 사람들의 일본 정부를 향한 분노도 담겨 있는 것 같다. 1980년대 일본 경제의 이른바 '거품'이 빠진 이후 생활고에 시달려온 일본 국민들의 집권당에 대한 불만이 계속 고조되었던 것이다. 이 타켓을 피하는 유일한 방법은 존왕론적 천황 중심의 신도 황국사상의 재정립이며, 태평양전쟁 초기의 아시아 각국 침략의 승전고를 드높여 소위 '대동아공영권'을 내세웠던 군국주의에의 향수와 그 부활의 방법론을 역사 교육의 장으로 도입하는 일이었다.

여기서 1982년의 문부성 고등학교 역사교과서 왜곡 지시 파동이

발빠르게 전개되었던 것이다. 이것에 가속도가 붙으면서 일본 정객들의 노골적인 '야수쿠니신사'의 전범 위령 참배며 '천황 주권의 신국(神國) 일본'의 재건론, 나아가 군국주의 부활의 환상으로 마침내 일본 국민의 시각을 적극 유도하는 가운데, 금년(2001)의 중학교 역사교과서 파동마저 자아낸 것이다.

이와 같은 일련의 작태에 관해서는 우리도 각성할 점이 매우 큰 것 같다. 각급 학교 국사 교육과 국사의 필수과목화가 시급히 요청되는 것이며, 각급 고시와 공무원 임용 등 모든 국가시험에 '국사시험'을 추가시키며 국사 교육을 강화할 필요성을 절감케 하는 것이다.

나는 본래 일본 문학을 공부했었다. 박사 왕인(王仁)이 405년에 왜나라 최초의 와카(和歌)인 「난파진가」(難波津歌:梅花頌으로도 부름)를 지은 것을 찾아냈고, 장기간에 걸쳐 일본 각지를 돌며 고대 필사본들을 하나하나 탐문해내어 고증하였다. 그 30여년간의 일본 고대문학 연구과정은 두말할 나위없이 내게는 일본 고대 역사 공부 기간이 되었다.

지금 나는 대학 강단에서 일본 역사와 문화를 후학들에게 가르치고 있다. 그러나 아직도 내 공부가 부족하다는 생각뿐이다. 아울러 여러분의 질책과 편달을 기다린다.

(2001. 5. 9 속초 〈설악산〉에서의 강연문)

4. 교양형 수필

　교양형 수필은 독자에게 참다운 삶의 교양이 될 만한 여러 가지 유형의 글이다.

　이를테면 인생론 같은 것을 먼저 들게 된다. 사람이 세상을 살아가면서 느끼는 삶의 여러 가지 방법론이 담담한 필치로 엮어지면서, 예지가 번뜩이는 글속에 독자에게 감동을 안겨주게 된다.

　인생론을 다루는 수필에서 보면 스스로의 생활주변의 흥미로운 사건을 다루기도 하고, 또는 삶의 지혜가 제시되기도 한다. 체험이 진솔하게 담긴 인생론은 독자에게 크게 어필하게 된다. 더구나 에피소드가 담긴 글은 문장 전체가 부드러운 분위기속에 뿌듯한 감흥을 던져 준다.

　이야기 전개 속에서 본 줄기와 직접적인 연관성이 없더라도 글 속에 삽화며 일화 등등, 짤막한 얘기들은 글을 읽는 독자를 은근히 즐겁게 해 준다.

　문화론도 교양형 수필에서 빠뜨릴 수 없는 중요한 분야다. 역사며 민속·전통·종교·예술 등등, 각 방면에 걸친 글이야말로 교양인에게 읽힐 값진 것이 된다. 인간이 살아가는 사회에서 엮어지는 각종 문화를 소개하는 일은 보다 풍요한 정신의 양식을 제공하는 일이다.

　교양형 수필에 빠뜨릴 수 없는 부분은 전기문이다. 두꺼운 전기책으로는 접할 시간이 없는 독자에게 한 인물의 전기가 요약되거나 부분적으로 짤막하게 집약되어 소개되는 것은 좋은 읽을거리다.

전기는 두 가지가 해당된다. 하나는 남(타인)이 어떤 대상의 인물을 묘사해 주는 전기문(傳記文)과 또 하나는 본인 스스로가 자신의 생애를 엮어내는 자전문(自傳文)이 그것이다. 한 인물의 전기라는 것은 누가 썼던지 간에 흥미로운 읽을거리다.

그가 이 세상을 위해 어떤 훌륭한 일을 한 것인지, 그 사람이 사회적으로 입신양명하게 된 발자취는 또한 어떤 것인지 독자는 기대를 걸며 궁금증을 풀어나가게 된다.

소년 시절이거나 젊은 날 어떻게 살았는지 독자들은 자못 실감나는 발자취를 기대하기 마련이다. 어떤 부잣집 출신인가 아니면 가난에 호된 고생을 했는지 읽어 나가며 제각기 자기 나름대로의 감흥을 누리게 된다.

전기문이나 자전문의 경우, 그 내용은 사실에 입각해서 진솔하게 엮어져야만 한다. 거짓으로 과장된 이야기를 담거나 자랑을 늘어 놓으면 참다운 전기가 될 수 없다.

위인 전기라 하여 무조건 훌륭하다는 것에만 초점을 맞춰 써준다면 결코 그 글을 큰 가치가 없다. 인생의 성공의 이면에 남모를 피나는 노력과 고뇌와 삶의 아픔 등이 담김으로써 그것이 설득력을 갖는 동시에 널리 애독되며 또한 참다운 사회적 귀감이 된다.

자전문에서 특히 주의할 사항이 뒤따른다.

자기 자신의 발자취를 몸소 쓰는 전기인 자전문은 실재한 사실만을 진솔하게 쓰는데서 참맛이 울어난다. 과장된 글은 설령 거짓이 아니더라도 재미없다.

모든 과정에 스스로가 남달리 해박하고 뛰어나다 하여 '자기 도취'의 글을 써서는 안된다.

어디까지나 주관적인 판단을 배제할 일이다. 냉엄한 눈으로 객관적인 문장 묘사에 힘써야 한다. 더더구나 조심할 것이 있다. 자기 기분이며 자신의 표현에 스스로 치우치는 경우 무엇을 골자로서 독자에게 제시했는지 애매모호한 글이 되기 쉽다.

왜 그런 것인가. 글을 쓰고 있는 동안에 자신의 모습을 망각하고 좋다는 말만을 이리저리 둘러대기 때문이다. 감정에 치우치거나 또는 자기 자랑에 빠져 냉엄한 객관성을 벗어나는 것은 절대 금물이다.

자신이 쓰는 글에 취하는 것은 술에 취하는 것과 진배없다. 또 어떤 전기문을 보면 남이 쓴 것이지만 과장이 심하거나 또는 사실 아닌 내용들이 포함되는 것을 볼 수 있다.

언어는 마력을 갖고 있다. 솔직한 표현은 여러모로 플러스 효과를 가져온다. 그 반면에 어색하거나 애매한 글은 독자에게 마이너스 요인이 된다.

그 밖에 교양형 수필에는 예술가론도 들게 된다. 물론 이것은 전기에 속하는 것과 예술가의 예술 활동 내용을 논하는 경우로 각기 구분되기도 한다.

에술가들을 사숙하는 독자들에게는 스스로 관심이 큰 예술가의 전기적인 예술가론이 많이 읽힌다. 특히 장차 예술세계에서 활동할 것을 지망하는 젊은이들에게 많이 읽히는 것은 예술가들의 전기다.

1. 인생론

인 생

『신동아』 권두언

인생칠십고래희(人生七十古來稀)라는 말도 있거니와 인생은 과연 짧은 것이다. 짧은데다가 언제 죽을는지도 모르는 불가사의의 인생이다.

짧은 이 인생을 어찌하면 좀더 의의있고 가치있게 살다가 죽을 수 있을까. 별수 있나 되는대로 살다 죽지 하는 것이 일종의 농담으로 되는 것은 용혹무괴(容或無怪)나 진정한 뜻으로써 사용되어서는 안될 줄 안다.

취생몽사(醉生夢死)의 생활, 이에서 더 공허하고 적막하고 한되는 생활이 어디 있으랴.

금수(禽獸)의 생활은 먹고 마시고 생식하는 것 이외에 다른 것이 없을 것이다. 그러나 사람의 생활은 먹고 마시고 생식하는 것 이외에 진(眞)을 찾고 선(善)을 찾고 미(美)를 찾게 되는 것이 이것이 금수와 다른 점이요 이것이 사람의 사람다운 점이라 할 것이다.

다시 말하면 금수는 본능적으로 충동적으로 행동하고 현재 만족에 여념이 없지마는 사람은 과거와 현재와 미래의 모든 경험을 아울러 생각하여 보다 낫고 보다 좋은 생활을 영위하려고 애쓰는 것이 다르다는 것이다.

시간적으로 보아서나 공간적으로 보아서 사람은 지극히 미약하고 보잘것없는 물건이다. 그러나 사람은 위대한 영능(靈能)이 있어서 고결한 이상을 동경하고 원대한 목적을 향하여 애쓰고 나가는 절대무한의 생명 그 물건이다.

사람은 언제 죽을는지 모른다. 이따나 내일 죽을 것같이 준비치 않으면 안될 것이요, 앙천부지(仰天俯地)하여 부끄러울 것이 없는 바른 생활을 하도록 늘 경계하고 지나지 않으면 안될 것이니 이러한 긴장미가 있는 생활이야말로 진실된 생활이라 할 것이다.

사람은 대자연에 대하여 너무 주문이 많고 자만이 많은 것 같다. 자기 때문에만 세상이 생겼고 자기 때문에만 삼라만상이 갖추어 있는 줄 아는 이가 많다.

조금만 자기 맘에 맞지 않고 맘대로 되지 아니하면 불평을 말하고 실망하고 비판을 하고 염세(厭世)를 하여 자살하는 데까지 이르게 된다. 이 얼마나 욕심 많은 자기 중심의 사상인가, 마치 항해하는 자가 풍우(風雨)와 파랑(波浪) 없이 대해를 건너고자 하는 바와 같은 것이다.

고어(古語)에도 기(己)를 아는 자는 인(人)을 원(怨)치 않고 명(命)을 아는 자는 천(天)을 원치 않는다 하였으니 한번 더 자신을 반성해 볼 필요가 없을까.

간난(艱難)과 역경은 언제나 있는 것이다. 간난과 역경은 사람의 수양에 따라 능히 경감되는 수도 있고 또 이것이 인연으로 좋은 결과를 맺게 할 수도 있는 것이니 간난과 역경은 인생의 시금석인 동시에 폭풍우 후에 청천(晴天)이 있는 바와 같이 순경(順境)과 호운(好運)이 전개될 것이다.

인생의 찬연한 페이지는 한번도 실패 없이 위험없이 운좋게 지났다는 것보다도 백번 쓰러지되 굽히지 않고 일어서는 곳에 있을 것이다 (1931. 11월호).

청춘예찬

민태원(閔泰瑗, 1894~1935)
소설가·언론인

청춘(靑春)! 이는 듣기만 하여도 가슴이 설레는 말이다. 청춘! 너의 두 손을 가슴에 대고 물방아 같은 심장의 고동을 들어 보라. 청춘의 피는 끓는다. 끓는 피에 뛰노는 심장은 거선(巨船)의 기관같이 힘 있다. 이것이다. 인류의 역사를 꾸며 내려온 동력은 꼭 이것이다. 이성은 투명하되 얼음과 같으며, 지혜는 날카로우나 갑속에 든 칼이다. 청춘의 끓는 피가 아니더면, 인간이 얼마나 쓸쓸하랴? 얼음에 싸인 만물은 죽음이 있을 뿐이다.

그들에게 생명을 불어넣는 것은 따뜻한 봄바람이다. 풀밭에 속잎나고, 가지에 싹이 트고 꽃 피고 새 우는 봄날의 천지는 얼마나 기쁘며, 얼마나 아름다우냐? 이것을 얼음 속에서 불러내는 것이 따뜻한 봄바람이다. 인생에 따뜻한 봄바람을 불어 보내는 것은 청춘의 끓는 피다. 청춘의 피가 뜨거운지라, 인간의 동산에는 사랑의 풀이 돋고, 이상의 꽃이 피고, 희망의 놀이 뜨고, 열락(悅樂)의 새가 운다.

사랑의 풀이 없으면 인간은 사막이다. 오아시스도 없는 사막이다. 보이는 끝까지 찾아다녀도, 목숨이 있는 때까지 방황하여도, 보이는 것은 거친 모래 뿐일 것이다. 이상의 꽃이 없으면 쓸쓸한 인간에 남는 것은 영락(零落)과 부패뿐이다. 낙원을 장식하는 천자만홍(千紫萬紅)이 어디 있으며 인생을 풍부하게 하는 온갖 과일이 어디 있으랴?

이상(理想)! 우리의 청춘이 가장 많이 품고 있는 이상! 이것이야말로 무한한 가치를 가진 것이다. 사람은 크고 작고 간에 이상이 있음으로써 용감하고 굳세게 살 수 있는 것이다. 석가는 무엇을 위하여 설산 (雪山)에서 고행을 하였으며, 예수는 무엇을 위하여 황야에서 방황하였으며, 공자는 무엇을 위하여 천하를 철환(轍還)하였는가? 밥을 위하여서, 옷을 위하여서, 미인을 구하기 위하여서 그리하였는가? 아니다. 그들은 커다란 이상, 곧 만천하의 대중을 품에 안고, 그들에게 밝은 길을 찾아주며, 그들을 행복스럽고 평화스러운 곳으로 인도하겠다는 커다란 이상을 품었기 때문이다. 그러므로 그들은 길지 아니한 목숨을 사는가시피 살았으며, 그들의 그림자는 천고에 사라지지 않는 것이다. 이것은 가장 현저하여 일월과 같은 예가 되려니와 그와 같지 못하다 할지라도 창공에 번쩍이는 뭇별과 같이, 산야에 피어나는 군영 (群英)과 같이 이상은 실로 인간의 부패를 방지하는 소금이라 할지니, 인생에 가치를 주는 원질이 되는 것이다.

이상! 빛나는 귀중한 이상, 그것은 청춘의 누리는 바 특권이다. 그들은 순진한지라 감동하기 쉽고, 그들은 점염(點染)이 적은지라 죄악에 병들지 아니하였고, 그들은 앞이 긴지라 착목하는 곳이 원대하고, 그들은 피가 더운지라 현실에 대한 자신과 용기가 있다. 그러므로 그들의 이상은 보배를 능히 품으며, 그들의 이상은 아름답고 소담스러운 열매를 맺어 우리 인생을 풍부하게 하는 것이다.

보라, 청춘을! 그들의 몸이 얼마나 튼튼하며, 그들의 피부가 얼마나 생생하며, 그들의 눈에 무엇이 타오르고 있는가? 우리 눈이 그것을 보는 때에, 우리의 귀는 생의 찬미를 듣는다. 그것은 웅대한 관현악이며, 미묘한 교향악이다. 뼈끝에 스며들어가는 열락(悅樂)의 소리다.

이것은 피어나기 전인 유소년에게서 구하지 못할 바이며, 시들어가는 노년에게서 구하지 못할 바이며, 오직 우리 청춘에게서만 구할 수 있는 것이다.

청춘은 인생의 황금시대다. 우리는 이 황금시대의 가치를 충분히 발휘하기 위하여, 이 황금시대를 영원히 붙잡아 두기 위하여, 힘차게 노래하며 힘차게 약동하자!

사랑에 대하여

이어령(李御寧, 1934~)
문학평론가 · 국문학 교수

서양인들의 사랑을 난로불에 비긴다면 한국(東洋)인의 사랑은 화로나 온돌에 비유할 수 있다. 활활 타다가 썰렁한 잿더미만을 남기는 그 「스토우브」의 과열과 냉각—서구인의 사랑은 대체로 그와 닮은 데가 있다.

그것은 열병처럼 달아오르는 사랑이다. 라틴어로 「아모르」라고 하면 「사랑」을, 「모르」라고 하면 「죽음」을 뜻한다. 서양인들은 사랑과 죽음에는 깊은 관계가 있는 것이라고 생각한다.

그들의 「사랑」은 언제나 「죽음」과 짝하여 있다. 시뻘겋게 단 「스토우브」와 썰렁하게 식은 「스토우브」의 관계와도 같다. 불꽃과 함께 사랑이 시작해서 불꽃과 함께 꺼져버리는 사랑이다.

그러나 한국인의 사랑은 불타는 사랑이라기 보다 불이 다 타고 난 후에 비로소 시작되는 사랑이라 할 수 있다. 재 속에 묻은 화로불의 불덩어리나 불때고 난 구들장의 온기 같은 것이다.

불꽃이 없는 화로불과 온돌방의 따스함 속에는 지열(地熱)처럼 억제된 열정과 영원을 향한 여운 같은 생명감이 있다.

겨울 밤 싸늘하게 식은 화로불을 휘적거려 보면 그래도 거기 몇 개의 불씨가 싸늘한 재 속에 남아 있는 것을 볼 수 있다. 그리고 미지근한 구들장에 있는 듯 없는 듯 남아 있는 온기는 바로 사람의 체온 같은 것을 느끼게 한다.

대체로 한국인의 사랑은 재 속에 묻힌 불덩어리처럼 그리고 돌(구들장) 속에 파묻힌 온기처럼 은밀한 법이다.

우리의 그 「사랑」이란 말은 본래 고어로는 「생각한다」는 뜻이었다. 생각하는 것이 곧 사랑이요, 사랑하는 것이 곧 생각이라고 볼 수 있다. 그러므로 격렬하고 노골적인, 행동적인 사랑보다는 언제나 마음 속에서 샘솟는 사모의 정이 한국인의 기질에는 더 어울렸던 모양이다.

쉬이 덥지도 않고 쉬이 식지도 않는 그 사랑의 풍속은 엄격한 의미에서의 애(愛)라기보다 정(情)이다.

서양사람들은 으레 사랑하게 되면 「아이러브유」나 「즈템(Jet'aime)」이라고 고백한다. 그러나 한국인들은 서구화한 오늘이라 할지라도 「사랑」이란 말을 직접 입 밖에 내는 일이 없다. 정철(鄭澈,1536~1593)의 그 유명한 〈사미인곡(思美人曲)〉에는 '반기시는 낯빛이 예와 어찌 다르신고……'라는 영탄이 나온다.

사랑을 해도, 미워해도 오직 「낯빛」으로 표현되는 은근한 정이다. 「반기는 낯빛」으로 그들은 사랑을 고백하였기에 또한 그 「낯빛」의 사소한 변화에서 식어가는 애정의 슬픔을 느꼈던 것이다.

그러니 불꽃이 튀고 쇠가 녹아흐르는 용광로의 사랑과는 그 비극의 도(度)에 있어서도 다르다. 「베르테르」는 실연의 슬픔을 「권총」으로 청산하였지만 한국의 「베르테르」들은 「권총」이 아니라 「베개」위에서 전전반측(輾轉反側)하였다.

옛날의 이별가들이 모두 그러하다. 〈가시리〉를 보라, 〈서경별곡(西京別曲)〉을 보라. '잡사와 두어리 마라난 선하면 아니 올세라'의 기분으로 그들은 떠나는 임을 고이 보내드렸다. 임이 저 강을 건너가기만 하면 번연히 다른 꽃(여인)을 꺾으리라는 것을 잘 알면서도 엉뚱하게 죄 없는 뱃사공만을 향해 나무라는 노래다. 버리고 가는 임의 소매도 번번히 잡지 못하였으며 원망도 제대로 하지 않았다.

〈아리랑〉의 가사도 그렇지 않던가. 배신한 애인의 가슴에 비수를 찌르는 것은 〈카르멘〉극에 나오는 이야기이지 결코 한국의 연정극에는 어울리지 않는 짓이다.

가만히 주저앉아서 임이 10리도 못 가 발병나기만을 기다리는 연인들이 아니면, 소월(素月,1903~1935)처럼 한술 더 떠 진달래까지 뿌려 주는 실연이다.

그만큼 관대해서가 아니라 인종과 순응 속에서 도리어 사랑의 여운을 간직하려 했기 때문이다. '죽어도 아니 눈물 흘리오리다'는 심정은 통곡을 하고 가슴을 쥐어 뜯는 그 슬픔보다도 한층 짙은 것인지도 모른다. 체념, 자제, 인종— 그리하여 사랑을 잃은 가슴은 더욱 연연하다.

재 속에 묻어 둔 불덩어리처럼 그렇게 쉬이 사위지 않는 감정이다.

한국인은 그 어느 나라의 사람보다도 사랑에 굶주리고 사랑을 아쉬워하는 민족이라 했다. 남들도 그렇게 말하였고 우리도 그렇게 느껴 왔다. 그러면서도 그 「사랑」을 하는 데에 있어서는 어느 민족보다도 미지근했던 것이다.

원래 사랑이라고 하는 것이 다 그런 법이기는 하나 「만나는 것」보다 「헤어지는 노래」가 우리에게는 너무나 많다. 기다리다 지치고 보내다 맥이 풀린 사랑이다.

그러기에 병풍 그림이든 베갯모에든 짝을 지은 원앙새가 그려져 있고 쌍쌍이 나는 나비가 있다. 넋이라도 한데 가자는 맹세가 유일한 사랑의 사연이요 행복이었다.

분명히 그렇다. 한국인의 사랑은 진행형이라기보다 대부분이 과거형이다.

타버린 불덩어리를 주위서 화로의 재 속에 묻듯이, 때고 난 후의 구들장에 몸을 녹이듯이 사랑의 불꽃이 끝난 그 뒤끝에서 애정을 간직하는 민족이다. 청상과부 같은 추억의 사랑이다. 한 번 애인(남편)을 잃으면 평생을 수절해야 하는 풍속도 그런데서 나온 것인지 모른다.

애인이 사라지면 사랑도 끝난다. 그러나 우리의 경우에 있어서는 애인이 사라진 후부터 사랑이 시작되는 것이라고 할 수 있다.

한국의 사랑은 부재(不在)에의 연정이다.

바람에도 냄새가 있다

이재현(李載賢, 1937~)
수필가・『역사와 문학』 발행인

바람에도 냄새가 있다.

들판을 한껏 쏘다니다 뛰어들어오는 아이의 몸에서 싱그런 바람냄새를 맡아 본 적이 있다. 푸성귀 보따리를 이고 장을 휘돌아 잰걸음으로 들어오시는 어머니의 옷깃에서도 그런 냄새를 맡아 본 적이 있다.

하루종일 햇살과 바람 아래서 뽀얗게 말라 가는 깨끗한 속내의에서도 가라앉은 마음을 화들짝 깨우는 바람 냄새가 난다. 이제 품속의 아이들은 자라 하나 둘씩 제 둥지를 마련해 떠나가고 호미질을 하는 데도 고와만 보이던 어머니는 바라보는 아들의 눈길을 일렁이게 할 만큼 연로한 모습이시다.

올핸 참 일찍부터 봄바람이 불었다. 도시건 시골이건 할 것 없이 구석구석까지 들어차 있는 IMF의 무거운 침묵을 하루빨리 걷어 버리고 싶었나 보다. 난로 옆에서도 추워하던 우리네 마을에 아지랑이 같은 설레임을 불어 넣어주고 싶었는지 모른다.

절기의 변화야 때가 되면 오는 거라지만, 어쩐지 이 봄은 우리편이 돼 줄 것만 같은 마음, 어리다고 웃어도 어쩌겠는가.

작년 한 해, 내 고향 사람들의 얼굴에서는 웃음을 보기가 어려웠다.

밭고랑을 다독이고 논두렁을 다지면서 농부들은 늘 기도를 한다.

그저 뿌린 만큼만 거둘 수 있게 해달라고. 그런데 그 소박한 마음이 무얼 그리 큰 잘못이라고, 사정없이 농토를 뒤덮던 폭우와 타는 가뭄, 썩어 가는 양파더미와 말라죽어 가는 벼 포기를 붙잡고 속으로만 울었다. 누구도 어쩔 수 없는 하늘의 조화라는데 누구를 원망할 것인가. 또 누구 탓을 한들 무슨 소용이 있겠는가.

그래도 농사는 내년에 다시 지으면 되니까…. 그들은 스스로 그렇게 위로하면서 희망의 끝을 놓치지 않으려 애썼다.

그런데 그들을 무너뜨린 복병은 다른 곳에 있었다. 기업의 회생을 위해서 불가피하게 단행돼야 했었던 기업체들의 대량 감원 사태, 그 감원 대상자가 다름 아닌 내 아들 내 이웃들이었던 것이다.

힘든 시절을 살았던 시골의 어머니 아버지들은 자식들만은 손에 흙 묻히고 살지 않기를 바랬다. 아무리 흙을 파고 농사를 지어 봐도 하루 세끼 제대로 잇고 살기가 어려운 상황이었기 때문이다. 지긋지긋한 가난을 자식들에게 물려주고 싶어하는 부모가 어디에 있겠는가? 하여 자식들은 성공을 찾아, 행복을 찾아 도시로 도시로 떠나갔다.

일단 대학만 합격을 해도 성공과 행복의 세계로 들어가는 보증수표를 받은 양 얼마나 즐거워했던지…. 한 해 농사 등록금으로 다 갖다 바쳐도 아깝지 않던 부모들이었다.

대학을 졸업해서 번듯한 직장에 취직했다니 앞으로 먹고 살 걱정은 없는 거고. 조롱박처럼 귀엽고 예쁜 짝을 만나 가정까지 꾸리니 마늘 한 조각, 간장 한 종지까지 이고 갖다 바친들 그게 어디 고생이라 할 수 있겠는가. 자식 잘 되는 모습을 지켜보는 기쁨보다 더한 행복은 없을 것이다. 그런 귀한 아들딸들에게 실직이라니….

그들은 아마도 삶의 뿌리가 통째로 잘려 나간 듯한 아픔을 아주 오래도록 견뎌야 할 것이다. 하지만 그런 아들 딸을 지켜봐야 하는 부모의 고통에 비한다면 그 아픔은 미미한 건지도 모른다.

어깨 축 처져 있는 자식에게 그 무엇도 해줄 수 없는 아타까움까지 겹쳐 주름 많은 노인들의 얼굴은 까맣게 말라갔다. 그러나 어쩔 것인가. 춥고 긴 겨울이었다. 살아 내기 힘들었던 시간들.

그래서 예년보다 한 보름 일찍 올라온다는 화신(花信)이 더 반가웠을 것이다. 개나리 가지, 목련 꽃봉오리에 벌써 물기가 돈다 겉으로는 그저 바삭하게 말라죽은 듯이 보이던 나무들이었다. 잎을 떨구고 끝이라고 생각하던 늦가을부터 그들은 새로운 시작을 준비하고 있었으리라.

봄이 되면서 가라앉아 있던 시골 마을들이 술렁이기 시작한다.

봄의 전령들이 몰고 오는 예삿 술렁임이 아니다. 도회지로 청운의 꿈을 펼치러 떠났던 젊은이들이 하나 둘씩 고향으로 돌아오고 있는 것이다.

사람에 대한 신뢰마저도 가차없이 끊어버리는 냉혹한 현실 속에서 그래도 끝까지 두 팔 벌리고 그들을 기다려 주는 곳이 있었다.

부모님과 따뜻한 고향, 일확천금을 꿈꾸는 것이 아니라면 삶의 상처를 보듬고 새롭게 시작하는데 고향만큼 좋은 곳이 또 어디 있겠는가.

고향에는 사랑이 있다. 그리고 믿음이 있다. 사랑과 믿음이야말로 저절로 용기를 솟게 하는 힘의 원천이 아니던가.

멀리 두고 안타까워했던 노부모들도 다시 품안으로 자식을 받아들이며 참으로 오랜만에 환한 웃음을 머금는다. 금의환향이 아닌들 어떠리. 시름에 젖은 얼굴 펴고 희망의 발자국을 다시 내디딜 수만 있다면 남은 힘도 다 짜내어 자식을 위한 거름이 되어도 좋을 텐데….

따뜻한 양지쪽에는 벌써 멍울이 터진 개나리도 있다. 활짝 핀 꽃잎 속에서 봄의 향내가 폴폴 솟아 나오고 있는 듯하다.

그러나 봄을 준비하고 있는 것이 어디 꽃 뿐이겠는가. 흙 속의 지렁이, 개미, 노린재, 곤충의 알과 애벌레 등 봄햇살에 기지개를 켜고 꿈틀거리는 요동 소리가 귀에 들리는 것 같다.

봄을 찾아오는 도시의 아들딸들을 맞기 위해서일까. 투명한 햇살 받으며 어린 봄쑥을 뜯고 있는 아주머니들이 보인다. 인삼보다 더 좋다는 2월 봄쑥, 아무리 뜯어봐도 너무 잘고 여려 늘어나지 않는 쑥바구니지만 국그릇에 퍼질 향긋한 쑥내음을 생각하며 마디진 손길을 부지런히 움직인다.

고난 없는 삶이란 없다. 하지만 아무리 힘겨운 고난도 사랑하는 이들과 함께 이겨낸다면 그 무게가 훨씬 가벼워지지 않을까.

이제 시골 마을에도 젊은 청년들이 늘어나고 까르르 굴러가는 아이들의 웃음소리도 크게 들릴 것이다. 내 옆을 뛰어 지나가는 아이의 옷깃에서 싱그런 바람의 냄새를 맡을 수 있다면, 그리고 내 고향 사람들의 얼굴에서 싱그런 웃음을 만날 수 있다면 나 역시 한 삽 거름이 되어 그들을 위해 땀 흘리고 싶다.

오늘 내 어머니도 나를 위해 향긋한 쑥국을 끓이고 계신다.

권 태

이 상(李箱, 1910~37)
시인

 길 복판에서 6,7인의 아이들이 놀고 있다. 적발동부(赤髮銅膚)의 반나체이다. 그들의 혼탁한 안색, 흘린 콧물, 둘른 베, 두렝이 벗은 웃통만을 가지고는 그들의 성별조차 거의 분간할 수 없다. 그러나 그들은 여아가 아니면 남아요 남아가 아니면 여아인 결국에는 귀여운 5,6세 내지 7,8세의 「아이들」임에 틀림없다. 이 아이들이 여기 길 한복판을 선택하여 유희하고 있다.

 돌멩이를 주워 온다. 여기는 사금파리도 벽돌조각도 없다. 이빠진 그릇을 여기 사람들은 버리지 않는다.

 그리고는 풀을 뜯어 온다. 풀─이처럼 평범한 것이 또 있을까. 그들에게 있어서는 초록빛의 물건이란 어떤 것이고간에 다시 없이 심심한 것이다. 그러나 하는 수 없다. 곡식을 뜯는 것도 금제(禁制)니까 풀밖에 없다.

 돌멩이로 풀을 짓찧는다. 푸르스레한 물이 돌에 가 염색된다. 그러면 그 돌과 그 풀은 팽개치고 또 다른 풀과 돌멩이를 가져다가 똑같은 짓을 반복한다. 10분 동안이나 아무 말이 없이 잠자코 이렇게 놀아 본다.

 10분만이면 권태가 온다. 풀도 싱겁고 돌도 싱겁다. 그러면 그 외에 무엇이 있나? 없다.

 그들은 일제히 일어선다. 질서도 없고 충동의 재료도 없다. 다만 그저 앉았기 싫으니까 이번에는 일어서 보았을 뿐이다.

 일어서서 두 팔을 높이 하늘을 향하여 쳐든다. 그리고 비명에 가까운 소리를 질러본다. 그러더니 그냥 그 자리에서들 껑충껑충 뛴다. 그러면서 그 비명을 겸한다.

나는 이 광경을 보고 그만 눈물이 났다. 여북하면 저렇게 놀까. 이들은 놀 줄조차 모른다. 어버이들은 너무 가난해서 이들 귀여운 애기들에게 장난감을 줄 수가 없었던 것이다.

이 하늘을 향하여 두 팔을 뻗히고 그리고 소리를 지르면서 뛰는 그들의 유회가 내 눈에는 암만해도 유회같이 생각되지 않는다. 하늘은 왜 저렇게 어제도 오늘도 내일도 푸르냐, 산은, 벌판은 왜 저렇게 어제도 오늘도 푸르냐는 조물주에게 대한 저주의 비명이 아니고 무엇이랴.

아이들은 짖을 줄조차 모르는 개들과 놀 수는 없다. 그렇다고 모이 찾느라고 눈이 벌건 닭들과 놀 수도 없다. 아버지도 어머니도 너무나 바쁘다. 언니 오빠조차 바쁘다. 역시 아이들은 아이들끼리 노는 수밖에 없다. 그런데 대체 무엇을 가지고 어떻게 놀아야 하나, 그들에게는, 장난감 하나 없는 그들에게는 영영 엄두가 나서지를 않는 것이다. 그들은 이렇듯 불행하다.

그 짓도 5분이다. 그 이상 더 길게 이 짓을 하자면 그들은 피로할 것이다. 순진한 그들이 무슨 까닭에 피로해야 되나? 그들은 위선 싱거워서 그 짓을 그만둔다.

그들은 도로 나란히 앉는다. 앉아서 소리가 없다. 무엇을 하나. 무슨 종류의 유회인지 유회는 유회인 모양인데—이 권태의 왜소인간(矮小人間)들은 또 무슨 기상천외의 유회를 발명했나. 5분 후에 그들은 비키면서 하나씩 둘씩 일어선다. 제각각 대변을 한 무데기씩 누어 놓았다. 아—이것도 역시 그들의 유회였다. 속수무책의 그들 최후의 창작 유회였다. 그러나 그 중 한 아이가 영 일어나지를 않는다. 그는 대변이 나오지 않는다. 그럼 그는 이번 유회의 못난 낙오자임에 틀림없다. 분명히 다른 아이들 눈에 조소의 빛이 보인다. 아—조물주여, 이들을 위하여 풍경과 완구를 주소서.

◇ ◇ ◇

날이 어두웠다. 해저와 같은 밤이 오는 것이다. 나는 자못 이상하
다.

가만히 생각해 보면 나는 배가 고픈 모양이다. 이것이 정말이라면
그럼 나는 어째서 배가 고픈가. 무엇을 했다고 배가 고픈가.

자기(自己) 부패작용이나 하고 있는 웅뎅이 속을 실로 송사리떼가
쏘다니고 있더라. 그럼 내 장부(臟腑) 속으로도 나로서 자각할 수 없
는 송사리떼가 준동(蠢動)하고 있나 보다. 아무렇든 나는 밥을 아니
먹을 수는 없다.

밥상에는 마늘장아찌와 날된장과 풋고추 조림이 관성의 법칙처럼
놓여 있다. 그러나 먹을 때마다 이 음식이 내 입에 내 혀에 다르다. 그
러나 나는 그 까닭을 설명할 수 없다.

마당에서 밥을 먹으면 머리 위에서 그 무수한 별들이 이 야단이다.
저것은 또 어쩌라는 것인가. 내게는 별이 천문학의 대상이 될 수 없다.
그렇다고 시상의 대상도 아니다. 그것은 다만 향기도 촉감도 없는 절
대권태의 도달할 수 없는 영원한 피안이다. 별조차가 이렇게 싱겁다.

저녁을 마치고 밖으로 나와 보면 집집에서는 모깃불의 연기가 한창
이다.

그들은 마당에서 멍석을 펴고 잔다. 별을 쳐다보면서 잔다. 그러나
그들은 별을 보지 않는다. 그 증거로는 그들은 멍석에 눕자마자 눈을
감는다. 그리고는 눈을 감자마자 쿨쿨 잠이 든다. 별은 그들과 관계가
없다.

나는 소화를 촉진시키느라고 길을 왔다갔다 한다. 돌칠 적마다 멍석
위의 누운 사람의 수가 늘어난다.

이것이 시체와 무엇이 다를까? 먹고 잘 줄 아는 시체—나는 이런 실
례로운 생각을 정지해야만 되겠다. 그리고 나도 가서 자야겠다.

방을 돌아와 나는 나를 살펴본다. 모든 것에서 절연된 지금의 내 생

활—자살의 단서조차 찾을 길이 없는 지금의 내 생활은 과연 권태의 극권태(極倦怠) 그것이다.

그렇건만 내일이라는 것이 있다. 다시는 날이 새이지 않는 것 같기도 한 밤 저쪽에 또 내일이라 놈이 한개 버티고 서 있다. 마치 흉맹(凶猛)한 형리처럼—나는 그 형리를 피할 수 없다. 오늘이 되어버린 내일 속에서 또 나는 질식할 만치 심심해 해야되고 기막힐 만치 답답해 해야 된다. 그럼 오늘 하루를 나는 어떻게 지냈던가. 이런 것은 생각할 필요가 없으리라. 그냥 자자! 자다가 불행히—아니 다행히 또 깨거든 최서방의 조카와 장기나 한판 두지. 웅뎅이에 가서 송사리를 볼 수도 있고—몇가지 안 남은 기억을 소처럼 반추하면서 끝없는 나태를 즐기는 방법도 있지 않으랴.

불나비가 달려들어 불을 끈다. 불나비는 죽었든지 화상을 입었으리라. 그러나 불나비라는 놈은 사는 방법을 아는 놈이다. 불을 보면 뛰어들 줄도 알고—평상에 불을 초초히 찾아다닐 줄도 아는 정열의 생물이니 말이다.

그러나 여기 어디 불을 찾으려는 정열이 있으며 뛰어들 불이 있느냐. 없다. 나에게는 아무것도 없고 아무것도 없는 내 눈에는 아무것도 보이지 않는다.

암흑은 암흑인 이상 이 좁은 방 것이나 우주에 꽉 찬 것이나 분량상 차이가 없으리라. 나는 이 대소 없는 암흑 가운데 누워서 숨쉴 것도 어루만질 것도 또 욕심나는 것도 아무것도 없다. 다만 어디까지 가야 끝이 날지 모르는 내일 그것이 또 창 밖에 등대하고 있는 것을 느끼면서 오들오들 떨고 있을 뿐이다.

짝 잃은 거위를 곡(哭)하노라

오상순(吳相淳, 1894~1963)
시인

내 일찍이 고독의 몸으로서 적막과 무료의 소견법(消遣法)으로 거위 한 쌍을 구하여 자식 삼아 정원에 놓아 기르기 십개성상(十個星霜)이거니 올 여름에 천만 뜻밖에도 우연히 맹견의 습격을 받아 한 마리가 비명에 가고, 한 마리가 잔존하여 극도의 고독과 회의와 비통의 나머지 식음과 수면을 거의 전폐하고 비내리는 날, 달밝은 밤에 여윈 몸 넋 빠진 모양으로 넓은 정원을 구석구석 돌아다니며 동무 찾아 목메어 슬피 우는 단장곡(斷腸曲)은 차마 듣지 못할러라.

죽은 동무 부르는 제 소리의 메아리인 줄은 알지 못하고 찾는 동무의 소린 줄만 알고 홀연 긴장한 모양으로 조심스럽게 소리 울려 오는 쪽으로 천방지축 기우뚱거리며 달려 가다가는 적적(寂寂) 무문(無聞), 동무의 그림자도 보이지 않을 때 또다시 외치며 제 소리 울려 오는 편으로 쫓아가다가 결국은 암담한 절망과 회의의 답답한 표정으로 다시 돌아서는 꼴은 어찌 차마 볼 수 있으랴. 말 못하는 짐승이라 때문은 말은 주고 받지 못하나 너도 나도 모르는 중의 일맥의 진정이 서로 사이에 통하였던지 10년이란 기나긴 세월에 내 홀로 적막하고 쓸쓸하고 수심스러울 제 환희에 넘치는 너희들의 약동하는 생태는 나에게 무한한 위로요 감동이었고 사위가 적연한 달밝은 가을 밤에 너희들 자신도 모르게 무심히 외치는 애달픈 향수의 노랫소리는 나도 모르게 천지 적막의 향수를 그윽히 느끼고 긴 한숨을 쉰 적도 한두 번이 아니라니—.
고독한 나의 애물(愛物)아, 내 일찍이 너에게 사람의 말을 가르칠 능이 있었던들 이 내 가슴 속 어리고 서린 한없는 서러운 사정과 정곡을

아······ 듣기가도 최구 ····도 해보고 같이 ···식 ···도 ····도 끝같은 하였느 이

설움 서로 공명도 하고 같이 통곡도 해보련만 이 지극한 설움의 순간의 통정을 너로 더불어 한 가지 못하는 영원한 유한(遺恨)이여—.

외로움과 설움을 주체 못하는 순간마다 사람인 나에게는 술과 담배가 있으니 한 개의 소상반죽(瀟湘班竹)의 연관(煙管)이 있어 무한으로 통한 청신한 대기를 속으로 빨아들여 오장육부에 서린 설움을 창공에 뿜어 내어 자연(紫煙)의 선율을 타고 굽이굽이 곡선을 그리며 허공에 사라지는 나의 애수의 자취를 넋을 잃고 바라보며 속빈 한숨 길게 그윽히 쉴 수도 있고, 한 잔의 술이 있어 위으로 뜨고 치밀어 오르는 억제 못할 설움을 달래며 구곡간장 속으로 마셔들며 손으로 스며들게 할 수도 있고 12현(絃) 가야금이 있어 감장과 의지의 첨단적(尖端的) 표현 기능인 열 손가락으로 이 줄 저 줄 골라 짚어 간장에 어린 설움 골수에 맺힌 한을 음률과 운율의 선에 실어 찾아내어 기맥이 다하도록 타고 타고 또 타 절절한 이 내 가슴 속 감정의 눈물이 열 두줄에 부딪쳐 몸부림 맘부림쳐 가며 운명의 신을 원망하는 듯, 호소하는 듯 밀며, 당기며, 부르며, 쫓으며, 솟으며, 잠기며, 맺으며 풀며, 풀며 맺으며, 높고 낮고 깊고 짧게 굽이쳐 돌아가며, 감돌아 들며, 미묘하고 그윽하게 구르고 흘러 끝 가는 데를 모르는 심연한 선율과 운율과 여운의 영원한 조화미(調和美) 속에 줄도 있고 나도 있고 도연(陶然)히 취할 수도 있거니와—.

그리고 내가 만일 학이라면 너도 응당 이 곡조에 취하고 화하여 너의 가슴 속에 가득 답답한 설움과 한을 잠시라도 잊고 춤이라도 한번 덩실 추는 것을 보련마는—아아, 차라리 너마저 죽어 없어지면 네 얼마나 행복하며 내 얼마나 구제되랴. 이 내 애절한 심사 너는 모르고도 알리라. 이 내 무자비한 심술 너만은 알리라. 만물의 영장이라는 인간이 말 못하는 짐승이라 꿈에라도 행여 가벼이 보지 말지니 삶의 기쁨과 죽음의 설움을 사람과 꼭같이 느낌을 보았노라. 사람보다도 더 절실한 느낌을 보았노라. 사람은 산 줄 알고 살고, 죽는 줄 알고 죽고, 저

는 모르고 살고 모르고 죽는 것이 다를 뿐, 저는 생·사·운명에 무조건으로 절대 충실하고 순수한 순종자—. 사람은 아는 것을 자랑하는 우월감을 버리고 운명의 반역자임을 자랑 말지니 엄격한 운명의 지상 명령에 귀일하는 결론은 마침내 같지 아니한가.

너는 본래 본성이 솔직한 동물이라 일직선으로 살다가 일직선으로 죽을 뿐 사람은 금단의 지혜의 과실을 따먹은 덕과 벌인지 꾀 있고 슬기로운 동물이라 직선과 동시에 곡선을 그릴 줄 아는 재주가 있을 뿐, 10년을 하루같이 나는 너를 알고 너는 나를 알고 기거와 동정을 같이하고 희노애락의 생활 감정을 같이하며 서로 사이에 일맥의 진정이 통해 왔노라. 나는 무수한 인간을 접해 온 10년 동안에 너만큼 순수한 진정이 통하는 벗은 사람 가운데서는 찾지 못했노라. 견디기 어렵고 주체 못할 파멸의 비극에 직면하여 술과 담배를 만들어 마실 줄 모르고 거문고를 만들어 타는 곡선의 기술을 모르는 솔직 단순한 너의 숙명적 비통을 무엇으로 위로하랴. 너도 나도 죽어 없어지고 영원한 망각의 사막으로 사라지는 최후의 순간이 있을 뿐이 아닌가. 말하자니 나에게는 술이 있고, 담배가 있고, 거문고가 있다지만 애닯고 안타깝다. 말이 그렇지 망우초(忘憂草) 태산 같고 술이 억만 잔인들 한없는 운명의 이 설움 어찌하며 어이하랴. 가야금 12현에 또 12현인들 골수에 맺힌 무궁한 이 원(怨)을 만분의 1이나 실어 탈 수 있으며 그 줄이 다 닳아 없어지도록 타 본들 이놈의 한이야 없어질 기약 있으랴. 간절히 원하거니 너도 잊고 나도 잊고 이것저것 다 없다는 본래 내 고향 찾아가리라. 그러나 나도 있고 너도 있고 이것저것 다 있는 그대로 그곳이 참내 고향이라니 답답도 할사 내 고향 어이 찾을꼬, 참 내 고향 어이 찾을꼬.

창 밖에 달은 밝고 바람은 아니 이는데 뜰 앞에 오동잎 떨어지는 소리 가을이 완연하고 내 사랑 거위야, 너는 지금도 사라진 네 동무의 섧고 아름다운 꿈만 꾸고 있느냐.

아아, 이상도 할사, 내 고향은 바로 네로구나. 네가 바로 내 고향일

줄이야 꿈엔들 꿈꾸었으랴. 이 일이 웬일인가. 이것이 꿈인가. 꿈깨인 꿈인가. 미칠 듯한 나는 금방 네 속에 내 고향 보았노라. 천추(千秋)의 감격과 감사의 기적적 순간이여, 이윽고 벽력 같은 기적의 경이와 환희에 놀랜 가슴 어루만지며 침두(枕頭)에 세운 가야금 이끌어 타니 오동나무에 봉(鳳)이 울고 뜰 앞에 학이 춤추는 도다. 모두가 꿈이요, 꿈 아니요, 꿈 깨니 또 꿈이요, 깨인 꿈도 꿈이로다. 만상이 적연히 부동한데 뜰에 나서 우러러보니 봉도 학도 간 곳 없고 드높은 하늘엔 별만 총총히 빛나고 땅 위에는 신음하는 거위의 꿈만이 그윽하고 아름답게 깊었고녀—.

꿈은 깨어 무엇하리.

2. 문화론

춤과 장구

황호근(黃浩根, 1925~)

사학자

우리의 미 가운데 춤을 빼놓을 수 없다.

그것은 흥에 겨워 어깨를 으쓱거리며 알맞은 율동이 온 몸에 이르도록 하는 멋이 으뜸가기 때문이다.

이 멋이 우리나라 춤의 본질이며 기틀이 된다.

더욱 리듬, 즉 율(律)이 흥과 어울릴 때 우리 춤은 전통적인 멋을 자아낸다. 그러므로 리듬에서 흥이 우러나오고 흥겨움에서 춤이 나온다고 하여도 지나친 말이 아니다.

춤은 우리 인간들의 환희이며, 맑고 아름다운 기품이 깃들어 있는 「멋」의 표현이 아닐 수 없다.

태평성대의 노래에 맞추어 경쾌하고 활달한 춤을 추었던 옛에의 동경심에서 춤을 고찰해볼 때 불교적·유교적인 색채가 농후한 것은 부인하지 못할 사실이다.

고전무용이라는 테두리 안에서 육체의 미를 부정하고 춤의 규범에 얽매어 크게 발전하지 못한 감이 없지 않으나, 각 고을에 따라 「제 멋」에 「제 흥」을 곁들여 여러 가지 형태의 춤이 나타났으니, 이른바 향토무용이니 민속무용이니 하는 춤이 모두 여기에 속하는 것이다.

또한 규범대로 발전해 나온 것이 궁중무용이다.

그 종류에는 갖가지 명칭이 있다.

이 춤을 한층 흥을 불러일으키고 절제있는 율동으로 손과 발을 움직이게 하는 것은 무엇보다 박자다.

이 박자에는 단성(單性)과 복성(複性)이 있으니 그것은 북가락이 아니고 장구의 고음과 저음이다.

장구—

장구는 춤의 리듬을 맞추는 유일한 악기다.

장구를 요고(腰鼓)라 부르는 것은 허리가 가늘고 사람들의 허리춤에서 흥겹게 움직인다 해서 이런 이름이 나왔다 하나, 장구를 「장고(長鼓)」라고도 하며, 때로는 장구채를 친다 해서 장고(杖鼓)라고 표기하기도 한다.

장구가 원래 중국에서 전래한 것이라 하지만 지금은 우리 고유의 악기로 등장하여 오랜 시일을 지냈다.

장구는 그야말로 우리 민족의 애환을 함께 겪어온 악기이기도 하다.

이런 장구를 만드는 데 필요한 재료는 우리나라에서 얼마든지 구할 수 있을 뿐만 아니라 이제는 장구의 본고장이 되었다.

오동나무·말가죽·쇠가죽·참대가지·끈 등이 주요한 재료다.

장구의 오른편 쪽은 말가죽으로 덮어씌운다. 그리하여 참대가지의 채로 치면 고음, 즉 높은 소리가 나고, 장구의 왼편 쪽은 쇠가죽을 덮어씌워 손으로 치며 저음, 즉 낮은 소리가 난다.

높은 소리·낮은 소리가 하나의 박자가 되어 경쾌한 기분을 자아내며 그 복성박자(複性拍子)의 리듬에서 「가락」이 이룩된다. 우리들이 「가락」이라 하면 보통 소리의 장단과 높고 낮음을 말하는 것이다.

다양한 몸의 움직임인 춤으로 가락은 더욱 빛을 낸다. 동시에 춤 또한 가락으로 인해 그 진가를 다채롭게 나타낸다.

여기서 특히 강조하고 싶은 것은, 지금처럼 직업분화가 되기 전 옛날은 춤의 명수들은 모두가 장구를 잘 치는 고수(鼓手)들이었다는 것이다.

그것은 왜냐하면 장구의 박자로 춤추는 이의 흥을 돋구어주는데, 그 흥겨움이 고수에게 만족하지 못할 땐 그 흥을 깨뜨리지 않으려고 고수 스스로 홀연히 일어나 춤을 추면 다른 춤추는 이들은 이 고수의 몸짓에 맞추어 「제 멋」을 내며 춤을 추는 것이다

춤이 한창 최고조로 무르익을 때 고수는 춤을 갑자기 멈추며 몸을 좌우로 흔든다.

그때의 황홀경은 도저히 필설(筆舌)로 표현할 수 없으리 만큼 「멋」이 나타난다.

이 리드미칼한 춤의 「멋」이 바로 이 춤의 클라이막스이며 우리나라의 춤만이 가질 수 있는 특징이 아닐 수 없다.

가락의 춤,

멋의 춤,

한국의 춤은 그야말로 흥과 감정의 총화라 해도 지나친 말이 아니다.

이 흥을 일으키는 데는 가냘픈 손끝이 한없이 움직인다.

손끝의 움직임 여하에 따라 발의 움직임과 표정이 달라지기도 한다.

춤을 출 때는 손을 감추기 위한 두루마기, 즉 저고리의 두 소매에 길게 덧댄 소매의 옷인 한삼(汗衫)을 입는다.

이 한삼을 입는 것은 거치른 손보다 더 아름답게 흐르는 선(線)의 미를 얻기 위하여 입은 듯하다.

손이 상하로 흔들릴 때마다 한삼의 긴 소매는 공간을 차고 나르는 듯이 날리며 이에 호응하는 어깨는 「제 멋」을 살리며 으쓱거린다.

한편 발도 함께 움직인다.

오이씨 같은 흰 버선발이 움직이는 듯하다가 멈추고, 멈추는 듯하다가 움직인다. 또한 흐르는 듯이 앞을 나아가다가 돌아나가는 흰 버선발은 춤의 균형을 언제나 잡아준다.

이렇듯 춤은 손과 발·어깨 등 온 육신이 움직이는 놀이다. 나아가서 흥과 「멋」이 아낌없이 표정으로 나타나 한층 춤의 미에 밝음을 가져다 준다.

춤은 흥과 감정에 얽혀 나타난 외형미보다 흥겨운 내적 미를 더 추구하는 예술이기도 하다.

옛날 예(濊)에서는 제천의식으로 매년 10월에 공동으로 큰 제사를 지내고 높은 산에 올라가서 춤과 노래로써 즐겼다. 하늘과 태양에게 농사를 잘 짓게 해준 감사의 의식이니 이를 부르기를 무천(舞天)이라 한 것으로 보아, 춤은 아주 옛날부터 사람들 사이에 널리 애용되던 놀이임을 알 수 있으며, 더욱 고구려시대의 무덤인 무용총(舞踊塚) 현실(玄室) 벽화의 좌벽에 14명이 함께 춤추는 그림이 있다.

이 벽화에서 춤추는 양태를 보면 역시 한삼(汗衫)같이 긴 소매로 손을 덮은 무복(舞服)을 입고 있다.

이런 벽화를 통해서 고증을 하면 춤을 출 때 한삼을 입고 손을 가린다는 것은 아득히 먼 고구려 때부터 내려온 유풍(遺風)이지 결코 이조 때 중국에서 전해온 유풍은 아닌 듯하다.

이와 같이 한국춤은 오랜 전통 속에 자라왔다는 사실을 알 수 있다.

춤의 종류는 헤아릴 수 없이 많으나 그 중 승무(僧舞)와 무무(巫舞)는 우리 춤의 기원과 발달에 깊은 관계가 있다.

승무는 스님들이 추는 춤을 말한다.

우리 고전무용의 으뜸으로 손꼽히는 이 승무는 원래 불교의식의 춤에서 비롯된다.

부처님의 공덕을 끝없이 찬탄하고 찬미한 나머지 마음이 즐거움에 넘쳐 자연적으로 몸의 동작으로 표현되니 춤이 나올 수밖에 없다.

이런 춤을 처음에는 법무(法舞)라 하였다. 이 법무에 네 가지 춤이 구분되어 있으니, 첫째는 법고무(法鼓舞)다. 법고무는 불법을 듣고 진리를 깨달아 마음에서 일어나는 기쁨을 나타내는 춤이다.

둘째로는 작법무(作法舞)라 하여 주로 합장의 동작, 돌아가는 동작, 앞으로 나아가는 동작, 뒤로 물러서는 동작 등의 춤이다. 이 춤을 일명 나비춤이라 부른다.

셋째로는 「바라춤」이다. 이 바라춤은 모든 잡귀를 물리쳐서 설법 도량을 신선하게 한다는 뜻의 춤이다.

넷째로는 타주춤(打柱舞)이다. 불법수도의 기본이 되는 팔정도(八正道)의 마음을 나타낸 찬탄의 춤으로 하나의 의식적인 춤이다.

고이 접은 하얀 고깔은 그야말로 승무의 상징인 듯 흰나비 같은 느낌이 든다.

사뿐거리며 걸어나가는데 바람에 날리는 얇은 가사 자락은 끝없이 하늘거리기만 한다.

이 외에 칼춤(劍舞)·팔고무(八鼓舞)·장고춤(長鼓舞) 등이 있다.

불교보다 더 끈기있게 민간의 믿음을 지배해온 것은 무당들의 믿음이다.

명상에 잠겨 자기자신의 소원을, 또는 고충(苦衷)·애정(哀情)·원망을 혼청하는 길은 이 무당들의 믿음이 유일한 신앙이었다.

소원 성취를 빌고 강신(降神)을 나타내는 도무(跳舞)는 춤이라기보다 뛰기 같은 느낌이 든다.

가령 재수굿을 할 때 축원을 부르면서 장구의 장단에 맞추어 춤을 춘다. 큰머리를 단장한 위에 족두리를 얹은 무녀가 푸른 원삼을 걸치고 그 위에 금박띠를 졸라매고 삼진삼퇴(三進三退)의 춤을 추는 것은 춤의 양태를 모방한 광무(狂舞)와도 같다.

이렇듯 춤에도 각양각색의 춤이 있으나 민속무용 가운데 이색적인 무용이 있다.

최근 발굴한 자인여원무(慈仁女圓舞)는 단오절(端午節) 무렵 마을제(部落祭)의 여흥으로 베풀었던 것이다.

이 여원무(女圓舞)의 내용은 한 장군(韓將軍)이 그의 누이동생과 군사를 이끌고 왜병을 무찌른다는 이야기다.

장군과 누이동생은 군복인 쾌자를 입고 머리에 오색의 종이꽃의 큰 화관(花冠)을 썼다.

장군과 누이동생이 잠시 동안 춤을 추면 그들의 둘레를 둘러싸고 있던 무희들이 농악에 맞춰 원무를 벌려 흥을 돋군다.

앞으로 빙빙 돌아나가면서 원무하며 대무(對舞)와 좌무(坐舞)를 한다.

이런 민속적 무용은 얼마든지 발굴할 수 있지 않을까 생각된다.

춤!

우리 민족의 영원한 표상이다.

멈출 듯하면서도 가며, 가는 듯하면서도 멈추는 춤, 그뿐만 아니라 허리를 굽히는 듯하면서 앞으로 옆으로 돌아나가는 춤이야말로 리듬의 화신(化身)이 아닐 수 없으며, 맑고 아름다운 민족 고유의 자랑거리가 아닐 수 없다.

민족의 영원한 「멋」의 모습이 이 춤이기도 하며, 활달하고 흥겨운 영원한 민족의 정열이 바로 이 춤인 것이다.

일본 천황가의 한국신 제사와 춤

홍윤기(洪潤基, 1933~)
시인・일본사학 교수

일본의 천황은 지금도 한국신에 대한 제사를 모시고 있다. 그뿐 아니라, 한국신을 초혼(招魂)하는 제사춤[人長舞]도 토우쿄우(東京)의 천황궁 안의 제사 터전에서 이루어지고 있다. 이와 같은 사실은 필자가 지난 여름(2002년 7월 10일) 일본 토우쿄우의 천황궁(황거)에 직접 들어가서, 제사 진행 담당 책임자 아베 스에마사(阿部季昌)씨로부터 확인했다. 상세한 실황은 한국교육방송에서 방영된 내용을 인터넷으로 참조 바란다.(www. ebs. co. kr, 「일본황실제사의 비밀」2002. 8.15, 저녁 8:40~9:30,광복절 특집방송, EBS-TV)

지금의 일본왕인 아키히토(明仁, 1933년생, 1989년 등극~현재) 천황은, 천황궁에서, 해마다 11월 23일 밤에 신상제(新嘗祭)라는 제사를 지낸다. 봄에 천황이 손수 천황궁의 '논'에다 심은 벼의 이삭을 가을에 수확하여, 그 햇곡식을 가지고 하늘의 신(天神)에게 제사 드린다. 모심기는 매년 5월에 천황이 몸소 논에 들어가서 심는다. 또한 10월에는 직접 벼를 낫으로 베어, 벼이삭을 거둔다.

말하자면 일본 천황은 하늘의 신에게 해마다 11월 23일에 제사지내기 위해, 봄에 모를 심어, 벼를 키운 다음, 가을에 벼를 얻어, 그 햇곡식을 천신에게 바치고 감사 드리는 것이다. 이와 같은 것은 고대에 한반도로부터 벼농사가 일본으로 건너가서 일본이 한국인 지배하의 농업 국가가 된 것을 잘 말해주는 일이다. 벼농사가 농사 중에는 으뜸이며 농사가 잘되어 풍년이 들어야 왕도 기쁘고, 백성들을 다스리기 좋기 때문이다. 천황의 신상제 제사는, 곧 농사가 풍년이 들도록 이끌어 준 하늘신의 은혜에 보답하는 감사의 제사지내기다.

그러기에 일본 왕실의 천신 제사의 뿌리는 고대 한국에 있다. 즉 고구려의 '동맹' 제사를 비롯하여, 부여의 '영고' 제사며 예의 '무천' 제사 등이 고대 일본으로 건너가 '신상제' 제사의 원형이 되었다. 그 사실을 일본에서 최초로 규명한 역사학자는 토우쿄우대학 교수 구메 쿠니타케(久米邦武, 1839~1931) 박사였다(「神道は祭天の古俗」1891)..

일본 천황궁에서는 서기 7세기부터 신상제를 지냈다(홍윤기 「일본 천황가(日本天皇家)의 한국신제사(韓國神祭祀)와 황국사관고찰(皇國 史觀考察」단국일본연구학회〈檀國日本硏究學會〉『日本의 言語와 文學』 第11호, 檀國大學校, 2002.11)

일본의 벼농사는 한반도로부터 그 농사법이 처음으로 건너 간 것이다(大野 晋『日本語の世界』1980). 현재 일본 벼농사의 모체는 따지고 보면, 벌써 2천여 년의 긴 역사를 이어 오늘에 이른 것이다. 미개상태에서 나무열매 따먹기며 개펄의 조개줍기, 물고기 잡아먹기 등 원시적인 채집생활을 하고 있던 일본 선주민들에게 한반도인들로부터 배운 벼 생산은, 영양가 높고 향상된 문화적인 식생활을 이루게 되었다. 벼농사가 잘 되도록, 하늘신에게 비는 제사는, 지극히 당연한 천신(天神) 제사의식이었다. 오늘날과 같은 고도 산업화 사회가 아닌, 다만 초기 농업시대였으므로, 과학적인 생각이란 전혀 찾아볼 수 없었다. 천신이 비를 잘 내려주고 또한 햇빛을 잘 받아 곡식이 풍성하게 영글기만을 하늘신에게 간절히 소원했던 시대였다. 그러기에 거듭 지적하자면, 천신에게 가장 앞장서서 제사지내던 주체는 왕이었다. 신상제의 천신 제사가 왜왕실 법률(『三代格式』(820~907)에 의해 헤이안시대(平安, 794~1192)부터 본격적인 제사〔신상제(新嘗祭), 원신제(園神祭), 한신제(韓神祭)〕가 거행되기 그 이전은 과연 어떠했을까? 서기 3세기 경에 벌써 천신 제사가 시작되었던 발자취가 왜왕실편찬의 일본 역사책인 『일본서기』(서기 720년 편찬)에 잘 나타나 있다. 그 당시 스진천황(崇神, 3C)이 일본 역사상 최초로 천신 제사를 두 번

거행했다는 기사가 전하고 있다. 스진천황은 농사가 흉년이 들고, 백성들 사이에 전염병이 돌아 민심마저 흉흉해지자 비로소 천신 제사를 지내게 되었던 것이다. 신라계의 왜나라 정복왕인 스진천황은 신라신인 대물주신(대국주신)에게 두 번 제사지낸 뒤에야 비로소 농사는 풍년이 들었고, 질병이 진정되고 나라 안을 평정하게 되었다(홍윤기『일본문화사』서문당, 1999). "대물주신(대국주신)은 신라에서 왜나라로 건너 온 신라신인 스사노오미코토(素盞鳴尊)의 아들신이다"(久米邦武『古代史』1907).

무당의 제사춤과 주술적인 천황의 위치

스진천황이 신라신 대물주신(대국주신)을 위해 제사를 지냄으로써, 야마토(大和) 땅을 평화롭게 지배하게 되었다. 이 제사 때 신주(神酒)인 제삿술을 빚은 사람은 '활일(活日)'이라는 신하였다. 활일은 자신이 양조한 신주(神酒)에 관해, 이렇게 노래했다.

「이 신주는 제가 만든 신주가 아닙니다. 왜나라를 만드신 대물주신이 빚으신 신주입니다. 후손 길이 길이 번영, 번영하소서」(『일본서기』).

이와 같은 『일본서기』의 기사가 밝혀주듯이, '왜나라'를 만든 신은 신라신 대물주신(대국주신)이며, 신라인 스진천황은 대물주신을 제사드리면서, 왜나라를 번영 속에 잘 다스리게 되었다는 것이 일본의 고대사에 나타나 있다. 그런데 대물주신에게 직접 제사 드리는 제주(祭主)는 대전전근자(大田田根子)였다. 대전전근자는 대물주신의 친아들이다. 이는 일찍이 고대 한반도에서 친아들이 제주가 되는 것을 계승했음을 입증해 준다. 즉 신라에서는 이미 1세기 초인 서기 6년 1월에, 초대왕 박혁거세 거서간의 친아들 남해차차웅이 사당인 '시조묘(始祖廟)'를 세우고 아버지의 제사를 드렸다. 이처럼 한반도 신라에서 왕자가 부왕의 제사를 지냈다는 역사 기록(『삼국사기』)에는 우리가 주목할 것이 있다.

박혁거세왕의 아들인 남해왕의 왕호가 '차차웅'(次次雄)이라는 점이다. 8세기 신라학자였던 김대문(金大問)은 "차차웅이란 무당을 가리킨다. 세인은 무당이 신(神)을 받드는 제사를 거행하므로 이를 외경하여 차차웅 또는 자충(慈充)이라 했다"고 밝혔다.

이와 같은 맥락에서 살필 때, 대전전근자도 무당으로서, 아버지인 대물주신의 제사를 신라인 스진천황과 함께 떠받들었음을 살피게 해준다. 신에게 직접 제사 모시는 무당의 존재는, 신라에서는 남해왕 자신이 무당이었고, 일본의 스진천황 때에 무당은 신의 아들인 대전전근자였으며, 왕은 무당의 아래쪽 서열이었다. 쉽게 말해서 신의 제사를 관장하는 무당의 존재는 가장 고귀한 신분이었음을 잘 보여준다. 감히 아무나 신을 모실 수 없다는 존귀한 존재가 무당이었다. 그러기에 일본 왕실에서는 지금도 왕실 제사에는 무녀(齊女로 호칭되는 公主)가 등장하며, 신관(神官)들이 제사를 관장하고 있다. 일본의 고대신들을 제신(祭神)으로 받들고 있는 모든 신사에는 무녀(巫女)들이 제사춤을 추고, 신관들은 제사를 무녀와 함께 거행하고 있다.

필자는 신사며 신궁에서, 제사춤을 추는 무녀들의 모습을 수없이 많이 지켜 보아왔다. 일본 신사의 무녀들의 춤추는 형태는 한국 무녀와 거의 똑같은 자태이다. 일본 최고신의 하나인 스사노오노미코토(素盞鳴尊)를 모시고 있는 가장 오래된 신전은 '야에가키신사(八重垣神社)'다. 일본 시마네현 마쓰에시에 있는 야에가키신사에서, 신라신 소잔오존의 신위(神位) 앞에서 춤추는 무녀는, 오른손에 방울대(수많은 방울이 달려있다)를 쳐들고 흔들면서, 왼손에는 뼈주기나무(상록수) 가지를 들고, 신전을 돌면서 춤을 춘다. 그 모습을 직접 녹화했다(앞, EBS-TV 방송). 그곳뿐 아니라, 신라신인 에비스사마(惠比須樣)의 신위를 모신 미호신사(美保神社, 시마네현 미호노세키)의 무녀가 신전에서 제사춤을 추는 똑같은 모습도 녹화했다(앞, EBS-TV 방송).

한국의 무녀(인간문화재) 김금화 님이 역시 오른 손에 방울대를 쳐들고, 왼손에 소나무(상록수) 가지를 들고 춤추는 모습(역시, 앞 EBS-TV 방송)은 일본의 신사 무녀들의 모습과 서로 흡사하다. 어째서인가. 그 점은 앞으로 우리나라 무용학계에서 한일 무속 무용의 전문적인 학문적 비교 연구 검토가 행해질 것을 필자는 아울러 기대하련다.

다만 여기서 간략하게 지적해 두자면, 고대 한반도의 천신 제사 때의 제사 무용이 일본 고대 천황가며 신사·신궁으로 전파되었다는 것은 누구도 부정할 수 없는 것임을 여기서 지적해 두련다. 특히 신라의 신도(神道)가 고대 일본 천황가에도 옮겨가는 과정에서 이루어진 것으로 추찰된다(홍윤기 『일본문화사』서문당, 1999).

무녀 역할을 담당하고 있는 일본의 황녀

놀랍다는 말이 어쩌면 어울리지 않을 것 같다. 일본왕실의 황녀(공주)가 지금도 무녀(齊女) 역할을 하고 있는 것이 오늘의 현실이다. 신라 신도는 고대 한국의 무속(巫俗)이 그 근본이라고 본다. 신라 제2대 왕 남해왕이 무당인 차차웅(자충)이었기에 신라 신도가 고대 일본의 정복왕으로 군림한 스진천황(3C경)과 그의 왕자 스이닌천황 시대로 계승된 것 같다. 그에 대한 입증은 이미 그 당시부터 왕실의 공주가 무녀로서 천신 제사에 등장했던 일이다.

고대 일본의 이세신궁(伊勢神宮)에서도 천신 제사를 지냈다. 아마테라스오오미카미(天照大神)를 제사지낸 것이 아니고, 고대 한국의 천신 제사를 지냈다(久米邦武, 앞의 논문). 이 때에 무녀로서 제사를 관장한 것은 황녀(공주)였다. 그 사실을 토우쿄우대학 사학교수 쓰지 젠노스케(辻善之助, 1877~1955)씨는 다음 내용으로 지적했다.

「스이닌왕조 때, 야마토히메(倭姬) 공주가 처음으로 재왕(齋王)이 되어 이세신궁에서 제사를 관장했다. 그 후로 각 왕 시대에 황녀를 재왕으로 정했다. 재왕은 3년간 재계(齋戒)하고 나서 비로소 봉사한다」

(『職官考』, 1944).

무녀의 역할을 하는 재왕이란 천황의 딸인 공주가 그 직책을 맡는데, 미혼한 공주에게만 그 자격이 주어진다. 지금의 일본 천황의 누이 이케다 아쓰고 황녀가 현재 제녀(齊女) 역할을 맡아, 이세신궁 제사 때에 제사를 관장하고 있다(앞, EBS-TV 방송 참조요망). 이미 서기 1세기 초부터 신라 남해왕이 무당으로서 조상신 제사를 지낸 유습은, 이와 같이 고스란히 고대 일본땅으로 전수되어, 왕이 제사에 직접 참여했고, 제사에 무당이 등장하여 신성한 제례가 이어지게 된 것이다. 그러기에 일본에서는 무녀의 신분이 공주를 비롯하여 최고위 신관(神官) 등 존귀한 위치에서 신에게 봉사하고 있는 것이다. 그러나 그 신도(神道)의 종주국인 우리나라에서는 무속 그 자체가 민간으로 널리 세속화되고 말았다. 물론 지금의 일본에도 민간으로 세속화된 무속도 살필 수 있다. 그러나 천황가의 천신제사며 한국신 제사 또한 신사 · 신궁의 천신 제사에서의 무녀의 존재는 공주를 비롯해서 최고위 신관만이 담당하며, 그 신분은 민간 무속의 무녀와는 전혀 그 격이 다르다.

천황가 제사춤 인장무(人長舞)

신상제를 비롯하여 원신제(園神祭, 신라신 제사), 한신제(韓神祭, 백제신 제사)는 천황궁의 궁중 제사이다(『延喜式』 서기 927년 일본왕실 편찬). 이와 같은 궁중 제사에서는 제사음악과 제사춤이 거행된다. 제사를 담당하는 사람은 궁중의 재녀와 신관들이다. 신관은 궁내청 악부악사(樂部樂師)들이 담당하고 있다. 제사의 축문(祝文)은 음악으로 엮어져 있으며, 이 제사축문을 일컬어 '신악가(神樂歌)'로 부른다. 이 신악가의 주가 되는 본 축문을 가리켜 곡의 제목을 '가라카미'(韓神, 한국신)라고 칭한다. 어째서 일본 왕실 제사 축문 음악인 신악가의 본가(本歌)가 '가라카미'(한국신)냐고 묻는 분을 위해, 이 '신악가' 연구의 권위자인 우스다 징고로우(臼田甚五郎) 교수의 해설을 참고 삼아 여기 전해 둔다.

「한신(韓神) 축문은 한국신을 천황가의 제사에 모셔오기 위해 초혼하는 한국식이다. 한신에게 신주(神酒)를 권하는 단계에 이 노래가 연주된다. 이때 터주신(地主神)인 한신은 새로이 한국으로부터 건너오는 신(神)인 천황 및 천황가에 대해서 잘 오셨다고 접대함을 나타낸다고 상정(想定)된다」(『神樂歌』 1976).

옛날부터 지금까지의 일본 천황들이 한국인이라는 것을 이 이상 더 어떻게 구체적으로 설명할 수 있을까. 필자는 졸저 『일본문화사』(서문당, 1999)와 『일본천황은 한국인이다』(효형출판, 2000)에 상세한 고증을 하고 있으므로, 관심있는 독자의 참조를 부탁드린다.

「신악가」의 주축문인 「한신」(韓神)의 내용은 다음과 같다.

「미시마 무명 어깨에 걸치고, 나 한신(韓神)은 한(韓)을 모셔 오노라. 한(韓)을 모셔오노라. 팔엽반(八葉盤)을랑 손에 잡고서, 나 한신(韓神)은 한(韓)을 모셔오노라.

아지매(阿知女) 오게, 오오오오 오게」

이 논문에서 쉽게 살필 수 있듯이, 일본땅에 건너가, 이미 일본의 터주신(地主神)이 된 한국신(韓神)이, 한국땅에 계신 한(韓)의 여신(女神)인 '아지매'(阿知女) 여신의 혼백이 일본 천황궁 안의 제사 터전(悠紀殿・主基殿)에 내려오시기를 간절히 호소하고 있다. 아지매 여신의 혼령이 한신이 있는 천황궁의 한국인 왕을 보살펴달라는 것이, 이 축문의 궁극적인 소원이다. 아지매는 경상도 말의 아주머니다. 옛날에는 신분이 고귀한 여성을 아주머니라고 불렀다. 아지매는 여신을 상징하기도 한다. 이때 최고 신관이 춤을 춘다. 인장무(人長舞)다. 악사들의 필률(피리)이 울리고, 두 명의 악사가 쳐들고 서있는 화금(和琴, 거문고가 원형임)을 다른 악사가 연주한다. 이 화금은 '야마토코토'라고 하는데, "고구려의 거문고에 의해 6줄의 현으로 만들어졌다"는

것이 일본의 저명한 음악학자 타나베 히사오(田邊尙雄)교수의 연구이
다(홍윤기 『일본문화사』 서문당, 1999). 최고 신관은 오른 손에 삐주
기 나무를 들고 춤을 춘다. 이때 삐주기 나무에는 청동거울을 상징하
는 둥근 장식을 가지 끝에 매단다. 신관은 허리춤에 소형 칼을 차고
있다. 머리에는 갓 모양의 관을 썼고, 붉은 도포 위에 다시금 흰 도포
를 입고 있다. 그밖의 모든 신관들은 붉은 도포에 진보라빛 고쟁이를
입고, 머리에는 검은 건을 쓴다. 무녀의 경우는 붉은 치마에 위에는
흰 도포를 입고 춤춘다. 머리에는 장식관을 쓴다. 현재 일본천황가의
신상제는 물론이고, 춘추로 거행되는 '한신제'(韓神祭)와 '원신제'(園神
祭)에서 인장무며 화무(和舞, 야마토마이)를 추는 최고의 신관은 천황
궁의 궁내청 악부의 악장(樂長)과 악장대리가 도맡는다고 한다. 화무
는 왜무(倭舞)라고도 일컫는다. 한신은 백제신이며 원신은 신라신이
다. 악장 또는 악장대리가 최고 신관으로서 인장무를 추는 천황가 제
사 음악을 전체적으로 일컬어, '어신악'(御神樂)이라고 경칭한다.

천황가의 한국신 신전

천황궁의 한신·원신의 신주(神主)를 모신 신전(사당)을 가리켜 통
칭 현소(賢所)라고 부른다. 좀 더 구체적으로는 '궁중삼전'이라고 부르
는 사당이 셋, 서로 지붕을 잇대어 서있다. 이 궁중삼전은 '유기전'과
'주기전' 그리고 '황령전'이며, 전체적으로는 '현소'라고 표현한다. 거듭
밝히거니와 제50대 칸무천황(781~806 재위) 초기인 서기 794년부
터 일본 왕실인 헤이안경 궁전 안에 모신 세 분의 신은 신라신 한 분
과 백제신 두 분 등, 오로지 3명의 고대 한국신(宮內省坐神三座·園神
並韓神三座)이라는 것을 잊어서는 안된다. 이는 서기 927년의 왕실문
서 『연희식』이며 그 이전인, 서기 871년의 『정관식(貞觀式)』에도 이
미 기록되어 있다.

궁중 제사는 화무와 인장무가 그 중심이다. 화무(和舞)는 백제춤이

다. 쓰치하시 유타카(土橋寬) 교수는 일본에 불교를 전파시킨 백제의
성왕(聖王, 523~554)을, 칸무천황에 의해 히라노신사(平野神社)의
제신(祭神)인 금목신(今木神)이라는 신명(神名)으로 제사를 모시게
되었으며, "성왕이 화씨(和氏)의 조상신(氏神)임에는 틀림없다"(「神樂
歌」1959)고 다짐하고 있다. 성왕의 아버지인 무령왕(武寧王, 501~
523)의 왕성(王姓)은 화씨(和氏)였다. "칸무천황의 생모인 화신립(和
新笠) 황태후는 백제 무령왕의 직계 후손이다"는 것은 일본 왕실편찬
역사책인 『속일본기』(서기 797년 편찬)에 그 기사가 있다. 지난
2001년 12월 23일, 지금의 일본 아키히토(明仁)천황이, 그의 68회
생신기념 기자회견(토우쿄우의 천황궁) 석상에서 다음과 같이 공언한
것을 우리는 기억한다.

「나 자신은 칸무천황(781~806 재위)의 생모(生母, 화신립)가 백
제 무령왕의 자손이라는 것이 『속일본기』에 기록되어 있기 때문에, 한
국과의 혈연을 느끼고 있습니다.」(『朝日新聞』 2001.12.23).

고대사학자 우에다 마사아키(上田正昭)교수 역시 "화무는 백제춤이
며, 뒷날에 화씨(和氏)의 춤, 즉 화무를 왜무(倭舞) 또는 대화무(大和
舞)로 쓰게끔 되었다"(『日本神話』 1970)고 지적했다. 실제로 백제춤
'화무'는 왜나라 왕실에서 제사 때 뿐아니라, 왕과 왕족 및 귀족들이
즐겼던 한국 고대 무용이다. 앞에 인용되었듯이 '왜무'라고도 말한다.
화무가 백제춤이라는 사실은 일본 고대 역사에도 기사가 보인다. 백제
계열의 여왕인 지토우천황(持統, 686~697)이 "백제춤을 좋아했다"
(『續日本記』)고도 전한다.

천황궁 제사와 칼춤

한국의 무녀가 큰 칼을 손에 부여잡고 칼춤을 춘다. 칼뿐이 아니고,
삼지창(당파창)을 들고도 춤춘다. 이와 같은 한국 무속의 칼춤 무기무
(武器舞)도 고대에 한반도로부터 일본 천황가 제사에로 옮겨간 것을

추찰케 한다. 천황가 제사의 순서는 초저녁에 헌소 앞뜰에서 시작된
다. 천황을 비롯하여 궁중 조정의 고관들이 참석한 가운데 신관들에
의해서 제사가 거행된다. 이때 제단에는 신에게 바치는 일종의 폐백
제물인 신물(神物) 9가지가 차려진다. 이 9가지 물건을 신관은 차례
차례 집어들고 춤을 춘다. 이것을 채물(採物)이라고 하며 일종의 '신
(神) 내리기' 행위다. 즉 한반도의 하늘로부터 일본 왕실로 신이 내려
오시도록 강신제(降神祭)를 거행하는 것으로 보면 된다. 신물(神物)
은 삐주기 나무 가지를 비롯하여 폐(흰색 무명천), 지팡이, 조릿대가
지, 활, 칼, 쌍날창, 나무국자, 칡덩굴.

　여기서 보면 활과 칼·쌍날창 등은 한국 무속의 무녀들이 굿춤 때
집어들고 사용하는 것과 공통적인 신물이다. 천황가의 궁중무용으로
서의 칼춤은 '구미무'(久米舞)가 그 대표적인 춤이다. 긴칼을 들고 4명
이 춤춘다. 이 춤은 이세신궁에서 추는 것으로 널리 알려져 있다. 헤
이안시대(794~1192)에 천황이 등극한 해의 대상제(大嘗祭) 제사
때의 춤이다. 대상제는 신상제와 똑같은 내용의 제사이나, 천황이 등
극한 해의 11월 23일에 신상제 대신 거행한다. 그런데 특징적인 것은
이 구미무는 신라인 계열인 구미씨(久米氏) 가문의 후손 씨족인 대반
(大伴)씨와 좌백(佐伯)씨 가문에서 2명씩 나와 4명이 서로 2대2로 마
주보며 춤춘다. 머리에는 관을 쓰고 무관의 붉은 도포를 입고 긴칼을
잡고 춘다. 화무는 궁중 제사에서 춤추며, 이것 또한 이세신궁·이세
시과 카스가대사(春日大社·나라시)에서 거행한다. 인장무는 궁중 이
외의 후시미이나리대사(伏見稲荷大社·쿄우토시)에서 거행한다.

　신라인 진씨(秦氏)의 옛터전으로 유명한 후시미이나리대사의 인장
무는 일반인도 관람할 수 있다. 해마다 11월 8일 저녁에 이른바「한
신인장무」(韓神人長舞)가 거행되며, 관람객이 성시를 이룬다. 이 신사
는 쿄우토시의 남쪽에 위치하며 찾아가기 쉽다. 천황궁 제사에서 인장
무를 담당하고 있는 최고 신관인 오오노 타다마로(多忠麿)씨는 천황
가 제사의 축문의 한신(韓神)에 대해서 다음과 같이 밝혔다.

「한신(韓神)이란 고대 조선반도의 한국신을 노래하는 제사 축문 음악이라고 보며, 고대 일본과 조선반도와의 교류가 상당히 오래 전인 2~3세기 경부터 있었음을 이야기해 준다」(『日本古代歌謠の世界』 1994). 천황궁의 제사 책임자인 아베 스에마사(阿部季昌) 씨도 다음처럼 필자에게 직접 말해 주었다.

「지금도 천황궁에서는 11월 23일에 신상제가 거행되고 있습니다. 신상제 제사 때에는『한신』축문을 노래 부릅니다. 원신·한신 제사도 지내고 있습니다」(앞의 EBS-TV 방송 참조요망).

아베 스에마사씨는 그의 저서에서도 다음과 같이 궁중제사 때의 축문인 한신(韓神)을 지적하고 있다.

지금도『한신』은 노래되고 있습니다. 이때 인장무(人長舞)를 춤춥니다」(『雅樂がわかる本』1999)

인장무를 궁중 제사에서 춤추며, 제사를 진행하는 최고 책임자인 오오노 타다마로씨와 아베 스에마사씨의 진솔한 표현은, 한국인 혈통을 밝힌 아키히토천황을 떠받드는 궁인(宮人)으로서 필자로서는 존경심이 가는 분들임을 여기 굳이 밝혀둔다.

그리고 끝으로 일본의 고대 정치는 천신과 조상신 제사가 으뜸이며, 정치는 그 다음의 국가적 과제였다는 것을 지적해야겠다. 즉 국왕은 주술적인 무왕(巫王)의 존재였다. 그러기에 제사(祭祀)는 정사(政事)에 앞서는 가장 중요한 국사(國事)였다.

일본의 마쓰리(祭) 문화

일본의 '마쓰리(まつり)를 모르고 일본인의 생활과 문화를 논할 수 없다고 본다.

마쓰리란 무엇인가. 마쓰리를 한 마디로 말한다면 하늘의 조상신에게 제사를 지내는 일이다. 국가의 번영과 농사며 장사가 잘되고 고장마다 마을마다 모두들 건강하고 탈없이 잘 살게 해달라고 신에게 빌고 제사지낸 다음의 축제가 마쓰리의 근본 목적이다.

고쿠가쿠인대학 교수 카나자와 쇼우사브로우 박사는 그의 명저 일본어 사전인 『코우지린』(1925)에서 다음과 같이 마쓰리를 설명하고 있다.

「마쓰리는 신을 받들어 봉사하면서 신의 영혼을 위안하고 기도하며 제사 지내는 여러 가지 의식을 통털어 말한다.」

신사(사당)에서 신에게 제사지내고 나서, 신을 더욱 기쁘게 하기 위해 길거리로 나가서 많은 구경꾼들 앞으로 신명나게 행진하는 따위, 여러 가지 축제 행렬 등을 뒤풀이 행사로 거행하는 것이다.

이 마쓰리의 의식과 행진 축제행사는 강원도 '강릉단오제'와 유형이 거의 똑같다.

그런데 마쓰리의 축제 행렬에 반드시 등장하는 것이, '미코시'(みこし)라고 부르는 대형의 가마다. 고장에 따라서 가마를 가리켜 '야마(やま)' 또는 '다시(だし)'라고 부르기도 한다.

이 가마는 신의 위패 등 신의 혼령을 모신 것이다. 미코시는 수십명의 가마꾼들이 어깨에 메거나 큰 수레바퀴가 달린 미코시를 앞에서 끌고 뒤에서 떠밀면서, 큰 거리로 행진할 때 구경꾼들의 열광적인 환호를 받는다.

'왔쇼이, 왔쇼이'는 경상도 말 '왔서예, 왔서예'

이 미코시의 행진 때 가마꾼들은 "왔쇼이, 왔쇼이!"하고 구령을 드높이 외치면서 행진한다.

일본의 마쓰리 가마꾼들이 소리지르는 "왔쇼이"(ワッショイ)_는 한국어다. 그것에 대해서 시게카네 히로유키 씨는 다음과 같이 그의 저서(『풍습사전』케이묘우서방, 1978)에서 지적하고 있다.

「마쓰리에서는 의례히 가마꾼들이 '왔쇼이, 왔쇼이'(ワッショイ, ワッショイ) 하는 구령을 지르기 마련이다. 오늘날 이것이 전국적인 구령이 되었다. 이것은 고대의 조선어로서, '오셨다'(おでになった)는 의미라고 한다.」

고대 신라어(경도 말)의 '왔서예'가 '왔쇼이'가 된 것 같다. 물론 여러분도 연구해 보시길.

마쓰리가 최초로 시작된 시기는 서기 749년이다. 그 당시 백제신인 하치만신의 미코시(가마)가 나라(奈良)땅의 '토우다이지'(東大寺, とうだいじ) 사찰에 행차한 일이 있다. 토우다이지 절은 백제인 행기(行基) 큰스님을 비롯해서 신라인 학승인 심상대덕(審祥大德), 백제인 양변(良弁)승정, 이 세 큰 스님에 의해서, 서기 749년에 창건되었다. 상세한 것은 필자의『일본문화사』(서문당, 1999)를 참조하시기 바라련다.

토우쿄우 하치만궁의 '왔쇼이'·기타

「현재 토우쿄우 후카가와(ふかがわ)의 '토미오카 하치만궁'(とみおかはちまんぐう)에서 외치는 소리는 옛날부터의 전통적인 'ワッショイ, ワッショイ'로 통일되어 있다. 소화 40년(1965년)까지는 여러 가

지 외치는 소리가 뒤섞여서 혼동이 왔으나, 이래서는 어처구니 없다는
데서 소화 49년(1974년)부터 'ワッショイ'로 통일했다」(『오모시로백
과』⑥카도가와서점, 1983).

토우쿄우의 여름 마쓰리에서는 이와 같이 '왔쇼이'와 그밖에 '세이
야'(セイヤ) 또는 '오랴'(オリャ)로 외치기도 한다. 그런데 토우쿄우의
'칸다묘우진'(かんだみょうじん)즉 '칸다신사'에서는 또 어떤가.

「칸다묘우진이 옛날에는 'ワッショイ'로 정해져 왔었는데, 요즘은
'세이야'에 압도되고 있다」(앞의 책).

여기에는 아무래도 한국신이 '오셨다'는 신라어(경상도 말) '왔서
예'(ワッショイ)라는 것을 일본 학자들이 규명해낸데 대해서, 일부 일
본인의 저항이 들어난 것이 아니기를 필자는 바라고 싶다. 본래 일본
의 신도는 고대 신라가 그 원류다(홍윤기『일본문화사』서문당, 1999).

여기 한가지 더 첨가 해둔다면, 일본의 줄다리기 '쓰나히키'(つなひ
き)에서도 '왔쇼이, 왔쇼이'(ワッショイ, ワッショイ)를 구령으로 삼고
있는 지역이 많다.

「줄다리기 때에 외침에는 '요이쇼, 요이쇼'(ヨイショ, ヨイショ)가
49%, '왔쇼이, 왔쇼이'(ワッショイ, ワッショイ)가 22%, '오—예스,
오—예스'(オーエス, オーエス)가 14% 등이다. 요컨대 '오—예스'형은
토우쿄우·오오사카 등 '도시형'이다」(앞의 책).

'도시형'이란 요즘 젊은이들이 영어로 'Oh yes'라고 외친다는 뜻이
다. 신라신 대신에 이제 서서히 먼 바다 건너의 서양 귀신이라도 끼어
들기 시작했다는 것인지.

일본 마쓰리의 으뜸은 '기온 마쓰리'

일본의 마쓰리는 전국 각지의 신사와 사찰에서 거행이 되어 오고 있
다. 이 마쓰리는 그 지역의 주민들이 자발적으로 모두 함께 참가하는
가운데 고장마다 성대하게 진행이 되고 있다.

일본에는 가장 주목받는 세 고장의 3대 마쓰리가 있다. 그 첫째는 쿄우토의 '기온 마쓰리'(ぎおんまつり)이다. 기온 마쓰리는 실제로 일본의 최대 마쓰리로서 다른 어떤 마쓰리와 비교될 수 없는 독보적인 최대 축제이다.

오오사카의 '텐만 마쓰리'와 토우쿄우의 '산쟈 마쓰리'(さんじゃまつり)까지를 합쳐서 이른바 '3대 마쓰리'라 부르고 있기도 하다.

기온 마쓰리는 해마다 7월 17일부터 24일까지, 장장 8일 동안 거행하고 있다. 이 마쓰리의 주체는 쿄우토시의 '야사카신사'(やさかじんじゃ)이다. 이 야사카신사에 모시고 있는 신은 '스사노오노미코토'(すさのおのみこと)이다. 그리고 이 신사 경내에는 그의 아들신인 '대국주신'도 제신으로 모시고 있다.

두말할 나위 없이, 스사노오노미코토는 신라신이다. 이 사실은 일본 관찬 역사책인『일본서기』(720년 편찬)에 그 발자취가 실려 있다. 토우쿄우 대학의 쿠메 쿠니타케(くめくにたけ, 1839~1931) 박사가 「스사노오노미코토는 신라신이다」(『일본고대사』1907)라고 밝힌 상세한 저술과 논문 등도 있다.

기온 마쓰리에는 쿄우토 부내의 각 지역 상가와 주민들이, 각기 호화롭고 웅장하게 만든 미코시(みこし, 큰수레 바퀴 4개씩이 달린 것)들을 몰고 나와 행렬에 참가한다. 미코시는 모두 20대가 참여하기 때문에, 행진이 거행되는 첫날인 17일과 마지막날인 24일은 쿄우토의 거리는 수백만의 인파로 인산인해가 된다.

기온마쓰리에 나오는 미코시는 그 명칭이 '야마'(やま) 하고 '호코'(ほこ)로 구별이 되고 있다. 야마는 모두 14대이고, 호코가 6대이다. 이 미코시의 순행은 그야말로 장관이다. 쿄오토에서 본격적으로 이 구경을 하기 위해서는 '시죠우 도우리'며 '테라마치'와 '마쓰바라쵸우' 등의 큰거리로 나가야 된다.

'텐만 마쓰리'와 '산쟈 마쓰리'

오오사카의 '텐만 마쓰리'(てんまんつり)의 정식 명칭은 '텐만 테진 마쓰리'다. 이 오오사카땅의 축제는 7월 25일에 거행된다. 이것은 오오사카시의 텐만궁(다이쿠쵸 소재)의 여름 마쓰리다.

미코시 등의 행렬이 거리 순행에 뒤이어서, 미코시를 각기 배에다 옮겨서 이번에는 배편으로 '미코시부네'가 강물을 따라 순행한다. 미코시부네들은 강을 순행하면서, '오오에바시' 다리를 지나서 '와타나베바시' 다리로 이어가게 되고, 다시 '다사이바시' 다리를 이어서 가게되는 광경이 강물에서 장관을 보이게 된다.

토우쿄우에서는 5월 16일부터 18일까지 3일간의 '산쟈마쓰리'가 거행된다. 토우쿄우의 '아사쿠사'(あさくさ)에 있는 아사쿠사신사에서 주최하는데, 그 옛날 에도시대 이전인 1316년부터 서민들을 즐겁게 했던 축제다.

이 산쟈마쓰리에는 3대의 미코시를 가마꾼들이 메고 인파가 북적대는 거리에서 축제 행렬을 이룬다. 이 마쓰리의 특징은 사자춤(ししまい, 시시마이)이 등장해서 관중들의 흥을 한껏 돋운다.

일본 국학자 야나기타 쿠니오(やなぎた くにお, 1875~1962) 씨는 「마쓰리에 관한 일본의 학문은 장래에 다시금 크게 발전해 나가지 않으면 안된다」(『일본의 마쓰리』1942)고 제안한 바 있다. 그는 '왔쇼이'처럼 '마쓰리'라는 용어도 고대 조선어의 신(神)을 '맞으리'에서 생겼다는 사실을 잘 알고 있었던 것 같다.

'마쓰리'로 시작하는 일본 생활

1년 새해를 '마쓰리'로 시작해서 '마쓰리'로 한해를 끝내는 것이 일본의 연중 행사다. 그러므로 '마쓰리'를 모르고는 일본을 이해할 수 없을 것이다.

신(神)을 '맞으리'에서 생겨난 용어가 '마쓰리'다. 그러기에 마쓰리는 '신'(카미사마, かみさま)을 맞이해서, 신에게 봉사하고, 신과 인관과

의 연관 관계를 보다 더 깊고 친숙하게 단단하게 맺어 농사며 장사도 잘 되고 저마다 번창하고 잘 살자고 하는 마을이며 지역 사회의 신도 무속(神道巫俗) 행사며 축제다.

일본 사람들은 하늘신과 땅신에게 대한 두려움 속에서 항상 근엄한 마음으로 제사를 잘 모시고 있다. 국가적인 하늘의 신인 천신을 비롯해서, 역대의 왕이며, 뛰어난 지도자, 그리고 자기 집안의 선조 등, 역대 가족신들에 이르기까지 빠짐없이 '제신'(さいしん, 祭神, 제사 드리는 신주)들을 잘 모시면서 산다.

가정의 '불단'과 '신단'

일본 사람들은 집안에다 작고한 가족신(家族神)들의 위패 또는 영정(사진)을 모신 '부쓰단'(ぶつだん, 불단) 또는 '카미다나'(かみだな, 신단) 등을 설치하고 제사지낸다. 우리나라에서 집의 후원에다 사당을 모시거나 또는 대청마루 한 쪽에 상청을 설치하는 것보다는 규모가 사뭇 작은 편이다.

'불단'에는 중앙에 소형 불상과 죽은 사람의 위패며, 소형의 향로, 꽃병, 촛대, 방울과 또한 차를 담는 차탕기며, 밥을 담는 불반기 등이 간소하게 차려진다.

우선 가정에서의 마쓰리는 정월 초하룻날과 '봉'(8월 15일)의 조상신 제사인 '센조마쓰리'(せんぞまつり)라는 것을 정성스럽게 거행한다. 정월 초하루에는 신단인 '카미다나'에다 '오세찌 료오리'(おせちりょうり)라는 찬합에다 담은 각종 정초 음식을 준비해서 새해의 신년신(토시가미사마, としかみさま)에게 바친다. 이때 신단에다 공양하는 것은 신주(神酒)인 제사술과 둥근 찹쌀떡인 '카가미모치'(かがみもち) 등이다.

이 날 가정에서 먹는 것은 일종의 찌개인 '조우니'(ぞうに)이다. '조우니'는 찰떡과 야채·닭고기·어패류 등을 함께 넣고 끓인 국물이 있는 잡탕 찌개다.

평소에 신단에 바치는 신찬은 쌀과 소금과 물이다. 쌀은 깨끗이 씻은 쌀이거나 첫 번 뜬 밥이어야 하며, 물은 아침에 우물에서 처음으로 길은 것(정안수)이어야 한다. 그 밖에 제주로서 신주며, 사계절에 첫 수확한 식품을 그때마다 신단에 바친다.

1월 1일에 각 가정에서 어른들은 '오토소'(おとそ)라고 부르는 일종의 약주를 마신다. 이 약주에는 한약재인 산초며 길경, 육계 등이 들어 있는데, 이 술을 마시면 1년간 건강하게 걱정없이 산다고 한다. 한국에서 '귀밝이 술'을 마시는 것과 진배 없다.

'시메나와'라는 '금줄'

우리나라에서 아기가 태어나면 대문에다 새끼줄로 금줄을 치듯이, 가정에서는 현관 문설주 위에다 굵은 새끼줄 토막을 장식한다. 이것을 '시메나와'(しめなわ, 금줄이라고 부르는데 악귀가 집안에 들어오는 것을 막아준다는 것)이다.

'시메나와'의 새끼줄 토막을 장식할 때는 신단이나 대문을 마주 향해서서 새끼줄의 굵은 부분은 오른쪽에, 가느다란 부분은 왼쪽이 되게 달아야 한다는 규정도 있다.

지금 우리나라 도시에서는 흔히 볼 수 없지만, 농어촌에 가면 아기를 낳는 집의 대문에도 새끼줄의 '금줄'을 쳐서 악귀가 집안에 들어오는 것을 방지하는 예방법과 마찬가지 뜻이 담겨 있다. 고대 조선에서는 서낭당이며 당산 나무 등에 금줄을 쳤는데 일본에서도 사당인 신사의 전당 문이며 나무에 '시메나와'를 친다.

3. 전기문

□ 자전문

나의 젊은 날

번영로(卞榮魯, 1898~1961)
시인·수필가

나는 20대를 접어들며 유난스레 옷차림에 관심이 깊어 갔다. 그 당시 어느 누구의 책 보다도 단꿀 빨 듯 탐독하던 「오스카·와일드」의 영향도 있긴 하였지만 맵시를 남 유달리 내려는 고유의 사치벽이 다분으로 있었기 때문이기도 하였다. 그러면서도 한편으로는 내 자신의 고상성을 등진—천박하고 야비한 심성에 반항하는 충격도 동시에 느끼곤 하였다.

몸차림이란 엄혹히 말하면 내면생활의 빈곤 내지 공허를 눈가림하는 것이며 한걸음 나아가서는 어느 불순한 심리작용의 발로이기도 한 것이다.

남에게 곱게 보이자, 화려하게 보이자, 그리하여 남의 주위를 집중하고 환심을 도발하며 갈채를 강요하자는 여성인 경우에는 일종 선정적 행위로 볼 수도 있는 것이다.

이러함을 항시 우리는 자연계에도 보는 바 조류나 네발 짐승 중에서 그런 것이 더욱 현저한 것이다. 대개가 아니고 으레히 수컷이 암컷보다 화려치 않으면 위풍을 갖추지 못하는 것이다. 조류이면 수컷이 암컷보다 깃털이 찬란하고, 네발 짐승이면 수컷이 암컷보다 어룽진 것(반문)이 호사스럽지 아니한가?

수탉이 날개 하나를 축 늘어뜨리고 가까이나 멀리서 거드름을 피워 가며 암컷을 희롱하는 것이나 공작이 수문 찬란한 길찬 꼬리를 둥근

부채같이 활짝 펴 쉬쉬쉬쉬 가을소리 같은 것을 내어 가며 비슬비슬 모루 걸음으로 암컷을 빙빙 도는 짓거리를 볼 때 우리는 비로소 위장심리의 저의를 짐작하게 되는 것이다.

그런데 남의 눈을 즐겁게 하는 무리는 큰 야심이나 큰 이론이 없느니 만큼 남성다운 과업을 이루지 못하고 대개는 말로가 비참하게 되는 것이다. 위에 말한 오스카·와일드도 소위 「심미의상(審美衣裳)」이라고 자기 독특의 고안으로 세인의 냉평을 들어가며 옷차림을 하였고 조지4세의 총신이자 천하무류의 멋쟁이던 「포프루멜」(1778~1840)은 집에서 극장이나 파티에 가는데도 갖은 치성을 드려 차려 입은 옷에 도중에 먼지가 앉을세라 보자기로 휩싸고 4두마차로 다녔다. 위 두사람 중 전자는 파리 뒷골목에서, 후자 또한 불란서 광인수용소에서 최종을 고하였다는 것이다.

이러한 불길 불행한 선례가 허다함에도 불구하고 무슨 일로 어려서부터 나는 피복에 대하여 지대한 관심을 가졌던지 돌이켜 생각할 때 나 자신을 비웃지 않을 수 없는 것이다. 비웃음을 지나서 불쌍히 여기지 않을 수 없는 약점인 것이다.

20 전후는 분호(分戶)하여 따로 살림을 차리지 않고 형님 집에 기식하는 신세였으니 직접 가계성 부담도 없는데다가 매월 8십 원이란 적지 않은 수입이 있어 월급을 타가지고는 반은 술값이요, 반은 피복비였던 것이다.

정동에 있던 「원태」양복점, 남문 거리에 있던 「복장」양복점(중국인 경영) 등으로 드나들 때 내 자신이 고안한 옷을 맞추어 입었던 것이다. 그리하여 나는 유행의 앞잡이라는 인상을 주었던 것이다. 양말 한 켤레만 해도 인편 있는 대로 상해등지의 직수입을 인천에서 갖다가 신은 것이다. 나의 그 가증스런 모습은 독자의 상상이나 재단에 일임한다.

나는 21세 되던 해 이른 봄 발작처럼 일본으로 갈 결의를 한 것이다. 목적도, 예산도, 취지도, 계획도 없는 말뜻 그대로 방랑의 길이었다. 집안에 상의도 없이 동경에 있는 지우들과의 연락도 없이 극히 간출한 행구를 차려 가지고 남대문역에 뛰어 나갔다. 어떻게 낌새를 챈 사백(돌아가신 큰 형님)은 부랴부랴 역까지 쫓아나와 떠나는 곡절을 캐어 묻고 백방으로 만류하였다. 끝끝내 나는 고집을 하니 하는 수없이 나에게 노비에 보태라고 2백원인가를 주머니에 넣어주며 언짢은 기색으로 돌아서는 것이었다.

그때 광경을 지금 와서 회상하면 가슴이 메이는 것이다. 그러면 무슨 까닭으로 형님께 불쾌를 끼치고 처와 그때 돌도 채 지나지 않은 어린 것을 뒤에 남기고 길을 떠나지 않으면 아니 되었던가? 그때 그 심리랄까 심기는 미묘하였던 바 툭 털고 솔직하게 말하면 개성과 개성과의 충돌까지는 아니란대도 결국 화합이 빠졌던 것만은 사실이었다. 돌아가신 형님을 지금 와서 들추는 것은 좀 무엇하나 그의 성격은 철두철미 전횡적이었는데 나 역시 지극 불손한 아우이기도 하였다.

나는 형님집(당시의 수송초등학교 앞)에 덧붙어 살았는데 건건사사에 형님은 지나치게 주권을 사용한다는데 나는 앙앙불락한 나머지 자연 반항심까지를 품게 되었다. 그리하여 일본은 처자를 부평(지금의 부천) 시골집으로 내려 보낸 뒤 결의한 것이다.

이야기의 본줄기로 돌아가 나는 동경까지의 직행표(연락선까지 포함한)를 사가지고 대합실에서 어성버성하려니까 누가 변선생하고 부르는 것이었다. 누군가 하고 돌아보니 수년전부터 지면이던 P씨였다. 그는 나를 보고 반색하며 가는 곳을 묻기에 동경으로 가는 길이라 하였더니 더욱 반색을 하며 곁에 서있는 수줍어 고개를 들지 못하는 나보다 2~3세 아랠까 말까 한 여학생을 소개하는 것이었다. 「얘는 내 누이동생인데 동경으로 유학을 떠나는 길이니 동무삼아 가시되 끝끝내 잘 보호하여 주시오」라고 P씨는 신신당부하는 것이었다.

이 부탁을 받자 나는 한편으로 P씨가 나의 인품을 신뢰함에 으쓱하였고 다른 한편으로는 옛 속담에 「고양이 시켜 반찬가게 보이게 하는 셈」이란 살똥맞은 생각도 번개 같이 하여 보았지만 금방 내심으로 취소하고 고개를 외로 세로 흔들었다.

둘이서 차에 올라 부산까지 가는 동안 주고 받은 이야기의 내용은 극히 평범하였으나 지금 와서 생각하여 보아도 잊혀지지 아니하는 추억의 한 토막은 연락선중의 하룻밤이었다.

2등선실을 같이 썼는데 자다가 깨어보면 자기몫 담요까지를 어느 사이 갖다가 나를 더 덮어주는 것이었다.

자기 담요로 나를 덮어주고 자기는 새우같이 꼬부리고 자는(자는 척하는 것인지도 모른다) 애처로운 모습을 보고서는 나는 나대로 가만히 있을 수 없어 일어나 담요를 끌어다가 행여 깨울세라 덮어주곤 하였다.

그 같이 담요를 서로 양보하기를 되풀이 하느라고 이래저래 잠은 영영 놓치고 말았던 것이다. 나는 남대문역 출발시 그 오라버니에게 받은 부탁을 끝끝내 충실하게 수행하였다. 동경에 도착한 후에도 하숙마련도 하여 주고 쭉 이어서 서로 왕래도 하였지만 「보호자」, 「친구의 누이동생」이란 관념으로 내내 순결무사한 이성간의 우정을 지속하였다. 후년에 이르러 그는 친우인 K군과 결혼하여 십수년 단란한 가정을 누리다가 6·25때 납치되어 가고 지금은 홀로 자녀들을 데리고 시내 어느 곳에 쓸쓸히 살고 있을 것이다.

나는 2년간 동경에 체류하면서 간다구(神田區)에 있던 우리 청년회관에 가끔 드나들며 임종우 목사, 백남훈 총무, 백관수 학생회 회장을 비롯하여 수많은 유학생들과 접촉 또는 교류하였다. 그중에는 최상덕, 이종숙, 이양선, 전유덕, 이경채 등 여러 여자 유학생들과도 알고 지내게 되었다.

2년이란 긴 세월은 아니었지만 그간의 겪고 치룬 갖은 고초와 에피소드의 수효는 적지 아니하였다. 그 번다한 것을 이루다 적을 겨를도, 흥미도 없느니 만큼 다 집어치고 변변치 못한 영어 실력으로 뱃심좋게 통역을 하여 화색(火色)이 박두하던 한때 곤궁한 지경을 면하던 이야기나 적어보려 한다.

참으로 곤란하던 때였다. 여러 달 밀린 하숙료 독촉은 성화같고 수중에는 푼전이 있을 리 없었다. 몇가지 안되는 의류란 의류는 다 전당포에 잡히고 책권 나부랭이 있던 것 마저 모조리 팔아먹던 궁상이었다. 이러던 판 하루는 천만 의외로 하늘에서 온 사자같은 두 내객의 심방을 받게 된 것이다. 그 내객들은 즉 다른 분들이 아니고 나를 꾀여서 처음으로 영어를 배우도록 발심시킨 고 정구창 변호사 형제분(계씨는 정 충박사)이었다. 들어와서 착석하기가 바쁘게 그들은 온 뜻을 말하는 것이었다. 이하는 주객사이의 대화이다.

객 : 「요새 동경에서 만국 변호사회가 개최되었다는 것을 신문을 보아서 알고 있지?」

주 : 「돈이 있어야 신문도 사보지.」

객 : 「궁상맞은 소리 그만하고 이거 큰일 날 일이 나서 자네를 찾아왔네. 오늘 오후 시바공원내 삼연정에다가 필리핀 변호사단을 초대는 하여 놓고도 통역할 사람이 없어서 그러니 좀 수고를 하여 달라는 말야.」

나는 잠시 어리벙벙 하였다.

「가기는 어데를 가? 이꼴 이 주제로, 뭐구 뭐구간에 쥐꼬리만도 못한 내 영어 따위를 가지고 안돼 안돼!」

이에 놀란 정군 행여 기회나 놓칠세라

「꼴 문제는 금방 해결될거여. 그건 그거구 그실 자네의 영어가 시원치 못한 것을 낸들 모르나? 그러나 동경바닥을 다 뒤져 보아도 젠장할 것 자네만큼 하는 영어일망정 있어야 말이지! 자네말대로 '꼴' 개조도 하여야 하겠고 또 우린 우리대로 볼 일이 바빠서 가야겠는데 이만하면 우선 족한가?」

하며 2백원인가를 내 놓고 저녁 나절 자기네 숙소(단야옥) 여관에서 만나자고 부탁한 다음 총총 떠나가 버렸다.

모처럼 대하는 많은 돈에 나는 자못 눈이 휙 뜨이고 가슴 조차 울렁였다.' 그런데 통역의 임무수행으로는 그다지 우려할 것이 없었다─「

자네 영어 시원치 않은 것 누가 모르나」, 「자네만큼 하는 영어일망정」 소리에 「루비콘」강을 건너던 「씨이저」의 용기를 얻었기 때문에 일각이라도 지체할 시간적 여유가 없었다. 나는 부랴 부랴 전당잡힌 옷을 찾아내고 이발소에 가서 머리를 깎고 목욕을 하였다.

참으로 장가가는 신랑의 기분이었다. 만나기로 약속한 장소에 이르러 보니 우리 변호사 대표로 온 분들이 5,6인 되었는데 단장은 고 장도(張燾)씨였다. 나는 대뜸 그에게 특청을 하였다.

「여보세요 영감, 영감도 아시다시피 내 영어가 시원치 못하니 제발 식사는 될 수 있는대로 짧게 하세요.」

「알았네, 알았어. 염려말라」하며 우리 일행은 삼연정으로 함께 갔다. 그 연회 이야기를 이곳에서 상술할 아무런 필요나 흥미가 없는 것이다. 하여간 대원만리에 끝을 맞춘줄만 알면 그만이다. 자못 의기 당당하여 그네들(우리 변호사단 일행)은 숙소인 「가찌야바시」의 「가찌야 여관」으로 돌아들 간 바 나는 따라 갔다. 예나 지금이나 막론하고 돈 이야기란 참으로 하기 어려운 것이다. 나는 몇 번이나 머뭇거리고 몇 차례나 망설이었던지. 이제와 생각해도 등에 땀이 흐를 지경이다.

그러나 나는 하는 수없이 일행 중 제일 흥허물 없는 정변호사에게 어려운 뜻을 개진하였다.—「어어 내 무슨 통역비 받자는 것은 아니나……」로 안열리는 말문을 열었더니 주탈무비(酒脫無比)의 정군. 말 끝에 답하기를 「에참, 사람두 누가 그 생각 못할 줄 알고, 아침에 자네 꼬락서니 보고 그대로 갈 줄 아나?」하며 좌중에 공론을 돌리어 수백원을 더 마련하여 주는 것이었다. 나는 갑작스레 졸부가 되는 듯 하였다. 미쓰비시이고 미쓰이고 스미도모가 내 안중에 있을 바 아니었다. 나는 하숙집으로 가는 길에 이름은 잊었지만 긴자통 어느 유명한 오뎅집에 를 둘러 십수배를 하고 당시 2,30전 하던 소위 「나가시」[1])자동차로 기세 등등하게 하숙으로 돌아왔다.

주머니가 두둑하여진 나는 오랫동안 기를 펴지 못하고 잠들었던 야

---

1) 탈 손님을 찾아 돌아 다니는 택시

성이 고개를 들기 시작했다. 나는 밤새껏 「명일에의 낭비」 목록을 이리뒤척 저리뒤척하며 꾸몄다.

그 이튿날 나는 자리에서 일어나는 맡으로 하숙여주인을 불러 올려 밀린 밥값의 일부를 치르고 술 몇되와 소고기 몇근을 사다가 스끼야끼를 하라 명(!)하고 동숙자들을 조찬에 청하였다. 그런데 그 동숙인들의 이름은 필요상 뒤로 미루자. 조찬이 끝난 다음 나는 밤새 계획을 실현하려고 거리의 사람이 되었다. 아아, 어인 아름다운 동경이었던고! 그날 만에 한해서는 딴때엔 그 화나고 짜증나는 길 가득 다니는 행인들 마저도 포옹이나 할 것 같이 반가웠다.

나는 오래 굶주리던 판이라 먹고 싶던 것을 모조리 사서 먹고 사고 싶은 것은 깡그리 닥치는대로 사던판 이제 와서 생각만 하여도 얼굴이 화끈 달을 지지리 못난 흥정이 있었다. 그건 다름 아니고 「미쓰코시」 본점에서 사루마다(속잠뱅이) 한 개를 일금 8원을 주고 산 것이었다. 그런 고가의 속잠뱅이를 산다는 것은 아무리 낭비벽이 있는 사람이라도 저주치 않을 수 없는 일이었다.

행여 눈에 띨세라 상기 동숙인들의 눈을 기어 가면서 그 비싼 속옷을 입고 거리에 나서니 나를 듯한 그 기분이야말로 비길데 없었다. 두 다리 틈에서 나는 비단스치는 버석버석하는 소리와 새로 사서 신은 구두에서 나는 빼각빼각하는 소리가 일대 조화를 잘 이루었던 것이다. 나는 온종일 동경을 걷는다는 것보다 차라리 날아 다녔다. 대망의 저녁은 오고 말았다.

나는 「요시하라」 어느 명예스럽지 못한 곳에 찾아가서 기세를 올리었다. 그때 동경에 가 있던 우리나라 사람들의 일어는 대개 능숙하였던 판인데 나만 그렇지를 못하였다. 일어는 어색스러워 반벙어리셈즉 하였으나 옷차림은 값지어 보여선지 그곳 계집들은 나를 무슨 타일랜드 왕자나 중국 광동 호상의 자식으로 보는 눈치였다.

계집들의 갖은 청을 들어가며 맥주고 일주고 양주고 할 것 없이 싫도록 마시고 그 밤을 지세고 밝는 날 복잡한 셈을 치르고 나니 가엽다.

남은 돈은 불과 몇원이었다. 어제의 의기당당함은 불어버린 듯 사라지고 그 뒤를 따르나니 암담이었다. 흥진비래(興盡悲來)란 이럴 때를 가리킴인지 모른다. 새삼스레 동숙인들의 굶주린 얼굴이 교교히 떠오르는데 그 회한의 정은 누를 길이 바이 없었다.

초연히 하숙으로 돌아와 보니 대개는 나의 행색을 짐작하였음인지 본숭망숭이었다. 사과 변명의 여지가 없었다. 나는 온 하루를 죄인처럼 고민타가 저녁이랍시고 한술 얻어 먹고 공원으로 가서 혼자 거닐다가 밤늦게야 돌아왔다.

돌아와서 보니 동숙인들은 그야말로 약속이나 한 듯이 한사람도 눈에 뜨이질 않았다. 뒤를 캐어 알아보니 나의 걱정스러운 거동에 분격한 그네들은 보복차로 여기저기서 빌려, 호화스런 여행을 나만 화동그렇게 빼놓고 「닛꼬」로 떠났던 바 그 동숙인들이란 고 민대호, 고 홍난파, 임창근의 세 사람이었다.

나는 부두 노동자였다

홍윤기(洪潤基, 1933~)
시인 · 일본사학 교수

나는 청소년 시절에 노동을 했다. 내가 부두에 나가 막노동을 하지 않으면 우리 식구들은 굶어 죽었을 것이다. 인천항에는 미군이 쓸 기름이 든 드럼통들이 화물선에 잔뜩잔뜩 실려 왔다. 그 드럼통들을 굴려서 철로에 서 있는 화차에다 옮겨 싣는 작업을 했다. 어린 소년이던 나는 늘 힘에 부쳐 쓰러질 지경이었다.

부두 노동자 아저씨들은 어린 나를 가리켜 진반농반으로 "너 젖 좀 더 먹고 와라.", "넌 왜 학교에는 안가냐?"는 둥 질문도 여러 가지였다.

'학교'엘 간다니? 6 · 25 난리통에 다니던 중학교를 그만 둔 뒤로 벌써 3년이나 지나고 있던 무렵이었다. 학교가 어디 붙어 있는지 조차 생각나지 않았다.

바닷가 부두의 겨울밤은 너무도 추웠다. 허름한 미군용 휠드자켓을 외투대신 걸쳤으니, 아무리 내복을 껴입었어도 사시나무처럼 떨었고 온몸이 얼어붙을 지경이었다. 그 망할 놈의 6 · 25는 내 모든 것을 빼앗아가버렸다. 책가방과 책상만 사라진 것이 아니라 우리 집은 폭탄에 맞아 콩가루가 되고 말았으니 내겐 어린 날의 꿈마저 산산조각이 났다.

6 · 25동란 전인 8 · 15 해방 당시 초등학교 다닐 때였다. 그 무렵 『어린이 신문』(주간지)이라는 게 나왔다. 거기에 '동시란'이 있었다. 나는 겁도 없이 투고했다. 뜻밖에도 내가 보낸 시가 신문에 실려 나왔다. 「가을」이라는 표제였다.

그 동시의 시작은 '바람이 불었다/우수수 떨어진 것은 나뭇잎이었다

/빨랫줄의 옷가지도 떨어졌다…….'였던 것 같다. 지금 시의 뒷부분은 통 생각나지 않는다. 6·25 난리통에 내 골통도 망가졌기 때문이다. 그 당시 추천자는 '박목월(朴木月)'선생이셨다. 내가 뒷날 『학원(學園)』잡지 시담당 기자 시절(1962~1964)에 박목월 선생과 김용호(金容浩)선생을 「학원문학상」 본심 심사위원으로 두 분을 모셔놓고 심사하던 당시, 박목월 선생에게 내가 어렸을 때 동시를 투고했던 이야기를 나누면서, 우리가 한바탕 웃었던 일이 지금도 기억에 새롭다.

부두 노동자 소년 홍윤기. 홍윤기가 다시 학교에 가게 된 것은 노동 생활 3년이 지난 뒤의 일이다. 그 당시는 학제가 바뀌어 3년제 고등학교 시절이다. 나는 고2에 편입했다. 이때부터 『문예』지를 들척거리기 시작했다. 한 두 번 투고도 했으나 미역국을 마셨다. 그래도 문예담당 방홍안(方興安)선생께선 칭찬이시다. '전도가 유망하다'는 말씀. 어리석은 나는 꿈을 접지 않고 긴긴 겨울밤 아랫목에 엎드려 이불을 뒤집어 쓴채 시(詩)랍시고 끄적였다. 고3이 되자 학교 문예반장이 되고 교지 『문학(文鶴)』도 편집했다. 무슨 보물단지나 되듯 지금도 당시의 교지를 소중히 간직하고 있다.

인천부두의 그 추운 겨울밤, 12시에 쉬는 시간(30분으로 기억)에는 부두의 희미한 가로등에 기대어 곱은 손을 호호 불며 몽당연필로 시를 썼다. 시를 쓸 원고용지는 커녕 내게는 흰 종이 쪽지조차 없었다. 헌 신문지의 끄트머리의 좁다란 흰 여백에다 서투나마 시를 썼다. 그 야말로 청승을 있는대로 다 떨었다. 재주는 없으나 하필이면 시의 '끼'를 타고 났으니 언필칭 '팔자소관'인 것 같다. 그래서 지금도 대학에서 학생들에게 시를 가르치며 그런 말을 한다.

"사람이 살아 있는 동안 제 그림자를 잘라버릴 수 없듯이 제마음의 그림자도 지워버리지 못한다"고. '마음의 그림자'를 나는 감히 '시'라고 주장한다.

원고지 10장만 쓰라는 게 「원고 청탁서」에 제한되어 있는데, 벌써 7장을 썼다. 구질구질한 이야기지만 이제 겨우 시작한 것 같은데 쓸

이야기는 많고 큰일이다.

고생고생 끝에 고교를 마치고 1955년에 대학에 들어갔다. '어디 한 번 영어로 시를 써보자'고 엉뚱한 생각을 하고 외국어대학 영어과에 들어갔다.

운좋게도 영국인 교수 죠오지 레이너 선생밑에서 영시(英詩)를 배우게 되었다. 그 당시 T.S 엘리엇의 시를 처음 배우기 시작했다. 영어로 시를 쓰겠다고 했으나 한국어로도 제대로 못쓰는 놈이 무슨 영시이랴. 뒷날 영어로 된 진짜 시는 서투나마 번역을 해서『바이런 시집』(서문당), 롱펠로우의『이벤젤린시집』(삼중당) 등등을 세상에 내놓았다.

외대에 다니던 2학년 때부터 본격적으로 시에 매달렸다.『현대문학』에 투고를 했더니, 박두진(朴斗鎭)선생께서 편지를 보내주셨다. 시를 추천하겠으니 두 번째 작품을 보내라시는 것이었다. 꿈만 같았다. 그 당시는 3회 추천을 받는 시절이다. 첫 추천시「석류사초」(『현대문학』, 1958.8월호)가 실린『현대문학』지가 집에 우송되어 왔다. 몹시 기뻤다. '열심히 해보자'는 생각 하나만을 가슴에 다졌다. 내친 김에 서울신문「신춘문예」에도 투고를 했다. 당선 통지서가 날아왔다 (1958.12월 중순경). 투고한 작품은「해바라기」였다. 심사위원은 김광섭, 박목월, 서정주, 김용호 시인 네 분이었다. 나는 계속해서『현대문학』에 투고하여 3회 추천을 마쳤다(1959.5). 그 당시 이른바 대학생 시인이 되었다.

나는 늦깎이로 뒷날 일본에 유학하여 토우쿄우의 센슈우대학 대학원 국문과에서 공부하게 되었다. 한국과 일본 시가의 운율(韻律)을 비교연구하는 공부였다. 센슈우대학에서 시문학으로 '문학박사' 학위도 받았다. 그런데 내가 한일 시가의 비교 연구를 하게 된 이유가 있다.

나는 일찍이 1970년대 초에 일본의 와카(和歌)를 혼자 공부하면서, 고서점에서 고대 백제인 박사왕인(博士王仁)이 일본 최초로 쓴 와카(難波津歌)를 발견했다. 이 때문에 왕인의 시를 확인하는 고대 전본

(古代傳本)들을 찾아나서게 되었다. 그 때문에 일본을 계속 드나들면서 옛날 전본들을 찾아내어 왕인의 훌륭한 시업(詩業)을 확인하게 되었다.

상세한 것은 졸저(『한국현대시 해설』한누리출판사, 2003. pp.46~58)를 참조하시기 바란다. 여기 덧붙여 밝혀 두자면 이 사람의 시문학(詩文學)공부에는 채수영(蔡洙永, 신흥대 문창과) 교수의 뜨거운 협조와 편달이 이어졌었다는 것을 여기 굳이 밝혀 둔다. 나는 채수영 교수로부터 수많은 한국문학 연구서적들을 빌려서 일본으로 가져가기도 했으며, 그 큰 고마움을 잊지 않고 있다. 나는 왕인을 공부하는 동안 나도 모르는 사이에 일본 고대역사에 빠져들어 갔다.

일본은 미개인(未開人)의 터전이었으며 한반도로부터 건너간 신도(神道)와 불교(佛敎)에 의하여 비로소 온갖 문화가 생겨난 것이다. 오늘도 일부 잘못된 일인들이 역사 왜곡이며 망언(妄言)을 거듭하고 있으나 양식있는 훌륭한 학자들은 일본 고대문화가 한반도로부터 전해진 사실을 수많은 논문과 저술을 통해 상세히 고증하고 있다. 내가 존경하는 사학자는 우에다 마사아키(上田正昭)교수를 비롯하여 쿠메 쿠니타게(久米邦武), 이노우에 미쓰오(井上滿郎), 우노 세이이치(宇野精一) 교수 등등 여러 분이다.

끝으로 나는 2002년 여름(7월 10일) 일본 천황궁(東京의 皇居)에 직접 들어갔으며, 천황이 지금도 한국신 제사를 지낸다는 사실도 확인했다. 그 내용은 EBS-TV(교육방송, 2002.8.15. 광복절 특집방송 「일본황실제사의 비밀」)로 방송한 바 있다.

천황궁의 제사(祭祀) 책임자인 아베 스에마사(安倍季昌)씨는 해마다 천황궁 달력을 직접 내게 보내준다. 이 달력에는 '고구려 춤이 일본 왕실 제사춤이 되었다'는 설명 등이 제대로 기록되어 있다. 확인하고 싶은 분은 내 연구실(02-3474-4958, 011-9052-2221)로 찾아주시면 보여드리겠다. 제한된 매수가 훨씬 넘고 말았음을 일방적으로 편집자에게 양해 바라련다(『대한문학』 2004.제5호에 발표).

□ 예술가론

소녀 베아트리체와의 만남

단테(1265~1321)
이탈리아 · 시성

베아트리체(Beatrice)는 절세미인이었다. 암흑시대라는 중세에 있어서 한 위대한 시인의 눈을 뜨게 한, 아니 마음의 눈을 뜨게 한 숭고한 여인이었다 해도 과언이 아니다.

이탈리아의 피렌체 태생인 시성(詩聖) 단테(Dante Alighieri, 1265~1321)가 어린 가슴을 불태우며 사랑했던 마음속의 연인이 바로 미모의 순진무구한 베아트리체라는 소녀였다. 이 연인에 대한 단테의 사랑은 세속적인 것을 떠난 가장 영적인 신성한 사랑이었다. 그러기에 장차 단테는 그의 불후의 대작 「신곡(神曲)」에서 베아트리체라는 여인을 미(美)의 권화(權化)요 예지의 절정으로, 아니 신(神)의 자리에까지 승화시켜서 그녀를 찬미하고 있다.

과연 베아트리체는 어떤 여성이었기에 한 위대한 시인은 그토록 그녀를 절절히 사랑하고 거룩한 자리에까지 올려서 섬겼던 것일까.

단테가 베아트리체를 처음 만난 것은 그의 나이 불가 9세 때의 일이었다. 꿈같이 아름답기만한 낭만적인 도시 피렌체에서—.

그것도 어느 화창한 봄날의 일이었다. 단테는 한살 손아래인 청초하고 어여쁜 8세 소녀 베아트리체를 만났던 것이다. 단테는 그 순간부터 이 소녀를 가슴에 뜨겁게 사랑하게 되었다. 그것도 단 한번, 마주쳤던 나이어린 소녀를.

단테가 베아트리체를 다시금 만난 것은 그로부터 9년 뒤인 18세때의 일이었다. 우연이라고나 할까, 그들의 재회는 역시 어느 화창한 봄날 피렌체의 아르노강가에 놓여 있는 베키오다리에서였다.

실로 꿈같기만한 이 해후—. 얼마나 절실히 이날이 오기를 기다렸던 가. 그러나 그녀는 단테에게 공손하게 목례만 하고 지나가버린 것이 다. 허나 그 순간 단테는 한없는 기쁨과 축복받은 심정에서 그의 영혼 은 흡사 천상으로 날아가고 있었는지도 모른다. 아니 이 아름답고 청 초한 베아트리체의 모습에서 오로지 고귀한 것에 대한 참다운 갈망과 분발심을 북돋게 되었다. 그러기에 그는 결코 자신이 베아트리체에게 부끄러움 없는 훌륭한 시인이 되겠노라고 가슴에 굳게 다졌다. 그것은 최고의 선(善)에 대한 눈부신 신념이었으리라.

이상과 같은 사실은 그의 작품 「신생(新生)」에서 단테가 고백한 바 가 있다.

한번 조용히 생각해 보자. 과연 범인(凡人)이 그렇듯 고결한 사랑을 누릴 수 있을 것인가. 또한 사랑의 힘이 얼마나 위대한 것인가를 우리 는 이제 단테의 대시편(大詩篇)인 「신곡」에서 여실히 살필 수 있다.

시성(詩聖) 괴테가 그의 대작인 「파우스트」에서 그가 14세 소년 시 절에 사랑했던 그레첸을 신적(神的)인 존재로서 등장시켰던 것과 단 테가 베아트리체를 「신곡」에 등장시킨 것과는 세속적인 견지에서 뿐 만 아니라 작품상에 있어서도 현격한 상황상의 차이가 있다고 하겠다. 그것에 대해서는 후일에 대비 분석하기로 하겠으나, 그러나 하나의 공 통점이 있다면 단테나 괴테가 각기 그 여성들을 숭고한 마음만으로 사 랑했다는 점이다.

그러기에 괴테에 있어서 「파우스트」의 여주인공 그레첸이 영원한 사랑의 여성상인 것처럼, 단테에게 있어서 「신곡」의 베아트리체도 영 원한 사랑의 화신(化身)이라고 하겠다.

다시 베아트리체를 살펴보기로 하자. 그토록 단테가 사랑했던 베아 트리체는 그후 어떻게 되었던가. 베아트리체는 그로부터 6년만인 단 테의 나이 25세 때인 어느 여름날에 홀연히 세상을 떠나고야 말았다.

24세라는 꽃다운 나이로, 아니 단테의 시를 영화(靈化)시키던 한 영원의 여성은 어쩌면 이제야 그 오랜날의 슬픔속에, 비탄속에 쌓여 있었던 단테의 영혼속에 영원한 안주의 새로운 땅을 찾아 귀화했는지도 모른다.

  내 소녀의 눈에 깃든 사랑이여,
  그대 바라보는 이 거룩하리라.
  당신은 견줄 수 없는 내 기쁨이니
  가까이 있으면 나 머리 숙이고
  까닭모를 잘못 뉘우치네
  그대 떠난 곳에 오만과 노여움이 가시도다.

  나 원커니, 당신 받들 수 있는 슬기를,
  그대 말을 들으면 내 마음 스스로 가라앉고
  내머리 절로 숙여지도다.

  그대 모습 바라보는 이 영광이 있으리라.
  그대 미소 처음 보는 거룩한 기적이여.
  말로써 미치지 못하며
  기억에도 남기지 못하리라.

이와 같이 단테는 베아트리체의 죽음을 애도하며, 그의 마음속에 끓는 뜨거운 모정과 찬미의 노래를 시로서 읊었던 것이다. 이 시는 그의 작품 「신생」에 수록되어 있다.

서두에 필자는 암흑의 중세에 있어서 단테의 마음의 눈을 뜨게 한 것이 베아트리체라고 지적한 바가 있다.
그런데 칼라일은 단테를 가리켜서 무엇이라고 했던가.

'침묵의 중세를 깨뜨린 최초의 소리'

이렇게 단테를 칭송하고 있다. 또한 롱펠로우는 단테를 일컬어, '고대의 가장 웅장한 대사원이다'라고 단테의 신곡 중 지옥편에 붙이는 시에서 예찬하고 있다.

여하간 우리는 「신곡」에서 받을 수 있는 단테의 심원(深遠)한 사랑과 순수한 도덕적인 정열, 그리고 웅장한 조화의 미, 또한 그 언어가 표현하는 무한한 상상력과 참회의 쓰라림을 공감할 수 있다. 이렇듯 위대한 문학 작품은 곧 인간 단테, 바로 그것을 과장없이 묘사해 주는 것이다.

단테는 「신곡」을 통해서 우리 현대인의 가슴속에도 생생히 살아 있는 한 영원한 여성 베아트리체를 실감나게 심어 주고 있다. 그것은 그의 문학적 시편들이 위대하기에 앞서 그의 숭고한 시정신이 곧 우리를 압도시킨다해도 마땅하리라.

고대 희랍의 의성(醫聖)이라고 일컫는 히포크라테스의 '예술은 길고 인생은 짧다'는 잠언을 굳이 빌리지 않더라도, 인생이라는 짧기만한 기간에 영원한 예술을 창조한 단테야말로 중세의 눈을 뜨게 한 것이 아니라, 오늘을 사는 우리들의 눈을 다시금 뜨게 해주고 있는 것은 아닐까.

인생 나그네길 반 고비에서
올바른 길 잃고 헤매던 나는
컴컴한 숲속에 서 있도다.

「신곡」의 〈지옥편〉 첫머리에서 단테는 이렇듯 첫 시를 읊고 있다. 그는 인생을 70세로 보고 그 절반인 35세에서 비로소 이 불후의 명작 대시편을 엮기 시작했다.

이제 여기서 편의상 「신곡」이란 어떤 작품인지 독자들에게 간단히 소개하고 넘어가기로 한다.

이 작품의 저작 연대는 서기 1300~1313으로 알려져 있다. 수록된 시들은 모두 1백편이며, 시형은 삼운구법(三韻句法)이다.

이 모든 시편들을 그는 3부작으로 나눴으니, 즉 〈지옥편〉, 〈연옥편〉, 〈천국편〉이다. 그런데 〈천국편〉만은 그의 사후에 세상에 알려진 유고이다.

「신곡(Divina Commedia)」의 제명을 풀이한다면 '신곡'이라기 보다는 '신성한 희극(喜劇)'이라고 할만하다. 그런데 애당초 단테가 이 작품을 발표했을 때는 단지 'Commedia' 즉 '희극'이라고 했던 것이다. 그러나 뒷날 그 내용이 숭고한 종교적 감정 및 관념에 치우쳐 있어서 세상사람들이 'Divina', 즉 '신성한'이라고 하는 형용사를 붙이게 되었다.

단테의 저작으로는 그 이외에도 먼저 말한 「신생」을 비롯해서 「재정론(宰政論)」, 「향연(饗宴)」, 「속어론(俗語論)」 등이 있다.

지복(至福)의 저 거울이 홀로히 저희 말
이미 즐기며 있고, 나는 신 것을 단맛과
조정하며 내 생각 맛보노니
저 마님, 하느님께 나 인도하여 말씀하신
'그대 생각 고칠지니 모든 굽은 것을 벗겨 주는
그에게나 가까이 있음을 생각하라.'

내 위안의 사랑, 깊은 소리에 나 재빨리
몸을 돌렸을 그 때, 거룩한 눈물속에서
어떤 사랑을 보았는지 이제 그만 두노라
그것은 나 스스로도 내 말 믿을 수 없는
그런 까닭 뿐 아니오. 정신이 이를 누가
이끌어 주지 않는 한,

스스로에게 돌아올 수 없는 까닭이도다.

저 순간을 들어 나 되풀이할 수 있는 것이란
그이를 다시 볼 때, 내 감성은 온갖 다른 동경에서
자유로웠다는 그것 뿐이었거니
베아트리체 안에 대뜸 미치시던
무궁한 즐거움은 어여쁜 얼굴이며
두 번째 모습으로 나를 흡족하게 한 때문이리라.
미소의 빛으로 나를 정복하며 그이는 내게 말씀하시니
'몸을 돌이켜서 들으오, 천국은 내 눈속에만 있는 것 아니로다.'
—「천국편」18편에서

단테는 이렇듯 절절하게 천국의 베아트리체의 속세에서의 뜨거웠던 연모의 정과 고뇌를 몸부림치는 것이며, 하느님의 모습을 직접 볼 수 없으나, '두번 째 모습=하느님의 모습의 반영(反映)'을 사랑하는 베아트리체의 모습을 통해 보게 되는 것이다.

단테의 생애를 잠깐 살펴보자. 그가 '침묵의 중세를 깨뜨린 소리'라는 「신곡」을 쓰게 된 동기는 이제 우리가 짐작할 수 있거니와, 그는 곧 르네상스(문예부흥)의 관문을 연 사람이라 해도 과언이 아니다. 물론 연대적으로 보면 그는 르네상스보다는 좀 시기가 빠른 시대의 인간이었지만, 단테 그 자신이 곧 '르네상스'였기 때문이니 말이다.

여하간 단테의 생애에는 두 가지의 숙명적인 큰 사건이 있다. 그 하나는 곧 베아트리체에 대한 첫사랑이요, 또 다른 하나는 10여년 간에 걸친 추방자로서의 고역스런 방랑생활이었다. 즉 그는 장년시대에 유명한 키르프 전쟁에 참가한 일이 있고, 키르프 백당(白黨)에 속해서 교황의 흑당(黑黨)과 교전했다.

그 후 피렌체의 집정관으로서 다소의 공적은 있었으나, 실패함으로

써 추방당하여 유랑생활을 했다. 물론 그는 황제의 도움으로 이탈리아를 통일하고자 꾀했으나 그 뜻을 이루지는 못했다.

말하자면 그가 「신곡」을 쓰지 않으면 안되었던 동기가 결국 이상의 두 큰 인생의 사건과 결부되는 것이다. 베아트리체의 죽음은 그에게 충격적인 사건이었다. 또한 그는 북부 이탈리아를 뒤흔든 집권 쟁탈전에 휘말려 들어서 끝내 추악한 누명을 쓰고 추방되었다. 그러기에 그는 비탄과 고뇌에 찬 방랑속에서 정치의 부패상과 인간들의 탐욕으로 빚어내는 추악상을 깡그리 목격하며 통탄했다.

단테는 악에 대한 증오심에 불탔고, 동시에 이상적인 정치에 대한 무한한 동경심에서 이윽고 유명한 「재정론」을 썼고, 나아가 「신곡」을 쓰기에 이르렀다.

'인생 여정의 반 고비에서 옳은 것을 잃고 방랑하며 컴컴한 숲속에 서 있다'는 대목으로 시작되는 「신곡」의 첫머리, 즉 〈지옥편〉의 제1편의 시가 끝나고, 제3편에 가면 단테를 지옥으로 안내해 주는 대시인 비르질리오(고대 로마의 대서사시인)의 도움으로 지옥의 입구에 있는 큰 문에 도달하게 된다. 그 문 위에는 다음과 같은 글귀가 씌어져 있다.

나를 거쳐서 슬픔의 고을에 이르노라,
나를 거쳐서 영원한 고통속에 이르노라,
나를 거쳐서 멸망된 백성들 틈에 이르노라,
정의야말로 내 지존의 조물주를 움직이며
하느님의 힘 그 끝없는 슬기와
본연의 사랑이 나를 만들었도다.

내 앞에 창조된 것이란
영원한 것 이외에 달리 없으니
나 영겁까지 남아 있으리라.

온갖 소망을 버릴지어다.
이리 들어오는 자들아.

이렇듯 지옥문의 무시무시한 글귀를 읽으면서 단테는 비르질리오의
안내를 받으며 우선 지옥권외로 들어가면서 작품이 엮어진다.
그 곳에서 단테는 선이나 악에 무관심한 겁쟁이들의 영혼을 보게 된
다. 더 나아가서 아케론데강에 이르면 사공 카론이 망령들을 서둘러서
배에다 싣고 강 건너로 떠난다.
이때 광야가 진동하며 번개가 치니 그만 단테는 실신해서 땅에 쓰러
지고 마는 것이다.
인간사의 선악이며, 사랑이 얼마나 절절한 것인가를 단테의 위대한
고전은 여실하게 묘사하고 있다.

영원속으로 떠나가버린 순결한 사랑의 꿈

구르몽(1858~1915)

프랑스 시인

구르몽이 시몬느에게

낙엽이 흩날리는 가을 산길을 걷거나, 발목까지 빠지는 눈 싸인 겨울산을 걸을 때, 우리들에게는 어느새 가슴속을 뜨겁게 울려주는 한 편의 정다운 시가 있다.

구르몽(Remy de Gourmont, 1858~1915)의 「낙엽」이 그것이다. 우리나라 젊은이들에게도 애송되는 이 시 「낙엽」은 특히 프랑스 젊은이치고 외울 줄 모르는 이가 없다고 할 만한 명시다.

어째서 「낙엽」이 젊은이들의 마음을 사로잡는 것일까. 우선 그 시부터 조용히 음미해 보자.

시몬느, 나뭇잎 저버린 숲으로 가자.
낙엽은 이끼와 돌과 오솔길을 덮고 있구나.

시몬느, 너는 좋으냐 낙엽 밟는 소리가

낙엽 빛깔은 은은하고 그 소리는 참으로 나직하구나.
낙엽은 땅 위에 버림받은 나그네

시몬느, 너는 좋으냐 낙엽 밟는 소리가

해질녘의 낙엽 모습은 쓸쓸하구나.
바람 불어칠 때마다 낙엽은 상냥하게 외치거니

시몬느, 너는 좋으냐 낙엽 밟는 소리가

발길에 밟힐 때면 낙엽은 영혼처럼 흐느끼고
날개소리 여자의 옷자락 스치는 소리를 내는구나.

시몬느, 너는 좋으냐 낙엽 밟는 소리가

이리 와다오 언젠가는 우리도 가련한 낙엽이 되거니
이리 와다오 이미 날은 저물고 바람은 우리를 감싸고 있구나
시몬느, 너는 좋으냐 낙엽 밟는 발소리가

지난해 가을까지만 해도 구르몽은 시몬느와 함께 낙엽이 쌓인 가을 산길을 걸었다. 둘이는 손을 꼬옥 쥐고, 마치 눈송이 퍼붓는 것 같은 낙엽의 흩날림 속을 나란히 걸었다.

"시몬느, 당신은 나의 영원한 반려자가 되어 주세요."

구르몽은 사랑하는 여인에게 진심어린 구혼의 고백을 했다. 그녀는 살포시 웃으면서 구르몽에게 고개를 끄떡였다.

"당신을 사랑하고 있어요. 언제나, 언제까지나 당신과 함께 이 산길을 걷겠어요."

구르몽은 어려서 천연두(마마)를 앓았다. 그래서 얼굴이 얽은 모습이었지만 얼굴과는 달리 그 마음씨는 무한히 고운 젊은 시인이었다. 사실 구르몽은 제 얽은 얼굴 때문에 밖으로 나돌아다니기 보다는, 늘 서재에 틀어 박혀서 책을 읽었고 시를 썼다. 때로는 평론을 쓰는 등 문학 수업에 힘썼다.

그가 이렇게 고독하게 지내는 것을 안쓰럽게 여기는 것은 이웃에 사

는 어여쁜 시몬느였다. 시몬느는 구르몽의 시에 늘 마음의 위안을 얻었고, 또한 스스로의 얽은 얼굴에 비감해 하는 젊은 시인을 연민의 눈으로 지켜 보았다. 그러는 동안에 어느덧 둘 사이에는 사랑이 싹텄다.

둘은 어느 사이엔가 손을 꼭 쥐게 되었고, 봄부터 여름, 가을에 이르기까지 함께 똑같은 산길을 오르내렸다. 그리하여 둘이는 영원한 사랑을 다짐하기에 이르렀다. 장차 그들의 사랑은 눈부신 열매를 맺게 될 것인가.

그러나 시몬느는 그해 겨울에 그만 불행하게도 세상을 떠나고 말았다. 그녀는 북부 프랑스에 사는 이모댁에 갔다가, 급성폐렴에 걸려서 세상을 떠나고 만 것이었다.

"아니, 시몬니가 죽다니요? 그럴 리가 없습니다. 그녀는 결코 죽을 수 없습니다. 나를 버리고 그녀가 어디로 떠나갔다는 말입니까?"

구르몽은 비탄에 울부짖었다. 그리고 그의 가슴속에서는 시몬느에 대한 절절한 사랑이 아픔으로 영근 노래를 낳았으니, 그것이 바로 그의 대표적인 시 「낙엽」이다.

구르몽은 지난해 가을, 영원을 약속하며 함께 거닐었던 낙엽길을 홀로 걸으면서 시를 읊조린 것이다.

시몬느, 나뭇잎 저버린 숲으로 가자
낙엽은 이끼와 돌과 오솔길을 덮고 있구나.

시몬느, 너는 좋으냐 낙엽 밟는 소리가.

어느 사이엔가 구르몽의 두 볼에는 눈물이 번져내리고 있었다. 그 앳되고 순수한 사랑의 소녀가, 몹쓸 병으로 갑자기 자기 곁을 떠나 세상을 멀리했다니, 시인은 홀로 낙엽이 쌓인 길을 걸으며 사랑의 아픔을 스스로의 시감으로 달래는 것이었다.

미라보 다리 아래 센강 흐르고

아뽈리네르(1880~1918)
프랑스 시인

시인이 떠나가고. 사랑이 그 자취를 숨기더라도 그 시인의 뜨거운 가슴에서 우러나온 시는 다시금 우리들의 가슴을 곱게 적셔 준다. 그리고 그들이 남긴 명시는 우리들로 하여금 인간의 진실이 무엇인가를 절실히 깨닫게 해준다.

미라보다리 아래 센강 흐르고
우리의 사랑은 흘러내리네
나는 생각해내거니
괴로움이 지나가면 기쁨이 오는 것을

해야 저물어라 종도 울려라
세월은 흐르고 나는 남거니

손과 손 맞잡고
얼굴과 얼굴 마주하고 있으면
팔 밑 다리 아래로
피곤한 눈동자의 영원한 시간은 흐른다네

해야 저물어라 종도 울려라

세월은 흐르고 나는 남거니

흐르는 물처럼 사랑도 흘러가네
흘러가는 사랑이여

인생은 더디지만 희망은 크누나
해가 가고 달이 가고
지나 간 그 시절
그 옛날 그 사랑은 돌아오지 않은 채
미라보다리 아래 센강은 흐르누나

해야 저물어라 종도 울려라
세월은 흐르고 나는 남거니.

이 명시 「미라보다리」를 쓴 프랑스 시인 아뽈리네르(G·Apol-linaire,1880~1918)는 훤칠한 키에 눈동자가 유난히 푸른 젊은 시인이었다. 그는 일찍부터 사랑에 눈을 떴으나, 어쩐 일인지 그의 사랑은 번번히 실연의 이별로 끝나는 것이었다. 그러기에 아뽈리네르는 사랑이 센 강물처럼 흘러내린다고 하면서 실연의 괴로움을 견디느라 애썼는지 모른다. 그러나 그는 '괴로움이 지나면 기쁨이 오는 것을'하고 언제나 절망에 빠지지 않고 희망찬 내일을 굳게 기약했다.

과연 그의 말대로 실연의 괴로움 다음에는 기쁨이 찾아오는 것일까. 시인은 실연한 뒤에 프랑스군 포병대의 졸병으로 입대했던 것이다. 규칙적이고 군율이 엄한 군대생활 속에서 실연의 아픔 쯤은 쉽게 잊을 수 있는 것인지도 모른다.

25세의 시인이며 포병대의 졸병인 아뽈리네르는 크리스마스 휴가를 '니스'에서 보낸 다음, 부대가 주둔한 '니므로'로 가기 위해 '마르세이유' 항구행 기차를 타게 되었다. 크리스마스 휴가도 한 때이고, 이제 그는 전쟁터를 향해 군부대로 귀환하는 것이다.

시인이 기차에 올랐을 때 바로 그의 옆자리에는 뜻밖에도 미모의 젊은 여성이 앉아 있었다. 시인이 그녀를 보고 조용히 목례를 하자, 여인은 밝은 미소로 응답해 주는게 아닌가. 군인의 첫인상이 좋게 보였던 덕분이리라. 그 날은 정확하게 새해를 맞은 1915년 1월 1일이었다.

기차는 달렸다. 새해를 출발하는 첫날, 이 낯 모르는 한쌍의 젊은이는 좌석에 나란히 앉아 있었다. 어쩌면 이미 그들의 마음 속에는 무언가 새로운 것이 싹트기 시작했는지도 모른다. 시인은 차창 밖을 멍청하게 내다보고 앉아 있었다. 이제 전쟁터로 들어가면 언제 어느 곳에서 적의 포탄이 날아와서 목숨을 앗아갈지 모른다. 서로가 죽이고 죽는 전쟁, 시인에게는 그 전쟁터가 어울리지 않는 자리랄 수밖에 없었다.

살벌한 전쟁터를 생각하는 가운데 잠깐씩 전원의 겨울 풍경에 눈을 빼앗기기도 했다. 그러는 사이에 시인은 저도 모르게 잠이 들었다. 그는 옆에 앉은 숙녀의 어깨를 베고 잤다.

"아, 실례했습니다."

시인은 깜박 잠들었다가 소스라치며 깨어났다. 그러나 여인은 따사로운 미소를 잊지 않았다.

"피곤하신가봐요. 어디까지 가시는지요?"

"아, 네, 마르세이유입니다. 군부대로 돌아가는 길이죠."

"저는 오랑까지 간답니다."

하고 여인은 묻지도 않았는데 행선지를 대주었다.

"아, 그럼 그 먼 아프리카로 가시는군요."

오랑이란 아프리카의 알제리에 있는 도시다. 그 당시 알제리는 프랑스의 식민지였다.

"네, 저는 오랑에서 여학교 교사로 근무하고 있어요."

이렇게 젊은 시인과 그녀는 우연히 만난 것. 여교사는 콧날이 오똑하고 금발이 보드라운 미모의 아가씨였다.

"당신은 군인같지 않고 예술가 같은 인상이예요."

"혹시 「알코올」이라는 시집을 읽어 보셨나요?"

"그런 시집은 아직 보지 못했는데요."

"어머나, 그럼 당신은 시인이군요. 그 시집을 꼭 읽어보고 싶어요."

"고마워요. 지금 내게 그 시집이 없지만 꼭 구해서 보내드리죠. 주소와 이름을 적어 주시겠습니까?"

"물론이죠. 고맙습니다."

'마드레느 파제스'라는 이름의 이 여학교 교사는 희고 보드라운 손을 쑥 내밀었다. 시인은 그 손을 꼭 잡았다. 그녀는 예쁘장한 수첩을 꺼내더니 거기다 주소 성명을 써서 그 종이쪽지를 건네주었다.

그러는 동안에 기차는 세차게 마르세이유로 가고 있었다. '기차가 고장이라도 났으면'하는 게 두 사람의 속마음이었을 것이다. 둘이는 마르세이유 항구에서 서로 헤어졌다. 배의 갑판에 올라탄 그녀는 기욤 아뽈리네르에게 손을 흔들었다.

"기욤, 편지해요."

그들은 어느 사이에 벌써 사랑의 싹이 텄던 것. 그래 4월 16일에 아뽈리네르는 마드레느에게 첫편지를 했다. 파리의 출판사로 시집을 보내달라고 했으나 출판사가 문을 닫았기 때문에, 시집이 오기만을 기다리다 뒤늦게 그는 마드레느에게 편지를 한 것이다.

마드레느는 크게 기뻐하면서 답장과 함께 잎담배인 '여송연' 한 상자를 선물로 우송해 왔다. 시인은 너무나 기뻐서 마드레느를 위해 시를 써서 보냈다.

이 시는 마드레느여 그대 하나만을 위한 것
우리들 정열의 최초 한 편의 비밀 노래 제1번
사랑하는 나의 사람이여
햇살은 따뜻하고 전황(戰況)은 조용해요
내가 죽다니, 어림도 없는 소리!

아뽈리네르는 이렇게 시작되는 장편의 시를 써서 마드레느에게 보냈다.

또한 그는 일선 지구를 자청해서 1915년 11월 20일에는 보병장교로 임관이 되었다. 이는 휴가를 얻기 위한 것이었다. 마드레느가 너무나 그리웠던 것.

시인은 3주일의 휴가를 얻어 허둥지둥 오랑으로 달려갔다. 그들은 부둥켜 안고 떨어질 줄 몰랐다. 그러나 1916년 1월 9일에 그들은 작별을 해야만 했다.

그들은 그해 9월 16일까지 2백 통이 넘는 시와 편지를 서로 보냈다. 그러나 부상을 당한 시인은 26세라는 젊은 나이로 요절하고 말았으니 누구보다도 애통한 것은 바로 마드레느였다.

전사의 비보를 전해들은 마드레느는 기절을 했다. 그리고 정신을 다시 차렸을 때 그녀는 이렇게 탄식했다.

"하느님, 그가 죽었다니 그게 정말인가요? 오, 하느님, 그이를 다시 살릴 수 없나요?

차마 곁에서 누구도 지켜볼 수 없는 애절한 호소였다.

새로운 수필문학 입문 　　　정가 9,000원

초판인행 / 2004년 10월 15일
초판발행 / 2003년 10월 30일
글 쓴 이 / 홍 윤 기
펴 낸 이 / 최 석 로
펴 낸 곳 / 서 문 당
주소/서울시 마포구 성산동 54-18호 동산빌딩 2층
전화 / 322-4916~8　팩스 / 322-9154
등록일자 / 2001. 1.10
등록번호 / 제10-2093
창업일자 / 1968.12.24